THE BOY WHO DREW MONSTERS: A Novel
by Keith Donohue

Published by arrangement
with Picador, New York.
Publicado mediante acordo
com Picador, Nova York.

Os personagens e as situações desta obra
são reais apenas no universo da ficção;
não se referem a pessoas e fatos concretos,
e não emitem opinião sobre eles.

Diretor Editorial
Christiano Menezes

Diretor Comercial
Chico de Assis

Editor Assistente
Bruno Dorigatti

Design e Capa
Retina 78

Designer Assistente
Pauline Qui

Revisão
Felipe Pontes
Ulisses Teixeira

Impressão e acabamento
Ipsis Gráfica

DADOS INTERNACIONAIS DE CATALOGAÇÃO NA PUBLICAÇÃO (CIP)
Angélica Ilacqua CRB-8/7057

Donohue, Keith
O menino que desenhava monstros / Keith Donohue ;
tradução de Cláudia Guimarães. — Rio de Janeiro :
DarkSide Books, 2016.
256 p.

ISBN 978-85-9454-001-0
Título original: *The Boy Who Drew Monsters: a Novel*

1. Literatura norte-americana 2. Contos de terror 3. Monstros
I. Título II. Guimarães, Cláudia

16-0477 CDD 813

Índices para catálogo sistemático:

1. Literatura norte-americana

DarkSide® *Entretenimento LTDA.*
Rua do Russel, 450/501 - 22210-010
Glória - Rio de Janeiro - RJ - Brasil
www.darksidebooks.com

KEITH DONOHUE

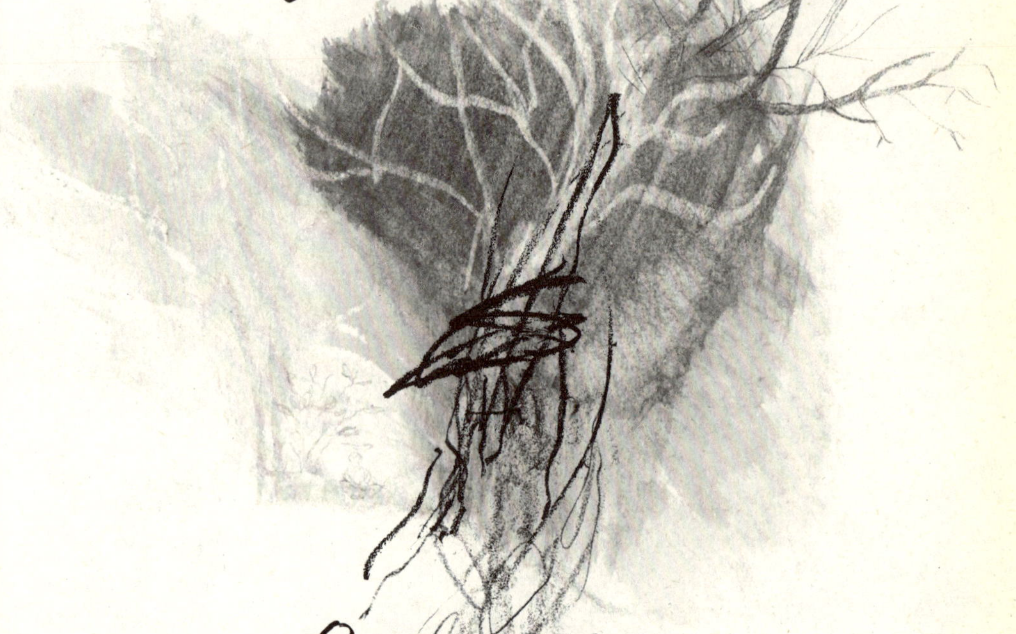

O MENINO DESENHAVA MONSTROS

TRADUÇÃO
CLÁUDIA GUIMARÃES

DARKSIDE

Para Robert Andrew Larson

O MENINO QUE DESENHAVA MONSTROS
KEITH DONOHUE

PRÓLOGO

Na casa dos sonhos, o garoto tentava escutar o monstro embaixo de sua cama. Uma aterradora presença na escuridão o havia despertado no meio da madrugada, e ele aguardava o som revelador de uma respiração. Haveria tal respiração? Ou o monstro chegaria em silêncio, sem aviso? Ele não teria tempo de se defender ou de proteger os tesouros guardados em sua velha caixa de brinquedos. A possibilidade de tal ataque o enervava, mas ele não ousava se mexer. Não ousava colocar sua cabeça para fora do barco e checar o espaço entre o colchão e o amplo mar azul do tapete trançado de sisal. Ele não ousava acender o abajur e inundar o quarto de luz, arriscando-se a assustar o monstro e tirá-lo de seu esconderijo. Não havia qualquer respiração além da sua, nenhum som além do bater ritmado de seu coração.

Casa dos sonhos. Era assim que sua mãe e seu pai costumavam chamá-la, antes que os problemas surgissem. “Esta é a nossa casa dos sonhos à beira-mar”, diziam eles aos visitantes que, no verão, vinham passar fins de semana prolongados. Ou para o vovô e a vovó Keenan, que vinham pela possibilidade de um autêntico Natal com neve no Maine. “Bem-vindos à casa dos sonhos.” O garoto não sabia ao certo se era uma casa na qual os sonhos se tornavam realidade ou se a casa em si era feita de sonhos. Houve um tempo em que essa expressão o deixava feliz, mas, em noites terrivelmente frias como aquela, os sonhos se transformavam em pesadelos, e os monstros debaixo da cama se agitavam na escuridão.

Ele levantou o edredom por sobre sua cabeça, até estar completamente encoberto. Pesado como uma onda, o edredom o pressionava, e ele se lembrava de como a turbulenta escuridão do mar, sem fundo ou topo, remoinhava enquanto os dois garotos lutavam para respirar no caos cinza-esverdeado. Sufocado e assustado, ele arrancou as cobertas, que se danem os monstros, e sentou-se na cama, arfando, controlando a vontade de gritar para que sua mãe viesse salvá-lo. Socorro! Mas ele não queria acordá-la nessa hora tão tardia. Ela não acreditava em monstros.

Ultimamente, os monstros vinham persegui-lo dentro dos sonhos. Eles pousavam suavemente a mão em seus ombros. Sussurravam em seus ouvidos enquanto ele dormia. E o menino acabava acordando, mas não encontrava nada nem ninguém. Pela manhã, ele ficava pensando em quando e como o sono havia chegado. Ele estava extremamente cansado das imagens em sua mente. Da sua cama, era possível ver, através dos painéis superiores da janela, as estrelas frias sobre o oceano. O luar projetava um quadrado de luz na parede oposta, e ele acreditava que, caso se concentrasse o suficiente, com bastante afinco, conseguiria fazer o Sol surgir naquele espaço e despachar os monstros. Era a sua força de vontade contra a noite.

Um

Garoto dos sonhos. Holly observava seu filho dormir, como havia feito milhares de vezes antes, imaginando aonde ele ia em seus sonhos. Mais um minuto não faria mal, ela disse a si mesma, relutando em perturbar a paz do menino. Seu peito magro subia e descia, e ela se viu sincronizando sua respiração com a dele, como havia feito há uma década, quando ele era um recém-nascido. Jack tinha os punhos cerrados, um deles enfiado sob a bochecha, o que certamente deixaria uma marca na pele. Sob o tremor de suas pálpebras, seus olhos se moviam, concentrados em uma paisagem de sonhos visível apenas para ele, um filme exibido em sua mente adormecida. Ele parecia em profunda inconsciência, uma criança como qualquer outra, um filho normal, um garoto comum que dormia. Ela manteve aquele instante em suspenso, de modo a permitir que a ilusão se prolongasse.

Três anos haviam se passado desde a última vez em que ela ousara ficar tão perto de seu filho por tanto tempo. Um dia de verão na praia, seu garoto alegremente se soltara e saíra correndo pela areia e as pedras para se jogar em seus braços, seu coração exultante batendo acelerado sob suas costelas. Seus cabelos finos e macios emaranhados, ele cheirava a sal, areia e sabonete, e, enquanto a beijava repetidamente, ele bateu o topo de sua cabeça contra a borda do maxilar dela. Ele sentia amor, amor, amor por ela, e ela o amava de volta com uma fúria que às vezes a assustava: ela sentia que podia devorá-lo. Seu filho de sete anos, lindo, alegre e confiante. Ele a havia abraçado, pendurado em seu pescoço, com tanta força que ela estremeceu. Agora isso não

passava de uma lembrança. Ela o observou dormir, desejando que ele voltasse para ela. Voltasse para antes de tudo ter começado.

No meio da noite, Jack havia gritado uma vez, um som que a acordara com sua intensidade animalesca. Ela estava cansada demais e acostumada demais para abandonar o calor do edredom, então aguardou, tensa e atenta a algum eco. Mas o silêncio retornou rapidamente. Durante meia hora, ela ficou prestando atenção, observando o ritmo lento do despertador. Tim havia dado as costas para ela e não passava de um contorno familiar, seu corpo lembrando uma distante cadeia de montanhas. De manhã, ela foi a primeira a acordar e o encontrou dormindo exatamente na mesma posição, como se surdo a qualquer interrupção.

"São oito horas", ela disse ao marido. "Você queria fazer suas rondas esta manhã. Checar as casas agora que o frio chegou."

"Me deixe dormir."

"Para os ímpios não há paz", disse Holly, puxando as cobertas de modo a deixar as costas dele expostas ao frio da manhã e saindo para acordar o filho.

Ela queria despertar Jack suave e lentamente. Seu longo cabelo escuro se espalhava por sua testa em fios emaranhados, que lembravam uma floresta de algas, acentuando sua pele pálida e seus traços delicados. Era um menino lindo. Curvando-se um pouco, Holly estendeu a mão para afastar o cabelo dele da testa, mas, assim que o tocou, ela se deu conta de que havia cometido um erro.

Rápido como uma cobra, o braço dele se estendeu à frente, em um movimento instintivo. Seu punho a atingiu logo abaixo do olho, e uma dor aguda se irradiou a partir do ponto onde houve o choque de um osso contra outro. O segundo golpe resvalou na ponta do queixo e aterrissou em cheio no ombro dela. Ela recuou e viu os olhos do menino, arregalados e raivosos.

"Não toque em mim!", ele gritou. "Saia daqui, saia daqui." Ele se arremeteu contra ela mais uma vez, uma profusão de socos e cotoveladas, e ela se afastou um pouco, chocada demais para se defender. Ele parecia possuído de uma selvageria brutal ao pular no colchão, sacudindo seus membros como se não reconhecesse sua vítima. Ela ficou parada, buscando uma maneira de se proteger, mas sem levantar a mão contra o filho.

"Pare, Jack, pare com isso! O que você está fazendo?"

Tão repentinamente quanto começara a atacar, ele ficou congelado de quatro na cama e levantou o rosto para ela, uma onda de

compreensão desabando sobre ele. Arrependido como um cãozinho, ele curvou a cabeça e desabou na cama.

"O que deu em você?"

Jack escondeu a cara nas cobertas e começou a chorar. Desde os sete anos, ele não lidava bem com o toque humano. O menino afastava o braço sobre seus ombros e se retraía de um abraço ou aperto de mão, mas nunca havia agredido ninguém. Nem mesmo quando Tim o embrulhava com um cobertor e o carregava até o carro, nas vezes em que precisavam tirá-lo de casa. Seu coração batia forte enquanto ela tentava recobrar o fôlego e sentia as contusões no rosto e no ombro latejarem, com uma onda de calor em sua pele. Dilacerada entre o desejo de consolar o filho e a vontade de fugir, Holly não conseguia se mover. Ela firmou os pés no tapete, esperando ansiosamente pela trégua.

"Não toque em mim", repetiu ele, desta vez com a voz calma e abafada pelo edredom.

"Não se preocupe", ela respondeu. "Nem sonho em fazer isso." Com a ponta dos dedos, ela pressionou a área dolorida do rosto.

Ela esperou. Por fim, o garoto sentou sobre suas pernas e cruzou os braços, balbuciando para si próprio, buscando firmar seu corpo trêmulo. Seus olhos se fixaram em um ponto qualquer atrás de sua mãe, e ela observou pacientemente até que a chave no cérebro dele virasse. Uma bolha de saliva explodiu no canto dos lábios dele. Os músculos retesados de seu pescoço relaxaram como elásticos.

Ela esperava que ele a tivesse deixado com um olho roxo, alguma marca que provasse a seu marido e aos médicos o que ela vinha dizendo há meses. Ele às vezes ficava muito próximo de perder o controle, de se tornar impossível de lidar. A falta de expressão no rosto do garoto mostrava a recusa em perceber a presença dela. A pele de porcelana dele ficou vermelha, e ela o encarou até que ele a olhasse de volta.

"O que foi aquilo, rapazinho?"

"Desculpe, foi sem querer", ele disse.

"Espero que sim."

Ele fechou a cara, os olhos cheios d'água.

"Você me machucou, Jack. Por que me bateu?"

A fúria se esvaiu de seu corpo, e ele imediatamente voltou a ser um menininho, confuso com seus próprios atos. Ele deixou cair os ombros, enterrou o queixo no peito e escondeu-se por trás da franja.

"Você não pode fazer isso, não pode bater na mamãe."

"Desculpe", repetiu. "Achei que estava vindo para me pegar."

“Eu estava vindo pegar você, para acordar você.”

“Não. Pensei que tinha um monstro embaixo da minha cama.”

Um breve sorriso brotou no rosto dela. Um menino, um menino, apenas um menininho perdido. Ela cerrou os dentes e fez uma cara feia para ele, mas era tarde demais; Jack havia visto o sorriso furtivo. Ela limpou a garganta. “Você não pode sair por aí batendo nos outros, querido.”

“Eu prometo”, disse ele.

Tantas promessas não cumpridas, tantos votos de ser bom. A cabeça dela doía. “Vista-se, então. E quando estiver pronto, desça para tomar café, e veremos o que você pode fazer para me compensar.”

“Desculpe”, ele falou pela terceira vez, mas ela já havia se virado para sair do quarto.

Jack Peter se vestiu rapidamente e esticou o edredom, como lhe haviam ensinado a fazer, depois foi pé ante pé, apenas de meias, até a grade do aquecedor mais próxima da janela. Deitando no chão, ele aproximou o ouvido da grade, um truque que descobrira por acaso, como se a casa tivesse passagens secretas para as palavras. Se o sistema de ventilação estivesse desligado, ele podia bisbilhotar as conversas em outros aposentos da casa, dependendo de onde ele se posicionava. Na cozinha, no andar de baixo, eles conversavam. Jack podia, em sua mente, vê-los aconchegados na mesinha de canto para o desjejum, duas xícaras de café fumegantes.

“Assim do nada?”, perguntou o pai. “Totalmente sem motivo?”

“O que eu poderia ter feito para provocar isso? Eu mal toquei nele”, ela respondeu.

“Você vai ficar com um belo olho roxo.”

“Não é engraçado, Tim. Ele parecia um animal selvagem. Ele é mais forte do que aparenta.”

“Você terá de ser mais cuidadosa.”

“Cuidadosa?” A voz dela ressoou como um gongo pelo duto do aquecedor, alta o suficiente para ser ouvida também pela porta aberta. “Eu preciso ser mais cuidadosa?”

“Holly, as paredes têm ouvidos.”

“Não me importo de que ele me ouça, talvez ele devesse me ouvir. Talvez você devesse me ouvir. Alguma coisa precisa ser feita.”

Seu pai abaixou a voz, mudando de tom, de modo que Jack Peter teve de se aproximar ainda mais da grade.

“Foi só uma vez, Hol. Uma única vez. Eu vou falar com ele. Vamos dar um jeito para que ele pare de bater, mas não quero meu filho completamente dopado. Não quero aumentar a dosagem dos remédios.”

"Você poderia ao menos falar com o médico?"
Ele teimosamente se recusou a responder. Eles ficariam sentados ali, em silêncio, evitando o olhar um do outro, observando a janela, os jornais, acompanhando o vapor do café. Jack Peter havia presenciado essa cena inúmeras vezes.
Depois de algum tempo, seu pai disse com a voz calma, "Você não devia ter surpreendido o garoto. Algo deve ter acontecido para que ele reagisse de maneira tão... violenta."
"Ele disse que havia um monstro embaixo da cama." Ela ergueu o rosto em direção ao teto. "Estava mais para um monstro na cama."
"Você não deveria ter tocado nele."
"No meu próprio filho."
"Nosso filho", disse ele. "O menino estava apenas assustado, e você provocou uma crise. Detonou a bomba."
Jack Peter ouviu um deles se levantar da mesa e atravessar o aposento, mas não podia mais entender o que sua mãe dizia, ainda que percebesse a irritação que perpassava sua voz abafada.
"Não", respondeu seu pai. "Acho que isso seria impossível. Uma ideia terrível. Olha, vou me esforçar mais com ele."
Escapulindo o mais rápido e silenciosamente possível, Jack Peter deixou seu posto e colocou-se no alto da escada, com cuidado para que não o vissem. Ele conseguiu captar o fim da resposta de sua mãe.
"...se algo acontecer conosco, então teremos de tomar esse tipo de atitude."
"Por favor, Holly", disse o pai. "Eu não vou mandá-lo para longe. Ele ficaria extremamente infeliz num desses lugares."
Mandá-lo para longe. Para longe, para longe, para onde o mandariam?
"Você não pode ter certeza", disse sua mãe. "Talvez ele pudesse ser mais feliz, talvez encontrassem uma maneira de controlar melhor..."
"Eu não vou fazer isso!", gritou o pai.
"...o comportamento dele. Levá-lo para fora. Conquistar seus medos."
Seu pai disse: "Mas ele é nosso filho. Não consigo acreditar que você chegue a sugerir algo assim".
"Não posso deixar que ele bata em mim, Tim. Que me machuque, ou que machuque a si mesmo. Não quero mandá-lo embora, mas não sei mais o que fazer."
"Vou falar com ele", disse seu pai, com a voz calma. "Vou levá-lo ao Wilson, para fazer os ajustes necessários."
Um longo silêncio preencheu o vazio, crescendo como uma onda a partir do fundo do mar até que engolisse toda a casa. Envolvendo

a cabeça com os braços, Jack Peter esperou que aquilo acabasse, mas não ousava deixar seu posto de escuta. Ele não iria para longe, não iria lá fora, ele faria com que eles parassem, e eles entenderiam e manteriam tudo como estava. Ele mostraria para eles. Faria com que vissem.

Por fim, seu pai se levantou da mesa. Ele certamente iria até ela e lhe daria um abraço. "E eu vou olhar embaixo da cama", brincou. "Para ver se há monstros."

Liberado, Jack Peter desceu as escadas e foi para a cozinha, todo sorrisos para a mãe, mas ela não se virou para olhá-lo. Na pia, lavando a louça, ela ainda não estava pronta. Usando sua roupa de ginástica, parecia prestes a sair correndo imediatamente. Seu pai deu um breve sorriso e acenou para que o garoto se juntasse a ele e ficasse em silêncio. Uma tigela de mingau de aveia, com um lago de xarope de bordo no centro, havia sido colocada em seu lugar à mesa.

"Tim", ela finalmente falou. "Volto logo da minha corrida, e então você pode fazer sua ronda. Lembre-se de pegar Nicholas no caminho de volta. Ele vem brincar com Jack essa tarde."

Jack Peter apanhou a colher e riscou uma linha sobre a superfície espessa do mingau. O xarope escorreu e se espalhou como sangue. Trabalho a ser feito, ele disse a si próprio. Não longe, não longe, mas aqui. Aqui dentro.

ii.

O Sol, de um amarelo pálido, pendia no céu salino. O inverno havia chegado durante a noite, e o frio dava um ar de isolamento às estradas vazias e às casas de veraneio desertas. Tim adorava a luz mortiça de dezembro e a ausência de pessoas, e então começou seu trabalho com uma espécie de alegre liberdade. Ele tinha que cuidar de uma dezena de imóveis no vilarejo e de outra dezena espalhada no lado oriental da península, e já havia dado conta de três das quatro casas em sua lista para o dia, sem ter sido perturbado por uma alma sequer.

A casa de veraneio dos Rothman era a maior e a mais elegante do vilarejo, de frente para a praia, em uma localização ideal, com vista para o farol, ao norte, e para a areia e as pedras intactas, ao sul. Tim estacionou o jipe nos fundos da casa e foi até a porta da frente, de onde ficou admirando a perfeição com que a nova mansão se mesclava com as suntuosas e antigas casas de estilo vitoriano da Nova Inglaterra espalhadas pela costa. Porém, ela havia sido construída há menos de dez anos. Seu filho era mais velho que a casa. O vento atravessava seu casaco, então ele fechou a gola, para proteger a garganta, e correu para a porta, vasculhando os bolsos em busca das chaves.

A casa estava mais fria do lado de dentro do que de fora; ele procurou o termostato para elevar a temperatura e acendeu as luzes na palidez do meio-dia. Na cozinha, armários de bétula novos e harmoniosos brilhavam como mel sobre a bancada lisa de ardósia, bem como sobre o fogão e a geladeira imaculadamente limpos. Algumas gravuras de bom gosto se enfileiravam nas paredes, e, na sala de jantar,

as cadeiras estavam posicionadas a exatos sete centímetros da mesa, à espera de ocupantes. Em busca de correntes de vento, ele percorreu os aposentos um após o outro, distraidamente checando janelas que sabia estarem fechadas. Uma camada de pó forrava as conchas e o bricabraque cuidadosamente dispostos no bufê, e ele desenhou com o dedo uma linha na borda de um aparador de ébano. Em porta-retratos, fotografias dos Rothman se espalhavam por toda parte: o pai em seu jaleco branco de dentista, empunhando uma ferramenta bastante ameaçadora; a mãe exibia o mesmo sorriso prático em todas as fotos. Duas crianças — um menino e uma menina — passavam progressivamente da tenra infância à adolescência, os dentes perfeitos faiscando ao Sol de verão do Maine. Até o cão era perfeito: um shiba-inu suntuoso como uma raposa bem penteada. Em um espelho de moldura dourada, Tim viu a si próprio rondando os objetos como se fosse um ladrão e rapidamente se afastou.

Tim se sentou na poltrona do dr. Rothman e examinou o tapete persa a seus pés, perguntando-se se teria trazido nos sapatos areia ou lama. A sala era simples e elegante. Um piano de armário Steinway tomava uma parede. Mais fotos da sra. Rothman, em seu melhor traje de banho. Espelhos e abajures Arts & Crafts.[1] Vigas de pinho branco e adornos de acabamento. A mobília, os objetos de decoração, a casa de veraneio, tudo melhor e mais novo que os dele. Um castelo erguido coroa a coroa, ponte a ponte, dente a dente.

Dinheiro. Ele enfiou a mão no bolso da frente e pescou dez dólares, a mesma nota amassada que havia enfiado ali há três dias. Nem precisava olhar para saber que sua carteira estava vazia. O dinheiro nunca era suficiente. Os planos eram que ele voltasse a estudar e se formasse, mas, quando seu filho nasceu e depois foi diagnosticado, eles decidiram, após muitas noites de discussão, que Tim deixaria a ambição de lado para tomar conta do garoto a maior parte do tempo.

"Eu ganho mais", ela havia dito, e isso era verdade, mesmo como uma advogada de cidade pequena em início de carreira. "Então faz mais sentido, enquanto ele é pequeno, que eu mantenha meu emprego. O que há de tão terrível em ser pai em tempo integral? Você sempre pode encontrar algum serviço sazonal ou de meio período, vamos dar um jeito."

1 Movimento estético surgido na Inglaterra, em meados do século XIX, que privilegiava itens artesanais. [As notas são da Tradutora.]

Tim havia esbarrado com a vaga de caseiro da Administração de Propriedades da Costa, mas não conseguia deixar de imaginar que, secretamente, desde o início, Holly apreciava a chance de escapar da responsabilidade do cuidado diário com o garoto. Quando J.P. era mais novo, Tim o levava junto quando tinha algum serviço ocasional e Holly não estava livre ou eles não conseguiam uma babá. Mas depois que Jip desenvolvera sua fobia, essas excursões com seu filho se tornaram praticamente impossíveis. Assim como voltar à universidade depois de todos esses anos. Ele tinha idade suficiente para ser pai de um calouro.

Com a sola da bota, ele esfregou uma mancha no tapete. O vento sacudia as vidraças atrás dele, e ele se ergueu da poltrona, duro de frio, para subir as escadas a fim de verificar as correntes de ar nos quartos. No *boudoir* do dentista, a cama king size flutuava como uma jangada no mar aberto. Uma única ruga marcava a colcha, e ele a alisou com as mãos, imaginando o dr. Rothman e sua esposa, perfeitos e bronzeados, descansando em uma tarde de verão, exaustos de tanto relaxar. O vento assobiava por uma fresta nas paredes, e Tim seguiu o som, passando pelo quarto da filha. Ele viu de relance um enorme urso de pelúcia, prêmio de alguma feira de praia, sentado na cadeira de Cachinhos Dourados.

A porta no fim do corredor estava fechada, e, quando ele a abriu, um cheiro forte evadiu-se do quarto do garoto, como se estivesse preso lá há três meses. Alguma coisa morta. Nas paredes havia pôsteres de todos os astros do esporte de Boston, Red Sox e Patriots, Celtics e Bruins. Em um canto, repousava um par de esquis aquáticos, e nas prateleiras e sobre a cômoda havia conchas e estrelas do mar, um ovo de arraia seco, um pedaço de madeira que lembrava o chifre de um narval. Um caderno de recortes jazia aberto na escrivaninha do garoto. Páginas de um verão comum. O baleeiro de Boothbay, uma mariscada na praia, um conjunto de reproduções dos grandes fogos anuais de Portland. E o garoto e a irmã em dias de Sol, escalando pedras, andando de caiaque no calmo Atlântico, exibindo como troféus peixes menores que uma perca. O garoto e sua irmã, a assumirem um tom bronzeado entre julho e setembro. Ele virou a última página e pensou no filho.

Monstros embaixo da cama. Depois de erguer as cobertas, Tim se ajoelhou e olhou embaixo do colchão. Semelhante a um sapo seco, em meio às sombras havia um calção de banho. Ele se esticou para

alcançá-lo e teve um arrepio ao tocar os vincos e as rugas do tecido. Ao puxar o calção, uma trilha de areia se formou. Nos bolsos havia quatro conchas de bernardo-eremita, cheirando à maresia. Ele cutucou os pequenos corpos um a um, mas nenhum se moveu. Grandes monstros. Os Rothman não deviam ter se dado conta quando fizeram as malas no fim do verão, e o fato de a equipe de limpeza não ter olhado embaixo da cama não surpreendia Tim, pois eles eram rápidos e descuidados, deixando com frequência para trás surpresas que ele tinha de consertar. Tim colocou o calção e os caranguejos mortos junto ao álbum de recortes, as conchas escuras em contraste com a madeira.

Holly estivera com tanta raiva naquela manhã, cheia de uma decepção profunda que raramente vinha à tona, apesar de todas as dificuldades da última década. A marca em seu rosto rapidamente se transformara em um hematoma. Ela nunca havia conseguido encontrar a melhor maneira de lidar com o garoto, como abordá-lo com jeito, de forma a dar-lhe espaço para que ele viesse do seu mundo distante para a realidade. Apenas uma vez Jip havia agredido o pai. Fora no primeiro dia da escola depois de ele quase ter se afogado, há três verões, quando Tim tinha a certeza de que seu filho não ia querer perder a chance de reencontrar seus amigos. Ele havia conseguido convencê-lo a sair da cama e até a tomar o café da manhã, mas, quando chegou a hora de ir, o garoto simplesmente não se movia.

"Coloque as meias e os sapatos", vociferou Tim. "Estamos atrasados para a escola."

Seu filho empacou e dobrou as pernas para esconder os pés nus debaixo de seu traseiro.

"Você sabe que quer ir. Droga, Jip, ande logo e faça o que eu estou mandando." Ele percebia a crescente raiva na voz, mas não fez nada para impedi-la.

Abaixando a cabeça, o garoto olhou para ele com raiva, de maneira inflexivelmente desafiadora. Ele buscou marcar uma distância, buscando na cadeira uma âncora, enroscando seus braços finos nas travas do encosto.

"Última chance..."

"Não!", gritou Jip.

Tim agarrou o braço dele, tentando tirá-lo da cadeira e fazê-lo calçar as meias e os sapatos, mas, no mesmo instante, seu filho se desviou e balançou violentamente, os pequenos punhos batendo com

a força de um baterista contra as mãos do pai. Percebendo seu erro, Tim colocou-se fora do alcance do garoto enquanto o olhava distribuir golpes a esmo e então desabar, vencido por sua própria raiva, uma criatura totalmente diferente, um cão raivoso rosnando e mostrando os dentes. O espetáculo, a princípio, alarmou Tim, mas ele pensou que era melhor esperar um pouco e não mostrar qualquer emoção. Como ele imaginara, seu filho logo voltou a si e se acalmou.

Mantendo-se ereto, com uma postura rígida, olhando para seu filho, ele disse: "Você nunca deve bater em ninguém".

Seu menininho teve um breve espasmo, algo que durou pouco mais de um segundo. "Certo", respondeu.

A partir de então, Tim aprendeu a tomar cuidado com qualquer toque repentino e inesperado, e provavelmente era isso que Holly fizera com ele. Ela esquecera e o assustara. Não aconteceria de novo, Tim encontraria o momento oportuno de falar sobre isso com Jip e colocar nele o temor a Deus. Mandá-lo para longe, ora veja se isso tem cabimento.

Os Rothman nunca mandariam seu menino para longe. Ele voltaria a esse quarto verão após verão até que se tornasse um homem, e provavelmente voltaria um dia com o próprio filho, e esse garoto seria normal também, e tudo correria bem com eles, os sortudos, os tranquilos, os abastados. E Tim voltaria para sempre a este lugar, checando a casa de veraneio de outra pessoa, fechando-a a cada inverno e cuidando dos sonhos alheios. Ele buscou ouvir o vento, mas este havia se enfraquecido. Nenhuma brisa assobiava pelas frestas. Um silêncio opressivo deu-lhe a sensação desconfortável de estar completamente sozinho em um lugar estranho, e de repente a casa arquejou em um suspiro, como se tivesse se cansado dele. Quando ele percebeu que era apenas a fornalha desligando, Tim riu de si mesmo. Bastante consciente de sua própria respiração e sentindo-se um invasor, ele decidiu ir embora, mas foi atraído por um som baixinho e vago. Era como arranhões, unhas raspando uma folha de papel, algo quase inaudível, mas o suficiente para perturbá-lo. O som surgiu novamente, um *staccato* de movimento que vinha de dentro do quarto. Assustado pela brusquidão do ruído, ele pôs seus sentidos em alerta. A terceira série de barulhos delicados veio da escrivaninha do garoto, e, ao prestar atenção, ele acabou vendo um par de bernardos-eremitas em fuga, ressuscitados de suas conchas, remexendo suas grandes garras e retorcendo suas patas para serpentear pela superfície de madeira.

"O que..."

Todos os crustáceos estavam em marcha, partindo em direção aos quatro cantos da mesa; ele deu um salto e interrompeu a fuga deles com as mãos, um a um. Eles voltaram rapidamente para seus cones elípticos. Como eles haviam sobrevivido por meses nos bolsos do calção do garoto era um mistério para Tim, mas ele rapidamente abandonou essa dúvida e os levou para o térreo, colocando-os no terreno atrás da casa. Ele ficou por um bom tempo olhando para ver se eles se mexiam, mas os bichos permaneceram imóveis como pedras.

O Sol há muito atingira o apogeu daquele dia invernal e agora se dirigia para o poente como se coberto por uma névoa. Sorrateiramente, uma tarde gélida se avizinhava, e ele estava atrasado. Deixou os crustáceos onde os havia colocado e se apressou. À medida que se aproximava da casa dos Weller, pôde ver o filho deles, Nick, esperando pacientemente no alpendre, gelado como um pingente de gelo. Conforme Tim se aproximava da entrada da garagem, ele correu até o jipe, como se tivesse passado muito tempo preso e acabasse de ganhar a liberdade. Suas bochechas estavam vermelhas e gretadas pelo frio, e o menino irradiava uma ânsia quase impossível de suportar. Nick era um amigo muito bom para Jip ter. Um garoto muito bom.

iii.

Os cinzentos se escondiam da melhor forma que podiam no gélido campo branco, agachando-se por trás dos ângulos e das frestas espalhados nas dobras da paisagem. Pelo corte dos seus uniformes e a estranha aba quadrada na parte inferior de seus capacetes, eles se revelavam alemães. No punho erguido, um homem segurava uma granada cujo formato lembrava um martelo. Dois atiradores estavam deitados sobre seus estômagos, examinando a área à espreita do inimigo. Nos montes brancos acima do local da emboscada, um pelotão de americanos verdes marchava rumo à sua destruição. A antena do encarregado do rádio havia se quebrado em alguma escaramuça antiga. O detector de minas caía sobre a superfície macia a todo momento. Às cinco da tarde de um domingo, o crepúsculo encobria os soldados.

Um grito de guerra, assustador em sua barulhenta ferocidade, rompeu o silêncio, e surgiu no horizonte um bando de peles-vermelhas, invadindo a cena. Investindo furiosamente em pôneis castanhos, rédeas presas nos dentes, uma dupla de bravos retesava seus arcos. As flechas silvavam suavemente e caíam certeiras. O capitão cinza deu seu último — e surpreso — suspiro quando a flecha acertou seu coração. Um a um, os membros do exército se viravam, mudos de choque pela inesperada chegada dos reforços, por sua potência selvagem. Dos travesseiros, os americanos davam vivas e hurras enquanto retomavam a artilharia, lançando granadas como granizo. Ajoelhado, um deles disparou a bazuca, e voaram corpos em todas as direções. Os guerreiros, em seus cocares emplumados, seus topetes moicanos e seus

enfeites peitorais trabalhados, deslocavam-se pela colcha da cama, as machadinhas erguidas em um alegre propósito assassino. Homens atravessavam o gelo e caíam gritando, cheios de pânico, nas águas geladas. No auge do massacre, a porta do quarto subitamente se abriu, jogando contra a parede um retângulo de luz vinda do corredor, iluminando os garotos lá dentro.

Com um punhado de índios de plástico erguidos no ar, Jack Peter encarou a figura parada na porta. Ele congelou, desnorteado, como se desperto de um sono profundo. Sua sombra na parede era tão imóvel quanto as dos soldadinhos de brinquedo espalhados pela cama.

Sem tirar a mão da maçaneta, sua mãe ficou parada na entrada do quarto, o olhar fixo no filho. "Meninos, está ficando tarde. Levamos Nicholas para casa, ou você prefere jantar conosco?" Ninguém o chamava de Nicholas, nem mesmo seus próprios pais. Ele sorriu da eterna formalidade dela.

"Eu posso ficar, se minha mãe concordar." Nick olhou rapidamente para Jack Peter, mas este não esboçou qualquer reação. Ele sentiu um calor subir em seu rosto e apertou os bonecos de plástico com força.

"Vocês dois têm de se lavar agora, e, Jack, você nem fez a cama hoje." A sra. Keenan deu um passo à frente, e sua mera presença parecia romper o feitiço que prendia o filho. Sua respiração acelerada deu lugar a um ritmo suave. Ele largou os brinquedos e curvou a cabeça como um penitente. Fazendo um semicírculo com os braços, Nick juntou todos os soldados e guerreiros no meio da cama.

"Jack, Jackie." A mãe do menino estalou os dedos, tentando atrair sua atenção. "Não é ótimo que Nicholas possa ficar para jantar? Mas Jack, você tem de ajudar a arrumar essa bagunça. E faça sua cama, ok? Não quero falar outra vez. Vamos lá, garoto."

Lentamente, ele recolheu os pôneis que haviam caído no chão, jogando-os na pilha. A sra. Keenan deixou o quarto, e, na ausência dela, ele começou a se mover com maior rapidez. Com a ajuda de Nick, os dois colocaram os soldadinhos de plástico em uma lata de biscoitos, em cima da caixa de brinquedos, e depois esticaram os lençóis e arrumaram a colcha. Os garotos faziam tudo em silêncio, pois Nick sabia que não devia distrair o amigo. Ele sempre ficava instável em momentos de transição; era melhor se manter quieto e deixar Jack fazer as coisas do jeito dele. Quando o quarto ficou arrumado, com tudo em seu devido lugar, Nick fingiu limpar a poeira das mãos. "Pronto?"

No mesmo instante, seu amigo voltou a ser um menino de dez anos. "Sim!", exclamou, e eles apostaram corrida escada abaixo. O vento

sacudia os vidros das grandes janelas do primeiro andar e jogava areia contra as paredes externas. Logo adiante, uma espuma branca cobria o Atlântico, e as ondas rebentavam na praia com um ritmo que lembrava um coração batendo. O frio e a umidade faziam pressão contra a velha casa, as vigas estalavam com o vento, e o sistema de aquecimento fazia pressão contrária, exalando ondas de calor. Era bom estar lá dentro em uma noite como aquela.

A sala de estar estava totalmente às escuras, havia apenas o brilho fraco das luzes da árvore de Natal, e os garotos quase passaram direto pelo sr. Keenan, aninhado na poltrona. "Parem, rapazes! Vejo que o sr. Nick se juntou a nós. E o que esses bravos meninos andaram fazendo a tarde toda?"

"Guerra", disse Jack Peter. "Com os homens do exército."

"Guerra? Caos e mortes, J.P.? Tão perto do Natal, você acha que é uma boa ideia?"

Jack Peter rodeava a poltrona, sem fazer contato físico. "Guerra de mentirinha. Só brincadeira. Não é de verdade."

"Tudo na imaginação, hein, Jip?"

"Bem aqui." Ele cutucou a cabeça com o dedo.

"E você, sr. Weller? De que lado está?"

A pergunta deixou Nick envergonhado, em parte porque ele se achava muito crescido para brincar com soldadinhos. Ele havia concordado, como costumava fazer, apenas devido à insistência de Jack Peter. "Não havia lados. Estavam todos misturados, alemães, americanos e índios."

"Um saudável descaso com a História", disse o sr. Keenan. "Muito bem. Há diversas coisas mais importantes que a História. Imaginação, por exemplo. E, claro, o jantar. Vocês estão de mãos limpas e prontos para o rango? Vamos acender algumas luzes pelo caminho. Não há necessidade de ficarmos em um cemitério."

No fogão, fervia um ensopado de peixe. Nick observou a sra. Keenan fatiar o pão na tábua de madeira. Enquanto ela se concentrava na tarefa, o hematoma em seu rosto adquiriu um tom mais escuro. Eles sentaram em seus lugares habituais, os adultos nas pontas, Jack Peter e Nick de frente um para o outro. Ao fazerem as preces, Nick começou a perceber uma mudança na atmosfera, como se alguém ou algo os observasse enquanto comiam. Nenhum dos outros parecia prestar atenção nisso. O sr. e a sra. Keenan falavam de coisas triviais, como o tempo e a comida, saboreando um bocado de pescado, um pedaço de pão, um gole de vinho, e Jack Peter, como sempre, estava concentrado em sua tarefa,

mastigando mecanicamente cada pedaço. Nick, no entanto, não conseguia deixar de lado a sensação de que eles não estavam sozinhos.

"Meninos, vocês nem imaginam o que encontrei hoje", disse o sr. Keenan. "Eu estava na casa dos Rothman, cuidando que tudo estivesse em ordem para o inverno, e achei que havia uma corrente de vento, então fui checar todas as janelas. Em um dos quartos havia um cheiro realmente estranho. Na verdade, fedia..."

Mesmo com o copo de leite na boca, Jack Peter não conteve o riso.

"Então olhei embaixo da cama, e, vejam só, o garoto tinha deixado um calção molhado ali. Largado desde o fim do verão, mas não é só isso. Dentro dos bolsos, adivinhem? Bernardos-eremitas. Quatro enfiados ali. Mas o estranho foi depois. Estava saindo do quarto quando ouço um clique-claque vindo da mesa onde eu os havia deixado. Aqueles crustáceos haviam retornado do mundo dos mortos, tentavam escapar da casa e voltar para o oceano."

"Crustáceos fantasmas", disse Jack Peter.

"Isso", disse o sr. Keenan. "Imagino que eles estivessem hibernando ou coisa parecida. Quase me mataram de susto."

A sra. Keenan revirou os olhos e pôs a mão sobre o hematoma, como se este doesse. Amassando uma batata com o garfo, ela falou: "Nick, estamos ansiosos para ter sua companhia no Natal".

Ele enrubesceu, lembrando-se de como seus pais o haviam forçado a isso, para que eles pudessem partir em um cruzeiro no período entre o Natal e Ano-Novo. Apenas os dois, uma segunda lua de mel, disseram, ainda que ele não entendesse o que havia de errado com a primeira. A viagem, ele pressentia, era vista como um remédio para os problemas que haviam surgido ao longo dos anos, e as tentativas deles de reavivar aquela antiga chama o excluíam. Eles haviam deixado que ele escolhesse entre uma semana com os Keenan ou cinco dias na Flórida com o vovó e a vovô. O quarto de hóspedes no apartamento deles, em um condomínio de aposentados, era sempre quente, não importando a temperatura que fizesse do lado de fora. Até no Natal fazia um calorão. Sem neve, sem amigos. As tardes intermináveis. Jantar às cinco, na cama às oito. O noticiário da noite, um programa de auditório com a TV no último volume. Você gostaria de montar um quebra-cabeça? Ele amava os avós, mas iria preferir estar morto.

"Mais uma vez, obrigado por me receberem. Fico feliz por ficar com vocês. E com Jack Peter."

Do outro lado da mesa, seu amigo não demonstrava qualquer emoção.

O sr. Keenan teve uma ideia repentina. "Podíamos até reunir a velha turma durante as férias de inverno. Qual era o nome daqueles garotos? Jip, você não vê aqueles meninos há quanto tempo, desde a segunda série?"

Sim, segunda série. Jack Peter era um menino caseiro há três anos. Não ia à escola, dificilmente saía de casa. Um a um, seus antigos amigos foram se esquecendo dele, e eles sempre perturbavam Nick por manter aquela estranha amizade. Talvez fosse melhor ir para Boca Raton, na Flórida.

"Meninos, vocês vão ser os donos do lugar", disse o sr. Keenan.

Um par de olhos o observava por sobre os ombros de Jack Peter. Olhos tortos, desiguais, o esquerdo maior que o direito, as pupilas escuras como buracos, ameaçadoramente fixas nele. Ele quase deixou a colher cair. A cara enorme ganhou contornos, um desenho infantil a lápis preso na porta da geladeira. O retrato enchia completamente a folha: um menino de cabelo escuro emaranhado por cima de uma testa alta, um nariz rudimentar, um traço à guisa de boca. Era primitivo mas intenso, hachurado e trabalhado, sombras emanando dos olhos selvagens. Nick não podia resistir à tentação de olhar mais de perto, então levantou da cadeira e foi até a geladeira.

O desenho passava uma energia raivosa. Não havia rasuras ou qualquer sinal de incerteza; as linhas soltas e espirais faziam parte do conjunto. Um borrão percorria o maxilar da orelha esquerda até o queixo, como se o autor tivesse tentado suavizar a linha e esmaecer a margem. Ainda que o retrato fosse parecido com muitos desenhos de crianças, o garoto no papel era animado por um espírito diferente, com um ar de irrealidade que hipnotizava Nick. Como se a imagem exercesse algum poder sobre ele, a vida imitando a arte. Ele não conseguia conciliar a habilidade expressa naquele desenho com a impressão que ele há muito tinha de seu amigo como simplório, lento para falar ou reagir de uma maneira normal, um garoto que parecia muito mais jovem, mais infantil na superfície; ainda assim, havia uma escuridão nas profundezas daquele desenho.

"Você gosta, Nicholas?", perguntou a sra. Keenan. "Foi o Jack que desenhou. Assim, do nada."

Nick virou o pescoço para olhá-los por sobre o ombro. O garoto continuava a vigiá-lo.

Arrastando a cadeira no chão, Jack Peter chegou um pouco para frente, de modo a encará-lo, com um olhar veemente, que brilhava com o fervor de um criador. "Você costuma nadar no oceano?"

"Claro que sim. Você não lembra? A gente nadava o tempo todo durante o verão. No inverno não, mas ainda costumo nadar no verão. Quando faz calor."

"As pessoas se afogam no oceano. Os navios batem nos rochedos durante uma tempestade. As pessoas ficam confusas e perdidas no escuro, e elas inspiram a água, e todos se afogam. Naufrágios. Seu pai e sua mãe vão viajar de barco."

O sr. Keenan pousou seu pedaço de pão na borda da tigela de ensopado. "Isso era antigamente, Jip, hoje não acontece mais. Não há mais naufrágios. O farol no Cabo da Piedade ajuda os navios a se manterem longe das pedras. Agora vire-se e termine seu jantar."

Filho obediente, ele arrastou a cadeira de volta sem se levantar, centímetro a centímetro. Nick viu isso como um sinal para voltar à mesa. "Esse retrato é de quem?"

Jack Peter não respondeu. Em vez disso, começou a bater na têmpora, insistentemente, com o dedo. Ele batia sem parar, deixando todos alarmados. Cutucava o crânio com tanta força que a sra. Keenan teve de agarrar o pulso do seu filho para interromper o movimento compulsivo. Ela se retorcia contra a força dele, as veias e tendões saltando em seu antebraço, o rosto dela muito vermelho.

iv.

Ele havia saído para deixar o jipe esquentando em frente à casa, com o motor ligado no frio intenso. Em meio à desordem do vestíbulo onde ficavam as botas e roupas de frio, Tim bateu os pés no chão e esfregou as mãos enluvadas para ativar a circulação. Os esquis que estavam no canto chacoalharam, seu hálito explodiu em nuvenzinhas brancas, e as janelas ganharam uma borda de geada. Ele disse a si mesmo que, na próxima ronda das casas de veraneio, precisava checar se os aquecedores estavam ligados no mínimo. Nada pior que canos congelados rompendo-se na época do degelo. O inverno estava chegando. Droga, ele já estava lá. Apenas um degrau separava o vestíbulo da cozinha, e, por costume, ele bateu a ponta do pé na borda para tirar a areia e a sujeira da sola dos sapatos antes de entrar na casa limpa. O garoto já estava à espera dele, com luvas, gorro e botas, enrolado como uma múmia no casacão e no cachecol.

"Empacotado e pronto para partir? Tudo o que temos de fazer é colar alguns selos na sua testa e mandar você para casa pelo correio."

Gingando, Nick avançou alguns passos e já estava quase na porta quando sentiu um puxão na manga do casaco.

"Você vai voltar?", perguntou Jip.

"Claro que sim. Virei um dia depois da escola, como de costume, e então teremos uma semana inteira depois do Natal. Vou ficar com vocês."

"Por quantas noites?"

"Do dia seguinte ao Natal até o Ano-Novo."

"Você ficaria aqui, Nick? Você ficaria aqui se o navio dos seus pais naufragasse?"

A sra. Keenan interpôs-se entre os garotos. "Que coisa horrível de se dizer, Jack." Ela deu as costas para o filho. "Não se preocupe com essa história. Seus pais vão ficar bem."

"Eles podem nadar", disse Jack. "Mas não no frio. Não nade na água fria, Nick."

Incomodado com o que parecia uma ordem, Nick hesitou antes de responder. "Não vou. Está muito frio. Sinta no vidro."

Colocando a palma da mão na janela, Jip sorriu com a sensação de frio. Tim pôs a mão junto à de seu filho. "O que você acha, Jip? Abaixo de zero?"

"Frio o bastante para nevar. Frio o bastante para ter gelo. Dirija com cuidado, papai." Ele examinou os reflexos translúcidos que eles formavam no vidro e desenhou, com a ponta do dedo, a silhueta do rosto de Nick. "Ok, vocês podem ir agora."

Antigamente, quando ainda saía de casa, Jip costumava fazer todo o caminho ao longo da estrada Costeira e subir as pedras no Cabo da Piedade até o outro lado, onde ficava a casa de Nick Weller. Os dois pulavam pelas pedras feito cabritos, passando assim os dias ociosos do verão. Era cerca de um quilômetro e meio a pé, mas os garotos só tinham autorização para andar ali à luz do dia e com tempo bom. De carro, era preciso fazer um retorno para o interior, a fim de contornar o promontório e as rochas, e esse contorno implicava dirigir por quase quatro quilômetros. Não que Tim se importasse com os dez ou quinze minutos que gastava para levar Nick para casa. Ele se sentia agradecido pelo fato de o garoto ainda visitá-los depois de todos esses anos, aguentando a esquisitice de Jip, dando a seu filho uma conexão com o mundo lá fora, uma aparência de normalidade.

Como se as coisas estivessem normais. Talvez, há muito tempo, quando ele era um bebê recém-nascido e era capaz de sorrir. O primeiro sinal de que havia algo errado havia sido, com certeza, o fato de ele não reagir ao bilu-bilu dos adultos. Ele não era tão fechado em si mesmo quanto alguns dos garotos que Holly e Tim haviam conhecido naqueles detestáveis grupos de apoio. Ele falava, enquanto os demais estavam perdidos em seu silêncio ou eram prisioneiros de algumas poucas palavras e sons. Ele suportava, se fosse avisado, que outros tocassem nele, ainda que o incidente da manhã tivesse feito Tim ter algumas dúvidas. Trata-se de um espectro, haviam dito os psiquiatras, e Jip estava na ponta mais funcional, mas, mesmo assim, se recusar a colocar os pés fora de casa e viver tão profundamente ensimesmado estava longe de ser normal. Mas Nick parecia não se importar, ou

talvez seu senso de lealdade superasse sua aversão. Tim segurou-o com firmeza pelos ombros e o levou para o frio no lado exterior.

O garoto entrou no jipe e afivelou o cinto de segurança. Uma onda de tristeza invadiu Tim quando ele viu o menino pronto para a viagem de carro. Educado, obediente, um pouco tímido, mas basicamente um garoto comum. Tim controlou suas emoções e engatou a ré. *"On the road again"*, cantarolou enquanto descia com o jipe até a estrada Costeira. O céu de inverno estava cheio de estrelas, e uma Lua minguante puxava as marés. Eles deslizavam pela rodovia tão silenciosos e sozinhos quanto um navio no oceano.

"Desculpe por aquela cena com o desenho", disse Tim. "Você sabe como o Jip é. Às vezes, ele não encontra as palavras certas."

"Não se preocupe, sr. Keenan."

"Vocês ainda têm aula de arte na escola? Eles ainda ensinam os garotos a desenhar?"

"Temos aula de arte duas vezes por semana", respondeu o garoto. "E de música às sextas-feiras."

Música, ele havia se esquecido de tentar música com Jip. Música talvez ajudasse. Algo para acrescentar ao currículo da educação em casa, que eles poderiam começar depois do Ano-Novo. A prática e a disciplina seriam boas para o filho. Um instrumento de sopro, talvez o clarinete fosse bacana. Ele fez o retorno para o interior e pegou a curva em forma de ferradura que contornava o Cabo da Piedade. Durante algumas centenas de metros, o facho do farol atravessava a estrada, e seu brilho nunca deixava de surpreendê-lo. Iluminado por trás, Nick se refletia no para-brisa, mostrando entusiasmo enquanto falava. "Praticamos desenho no início do ano. Depois cortamos formas geométricas em papel, para fazer mosaicos. E então aquare..."

Tim enterrou o pé no freio e parou o jipe, as rodas triturando o cascalho da beira da estrada. Para além do reflexo transparente do garoto no vidro, a cerca de seis metros à frente, algo havia se movido. A massa branca se esticara, transformando-se em uma criatura ereta, a pele pálida de um sepulcral brilho azulado à luz da Lua, para depois dar-lhes as costas curvando os ombros e se afastar, arrastando os pés. Ao passar pelo facho de luz do farol, olhou para trás, iluminado por um instante. A passos largos, subiu as pedras em direção ao oceano, desaparecendo na escuridão tão rapidamente que Tim não tinha certeza se aquilo havia acontecido, nem exatamente o que era aquela coisa que se assustara com o carro.

"Você viu aquilo?", perguntou ele ao garoto.

Nick estava esfregando o pescoço no lugar onde o cinto o machucara quando o jipe havia parado de repente. Ele parecia não ter visto nada. "O quê?"

"Havia alguma coisa ali. Na estrada." Tim encostou e desligou o motor.

Ao sair do carro, ele percebeu que o vento estava mais forte, tornando o frio da noite ainda mais cortante. Ele deu alguns passos na direção do farol, para onde a criatura havia fugido. Dentro do carro, o garoto o observava, com ar intrigado. Tim prestou atenção no silêncio, mas não ouviu nada além do distante ruído das ondas batendo nas pedras e do vento rodeando as árvores e tudo em torno. Nenhum sinal daquela coisa, e a ideia de chamar por algo que ele nem sabia se existia de repente lhe pareceu absurda. Ele observou a paisagem abstrata mais uma vez, sem ver nada além de contornos escuros sob um céu escuro. Convencido de que a criatura havia partido, voltou para o jipe.

"Está tudo bem?", perguntou Tim ao garoto. "Tem certeza de que não viu nada na estrada?"

Nick deu de ombros. "Eu vi o senhor."

"Pensei ter visto..."

"Mas eu estou bem", disse o garoto, mostrando o pescoço.

"É impossível", murmurou Tim, balançando a cabeça para se livrar da visão. Ele ligou o farol alto e partiu, segurando o volante como se este pudesse escapar de suas mãos. A cada curva, ele pensava ver outra presença espectral na escuridão e não conseguiu relaxar até acabar de fazer o contorno da ferradura e ter de novo o oceano à sua direita. Cercada de tuias, a casa dos Weller resplandecia na solidão de dezembro. Uma fieira de luzes coloridas contornava o beiral do telhado e emoldurava as janelas e a porta da frente. Nenhuma outra casa deste lado do Cabo da Piedade exibia uma luz, uma vela que fosse.

Fred Weller abriu a porta com um copo de uísque na mão. Apesar de sua jovial robustez, ele parecia ser um homem que estava sempre com frio no inverno. Mesmo dentro de casa, Fred se embrulhava em um grosso casaco de tricô irlandês, amarrado na cintura, e usava meias de lã com os chinelos. Ele tinha uma expressão levemente desnorteada, como se não esperasse a volta de Nick aquela noite; e o garoto realmente entrou sem dizer uma palavra, tirando o casaco e o boné enquanto sumia no interior da casa.

Com um sorriso e um aceno, Fred conduziu Tim à sala de estar. "Qual veneno você prefere? Quer algo para esquentar, agora que o inverno finalmente chegou?" Fred foi até o bar e serviu mais um uísque.

Tim pensou em declinar do convite, mas foi vencido pela chegada da esposa de Fred, Nell, que surgiu como que do nada ao ouvir o som de outro ser humano no ambiente. Em um robe de estilo antigo, ela deslizou pela sala, balançando os ombros e os quadris, e beijou-o no rosto, sua pele exalando um perfume morno de cedro. "Timothy Keenan, não ouvi você entrar. Espero que Nick não tenha dado trabalho — onde está esse garoto?"

"Trabalho algum, mas..."

Ela pousou a mão de unhas feitas no peito dele. "Nossa, você está pálido como uma ostra, e seu coração está disparado. O que aconteceu, pobre homem? Parece que viu um fantasma."

"E é isso mesmo. Eu vi alguma coisa quando vinha para cá. Na estrada, perto do farol."

Fred lhe estendeu o copo. "Acho que você precisa mesmo de um drinque. O que era, afinal?"

O primeiro gole o aqueceu como uma chama.

"Não sei bem. Estávamos contornando o Cabo da Piedade quando vi aquela coisa, branca como papel. A primeira coisa que me passou pela cabeça foi, nossa, um homem pelado..."

Nell não conseguiu conter o riso. "Talvez eu devesse tomar um drinque, também. Você quer dizer, nu como veio ao mundo?"

"Pois é, isso seria impossível", disse Tim. "Sem roupa, qualquer um congelaria até morrer em uma noite como essa. Hipotermia em dez minutos. Então simplesmente não podia ser um homem."

Junto ao bar, Fred grunhiu, concordando, enquanto despejava gelo em um copo.

"E havia algo na maneira como ele se movia. Mal o vi, ele deslizou sobre as pedras, como uma pipa cuja linha arrebenta e é imediatamente puxada pelo vento, desaparecendo em um segundo."

Fred estendeu a Nell um copo pequeno. "Aconteceu comigo uma vez. Nicky e eu fomos pescar no píer e, enquanto caminhávamos sobre as pranchas, um golpe de vento arrancou o boné dos Red Sox da minha cabeça, que saiu rodopiando pelo píer até cair no meio do oceano. O boné, não a minha cabeça. Era o meu predileto."

"Sério, Fred. Você está comparando um boné de beisebol velho a um homem pelado no meio da estrada, na noite mais fria do ano..."

"Ele acabou de dizer que não podia ser um homem. Não para ser levado pelo vento daquele jeito. Só fiz uma comparação."

"E eu estou apontando as falhas de sua analogia."

"Não é uma analogia. É só uma observação. Um comentário sobre a força do vento."

"Você está é se mostrando um tanto avoado", disse Nell. "Deixe o pobre coitado acabar a história."

Tim tomou outro gole de uísque e pousou o copo vazio na mesa. "Temo já ter chegado ao fim da história. Saí do carro para dar uma olhada, mas a coisa havia sumido. E Nick não viu nada. Talvez seja uma boa ideia dar uma olhada nele. O cinto de segurança machucou um pouco seu pescoço quando freei. Juro que não consigo imaginar o que aquilo pudesse ser."

"Um cão", disse Fred. "Um enorme e peludo cão branco. Ou um coiote."

Nell riu da ideia.

"Ora, eu vi um coiote por aqui no último verão, vindo de um beco sem saída. Poderia ser um animal selvagem. Um veado", sugeriu Fred.

"Não seja ridículo", disse Nell. "Você não prestou atenção? Ele disse que era branco como um lençol."

"Uma toalha de praia velha. Um cobertor. Um desses guarda-sóis, arrastado pelo vento."

Nell deu um sorriso irônico. "Ainda acho que era um homem nu."

"Você está sempre pensando em homens pelados", disse Fred.

Ninguém conseguia pensar em uma resposta adequada, então todos ficaram esperando que o assunto morresse. Cubos de gelo chacoalharam nos copos vazios.

"Como vai Holly?", Nell disse finalmente, oferecendo um alívio. "E seu filho?"

"Ah, Jip... Nick e eu conversamos no caminho para cá. Talvez possamos convidar alguns dos amigos da escola durante as férias de Natal, quando os dois estiverem lá em casa."

Os Weller trocaram uma espécie de sinal, uma olhadela rápida que o casal havia imbuído de significado ao longo dos anos. Eles não mostraram qualquer reação à proposta, e Tim sentiu um certo arrependimento por ter aventado a hipótese.

"Acho que um talento pode estar se revelando. Ele agora não para de desenhar."

O comentário despertou o interesse de Nell. "Você precisa dar de Natal para ele um desses kits de desenhista."

"Ele aceita encomendas? Talvez minha mulher queira posar para você."

"Sinceramente, Fred." Ela deu as costas ao marido. "Sabe, Tim, um desses conjuntos com lápis de cor, papéis especiais, talvez tinta. Aquarela. Você tem de 'corajar' o garoto." Ela riu por seu erro acidental.

Sim, pensou ele enquanto se levantava para partir. Um jovem artista. Autoexpressão e tudo mais. Qualquer garoto, inclusive o seu, gostaria de um pouco de encorajamento.

Ele não estava acostumado a beber, normalmente era apenas uma cerveja, exceto quando saía com os vizinhos ou o pessoal que vinha para passar o verão, e ainda assim era só para se mostrar sociável. O uísque roncou em seu estômago, e ele sentiu a cabeça pesada enquanto Fred e Nell se despediam dele. No carro, ele ficou sentado um pouco, respirando profundamente, a fim de dissipar a leve tontura. Ela não mudava, continuava desejável como sempre. Ele sentia um leve torpor nos lábios, então beijou o ar algumas vezes, fazendo de conta que era Nell, antes de dar a partida no carro.

Normalmente, ele adorava a costa deserta em uma noite de inverno, que lhe dava um momento de solidão em meio a sua vida agitada. Porém, naquela noite, ele não conseguia tirar da cabeça a imagem que vira mais cedo. Ao contornar o Cabo da Piedade, ele reduziu a velocidade, na esperança e no temor de uma segunda visão. Como isso não ocorreu, ele parou no local do primeiro encontro com aquela estranha alucinação. Ele desligou o motor, deixou os faróis acesos e saiu do jipe. Noite estrelada, o frio cortante enchendo seus pulmões. Nenhum sinal da coisa, nem ao menos uma pegada na areia. Tim subiu pelas pedras até o farol, momentaneamente cegado por seu brilho intenso, e só parou quando já era possível ver as ondas de espuma branca que recobria as águas negras, fosforescentes à distância, sucedendo-se sem parar.

Ele precisava voltar. Eles deveriam estar imaginando por que ele demorava tanto.

O que era aquilo? Nick não havia visto nada. Será que aquela criatura não passava de uma ilusão, um produto da indigestão do ensopado de Holly? Seria um cão, um veado, um coiote branco? Ou uma invenção de sua mente fatigada, um fantasma conjurado pela selvageria demonstrada pelo filho? Um garoto que bate em sua mãe quando ela o desperta de seus sonhos. Seu garoto, sempre fora do alcance, sempre rodopiando para longe dele, como uma pipa levada pelo vento. Mais encorajamento, ela havia dito. Mais coragem. Ele respirou uma vez mais o odor penetrante da maresia e então tomou o rumo de casa.

V.

Holly prendeu a respiração e afundou na banheira até estar completamente embaixo d'água. Seus cabelos flutuavam como algas em torno do rosto, suas mãos flutuavam, sem peso, e, assim que ela ficou imóvel, deixou de ouvir qualquer coisa que não fosse o ritmo de seu coração. Ela fechou os olhos, de forma a sentir apenas a água morna em sua pele e a pressão do ar preso nos pulmões. Depois de alguns instantes, algumas bolhas escaparam de seu nariz. Deve ser assim que se sente alguém que se afoga, ela pensou, tão estranhamente tranquilo no fim. Passaram-se mais quinze segundos antes do impulso inicial de pânico e sobrevivência. Ela curvou as costas e ergueu os ombros, até que pudesse respirar de novo, abriu os olhos e viu a porcelana branca da banheira, os azulejos turquesa na parede, e o teto luminoso como uma nuvem. A área acima dos malares latejava na umidade. Ela enrolou uma toalha e colocou-a sob o pescoço, deitando-se para descansar. Filetes de vapor se exalavam da pele sardenta dos joelhos, um par de ilhas brotando da água.

O vapor fez com que ela se lembrasse do padre, naquela manhã, com seu hálito gelado enquanto estava postado em frente à Igreja Stella Maris, cumprimentando os paroquianos que saíam da missa das oito. Estava um bocado frio naqueles degraus, como mostrava a fumacinha branca que acompanhava as palavras dele. Ela tentou sair sorrateiramente dali, da mesma forma que havia se esgueirado durante a missa, mas ele a alcançou, estendendo a mão, e teria sido indelicado não responder ao cumprimento. "Bom dia", ele falou, grave como um político, e quando segurou a mão dela entre as dele, Holly pôde sentir o sangue

aquecendo seu rosto. Ele era tão velho quanto o pai dela, que há muito partira deste mundo. Todos entraram em seus carros e se foram, não havia sobrado ninguém na igreja. A última a sair.

"Vai dar uma corrida?", perguntou o sacerdote.

Ela puxou o casaco sobre a legging e o moletom, trançando os pés como se tentasse esconder os tênis de corrida. A decisão de ir à missa depois de tantos anos fora repentina, e ela não estava vestida para a ocasião. Naquela manhã, ela passou um corretivo no olho roxo, vestiu a roupa de jogging e fugiu de casa, com a intenção de ir de carro até a escola e correr um pouco na pista oval. Mas, ao ver os carros espalhados no estacionamento da igreja, acabou parando na Stella Maris. Ela começou a balbuciar uma desculpa, rapidamente cortada pelo sacerdote com um aceno e um sorriso lânguido. "Estamos felizes em tê-la aqui, não importa o disfarce. Padre Bolden. Joseph." Ao se apresentar, ele se curvou ligeiramente e bateu os calcanhares, fazendo ela pensar em um oficial prussiano que houvesse desaguado na costa da Nova Inglaterra.

"Holly Keenan", disse ela. "Fui educada como católica."

"Mas você acabou se afastando?"

"Sim. Desde que casei, acho que até mesmo antes." Há um século, antes de Jack, antes de Tim, quando só precisava se preocupar consigo própria. Teria ela ainda uma vida assim?

"Então, seja bem-vinda de volta."

Ela analisou o comentário dele por um instante, enquanto mordia o lábio. E pensou na sua mãe, certamente a caminho da missa naquele momento. "Não estou certa de ter voltado."

"Então direi apenas 'bem-vinda'. A qualquer momento. O que quer que esteja buscando, sra. Keenan..."

Ele deve ter notado minha aliança, ela pensou. Havia um bálsamo em sua voz, uma inesperada paciência.

"Se você precisar de alguém com quem conversar, de algum lugar para ir, estarei aqui."

"Obrigada, padre." Ela se sentiu estranha por chamá-lo de padre, depois de tantos anos longe de sacerdotes. Uma velha perua entrou no estacionamento, com os primeiros a chegarem para a próxima missa.

"Você será sempre bem-vinda, Holly Keenan. Faça uma boa corrida."

A água havia esfriado, então ela ergueu o pé direito e abriu a torneira de água quente com os dedinhos até se sentir novamente envolta pelo calor. Aquela manhã parecia tão distante. Alguém com quem conversar, ele havia dito, e para o que mais ela teria ido lá? Alguém

com quem falar sobre Jack. Outra pessoa que não Tim, que estava praticamente aquém de qualquer conversa sobre o garoto, preso a suas ilusões sobre como o menino iria superar suas enfermidades e se transformar em uma criança perfeitamente normal. Às vezes, ela pensava se por acaso as fantasias de Tim não superavam as alucinações de Jack. Não, há muito tempo ela não era capaz de conversar com ele sobre o filho. Muitas manhãs ela havia passado correndo em frente à igreja, sem parar para pensar no assunto.

É claro que, no início, ela se sentira tentada a ir à igreja, em busca de alívio, conforto ou reconciliação, mas Tim tinha mais fé em médicos e neurologistas, terapeutas e psicólogos, especialistas em cérebro e herboristas para encontrar algum remédio, apesar de Holly saber que não existia nenhum. No começo, quando eles notaram pela primeira vez que havia algo de errado com o filho, ela ansiara pelo consolo da religião de sua juventude, com seus rituais e suas cerimônias, mas a verdade era que a incapacidade de Jack de se conectar com ela ou qualquer outra pessoa parecia uma piada extremamente cruel, e a oração não passava de uma promessa vazia. Isso aconteceu quando ele era um menininho, mas agora, hoje, exatamente esta noite, ele havia se mostrado forte demais para ela. Seu rosto doía. Seu bíceps ainda latejava com a força que ela havia feito ao tentar impedir Jack de continuar a cutucar o próprio crânio.

Ela o havia deixado na sala, evadindo-se com *Os Simpsons*, pois sabia que ele não a perturbaria no banho enquanto o programa não acabasse. Além disso, a qualquer instante Tim voltaria, depois de deixar Nicholas em casa. Ela fechou os olhos e pensou no padre, deixando-se levar, tentando relaxar por mais alguns minutos.

Um ruído forte, como uma única batida na porta, interrompeu seu devaneio, o choque abrupto de um objeto grande batendo contra uma superfície rígida com uma força considerável. Holly ergueu-se na banheira, a água escorrendo por seus ombros e seu peito, e ficou esperando um novo ruído, uma resposta ao primeiro. Talvez seu filho, gemendo de espanto ou dor, mas ela não ouviu nada. "Jack!", ela gritou. Alguns compassos de silêncio se seguiram enquanto ela aguardava uma resposta, presa entre seu desejo de ter mais alguns minutos sozinha e o impulso de descobrir o que estava acontecendo. Ela não podia apontar com precisão a origem do ruído. Alguma coisa teria caído escada abaixo, estaria ele bem, ou o ruído viria de alguma outra fonte, talvez a porta do carro de Tim batendo? A velha casa rangia e estremecia no inverno, e cada baque desgarrado era amplificado e se tornava

mais ameaçador no vazio da estação. Talvez o vento tivesse derrubado as latas de lixo. Não é nada, disse a si própria, mas, no instante em que deslizou de novo no conforto da água, outro ruído a perturbou. Ela puxou a tampa do ralo da banheira, ergueu-se, pingando água no tapete, enrolou-se em uma toalha grossa e abriu a porta. Seus pés molhados deixaram pegadas no corredor.

"Jack", chamou, ainda no segundo andar. A musiquinha familiar dos créditos do desenho chegava até ela. Ele não respondeu, então ela foi até o alto da escada e chamou pela terceira vez. "Está tudo bem aí embaixo?"

"Estou bem, mãe." Sua voz tinha um tom de aborrecimento, mas nada de medo ou pânico.

Outro baque provocou vibrações pela casa, mas Holly ainda não sabia dizer se o som vinha de dentro ou de fora. Ela correu até o quarto, jogou a toalha molhada na cama e vestiu uma camisola, um roupão e pantufas. As batidas aumentaram em frequência e intensidade. O que aquele garoto está aprontando?, ela pensou, correndo escada abaixo.

Refestelado no sofá, onde ela o havia deixado, com uma manta de tricô embrulhando as pernas, Jack agora via um programa sobre a vida selvagem. "Cadê o seu pai?", ela perguntou, mas a TV o havia deixado hipnotizado e era impossível desviar sua atenção do programa. Um urso-pardo se arrastava na tela. Ela ficou de pé no meio da sala, analisando as possibilidades.

No baque seguinte, ela deu um pulo. Pareceu vir do lado direito da casa, mas, quando Holly se virou, começou uma martelação, um *staccato* acelerado que percorria toda a extensão da parede mais próxima do mar. Ela correu até uma janela, mas não conseguia ver nada na escuridão. O lado esquerdo da casa foi atacado, uma chuva de balas de canhão na lateral.

"Que diabos está acontecendo?"

Encolhido sob a manta, Jack olhava para a TV e sorria, como se não tivesse escutado nada.

O sobretudo dela pendia de um gancho junto à porta da frente, e Holly lutou para enfiar seus braços, ainda com o roupão, nas mangas. "Não saia", disse a Jack, dando-se conta da tolice de seu conselho enquanto atravessava a soleira.

Ela rapidamente se sentiu gelada, com o ar frio batendo em suas pernas nuas e seu cabelo molhado, atravessando as pantufas e agarrando as solas dos pés. Ela imediatamente se arrependeu da decisão de sair de casa. Era Tim que deveria estar lá fora no ar gelado, protegendo-os, procurando ladrões ou o que quer que fosse que estivesse

atacando a casa. Onde está esse homem? Onde estava o padre Bolden para protegê-la com sua fé? Ela sussurrou uma oração de sua infância enquanto caminhava em torno da casa, arrastando-se na escuridão, buscando ouvir o som de canhão, alerta para o louco com uma marreta, tremendo com a expectativa. A ideia de um confronto a deixava assustada. Ela não tinha nenhuma arma, nem mesmo um bastão de beisebol, e devia ser uma figura espantosa com seu sobretudo e as pantufas. Talvez seu agressor morresse de tanto rir. Levadas pelo vento, as nuvens se interpunham entre a Lua e a paisagem, criando áreas de luz e sombra na praia e sobre a casa. Na iluminação intermitente, Holly examinou a fachada em busca de estragos, mas os golpes não haviam produzido sequer um arranhão. Onde ela imaginara haver enormes buracos de bordas lascadas, nada se via. No silêncio da noite, o oceano, ao qual há muito se acostumara, subia e descia como uma criança ressonando.

Respiração de neném. Quando Jack era um bebê, Holly costumava apoiá-lo em seu peito e sentar na varanda nas tardes de verão até que ela e seu filho respirassem no mesmo ritmo da maré. Durante aquele primeiro ano mágico, quando ela não se cansava dele, antes de terem a quase certeza de que havia algo errado, antes de todos os médicos, antes de toda a conversa de distúrbios de personalidade. Ele era apenas um bebê. Ao dormir, Jack deixava uma área morna de transpiração contra a pele dela, úmido como uma foca, o rosto escondido contra seu seio, as minúsculas mãozinhas buscando a boca. Seu bebê. Ela sentia falta dele, queria que ele estivesse lá fora com ela, uma criança em seus braços ou o neném que agarrava um de seus dedos com a mãozinha. No momento em que ela o procurou pela janela, à luz noturna, uma sombra atravessou o retângulo de vidro, com outra logo atrás. Jack sacudia as mãos sobre a cabeça, como se tentasse assustar alguém que estivesse ali. Alguém, ela pensou, que estivera batendo nas paredes da casa tentando entrar. Um homem, um assassino, um monstro.

Raios de pânico a atravessaram, e ela saiu correndo, atabalhoadamente, pela areia fofa, desesperada para chegar até ele. Algo a agarrou quando Holly contornava a casa, a coisa monstruosa que vinha dando golpes do lado de fora para entrar, mas, ao se voltar para a meia-luz, Holly percebeu que era apenas a manga do casaco que havia ficado presa na cerca de arame que separava a residência da praia. Ela puxou a manga e se libertou, caindo sobre a areia e o mato.

Quando nada a atacou violentamente, nada se precipitou sobre ela vindo dos ares, arrastando uma longa mortalha esfarrapada, quando

nada a atingiu além do fato de ter se dado conta do absurdo da situação, Holly riu, esparramada no chão. Ela não havia encontrado nada golpeando a casa, nenhum lobo à porta, soprando e bufando para entrar. Disse a si própria que Tim havia voltado, o que explicava a segunda figura na sala. Não passava de um mal-entendido, de nervos à flor da pele. Ela se levantou e bateu a areia das mãos, com a certeza de que não havia ninguém lá dentro com Jack, nenhum maníaco com uma máscara de hóquei, com a certeza de que a única loucura vinha de sua própria mente esgotada. Uma risada de alívio, uma risada para parar o choro, uma risada que ela temia jamais chegar ao fim.

Através das árvores, um par de faróis surgiu, pequenos e distantes, à medida que o jipe de Tim serpenteava pela estrada Costeira, finalmente voltando para casa. Se Tim estava na rodovia, ela pensou, então de quem era a segunda sombra? Desistindo da busca, a mãe se precipitou para dentro de casa, tirou o casaco e pendurou-o junto à porta. "Você ficou andando pela sala enquanto eu estava lá fora? Achei ter visto alguém aqui com você."

Sereno como um Buda, Jack estava sentado no sofá, do mesmo jeito que ela o havia deixado, ainda vendo o programa sobre vida selvagem, com um bando de ursos-pardos pegando salmões enquanto estes lutavam para subir a correnteza. A expressão dele continuava igual. Ele não parecia ter saído do lugar. Ela passou os dedos pela geada grudada em seus cabelos e chutou as pantufas para debaixo da árvore de Natal.

"Não viu ninguém? Não ouviu nada?", perguntou, e o filho fez que não com a cabeça sem sequer olhar para a mãe, mas ela não conseguia perceber se Jack realmente ignorava o que se passara ou se fazia parte de alguma conspiração. Correndo de um aposento para outro, ela confirmou que a casa estava exatamente como a havia deixado. No pé da escada, ficou à espreita para ver se ouvia algum estranho se escondendo lá em cima e, ao chamar por ele, ficou envergonhada pelo eco da própria voz. Todas as vezes que passava em frente ao sofá, ela percebia o olhar de Jack, como se ele a estivesse desafiando a perguntar de novo. O menino tinha o ar de quem havia guardado a verdade dentro da boca, e parecia que esta se debatia por trás dos dentes dele, tentando sair.

Quando o jipe estacionou junto à casa, a cena estava armada: Holly sentada junto ao filho deles, de braços cruzados, fingindo indiferença.

Tim entrou, com as bochechas rosadas pelo frio, esfregando a parte carnuda dos braços e pisando com força no chão. "Brrr..." Ele tremia e batia os dentes de forma exagerada, como essas dentaduras de brinquedo. Jack deu um gritinho, achando graça.

"Onde você estava?", perguntou Holly.

Ele desenrolou o cachecol do pescoço enquanto atravessava a sala para dar um beijo nela, com o gosto do uísque nos lábios. "Desculpe por ter demorado tanto."

"Você bebeu?"

"Sr. Jip, não está na hora de ir para a cama?" Ele conferiu o relógio e bagunçou o cabelo do garoto. Contorcendo-se para escapar do pai, Jack se enterrou debaixo da manta, aninhando-se mais perto da mãe. "Só um copo", disse Tim a ela. "Você sabe como Fred e Nell são. Eles estão tão gratos por termos concordado em tirar Nick deles. Segunda lua de mel, olha só. E o que vocês dois andaram aprontando?"

Ela pensou em deixar para lá, mas não resistiu. "Havia um barulho. Do lado de fora."

"Que tipo de barulho?" Ele parecia indiferente ao que ela relatava. "Jip, sério, está na hora de dormir."

A irritação transparecia na voz dela. "No início achei que fosse uma bobagem, talvez algo que tivesse caído, mas depois prosseguiu, bam-bam-bam. Acertando a parede externa como tiros. E, como você não estava aqui para ver, eu tive de sair do banho quente, toda molhada, para ver o que estava acontecendo. Depois eu pensei que havia alguém na casa, quando Jack estava sozinho. Juro que tinha alguma coisa aqui dentro." Com sarcasmo, ela acrescentou: "Isso tudo enquanto você estava fora, bebericando um uísque com Fred e Nell Weller".

Curvando-se um pouco, ele tentou mostrar arrependimento.

"Estou falando sério, Tim, fui andar por aí no escuro como uma adolescente em um filme de terror vagabundo. Sabe lá Deus o que poderia ter encontrado..."

"E o que encontrou?"

"Nada", respondeu ela. "Não tenho a menor ideia da causa daquele barulho."

A cabeça de Jack surgiu de debaixo da manta. "Tentavam entrar."

Tim puxou a coberta. "Não estou brincando, camaradinha, vamos. Diga boa-noite para sua mãe."

O garoto ficou de pé, em posição de sentido. "Noite." Ele fez uma continência e marchou escada acima. Mesmo passados tantos anos, ela ainda se sentia frustrada com o fato de ele não lhe dar um beijo de boa-noite. Ela não conseguia se lembrar da última vez em que ele lhe dera um beijo de boa-noite.

Depois de Tim pedir desculpas mais uma vez, eles deixaram a discussão de lado. Sem provas, havia crime? Ela tinha de escrever alguns cartões de Natal, e ele fez penitência dobrando uma pilha de roupa limpa. Jack, por sua vez, procedeu à sua lenta retirada para a cama, protelando no banheiro, na frente do espelho, escovando meticulosamente os dentes, tirando a roupa em câmara lenta, para depois, no frio, pular rapidamente no seu pijama. A luz do quarto se apagou às nove e meia, mas seus pais sabiam que era preciso esperar mais meia hora para ele pegar no sono.

A casa ficou calma e silenciosa. Holly espirrou na cozinha, e Tim, lá em cima, no quarto, disse saúde. Quando ela foi para a cama, já o encontrou debaixo das cobertas, olhando para as cortinas fechadas da janela do lado dele da cama. Ela apagou a luz e deslizou para junto dele. "Está pensando em alguma coisa?"

Ele se virou para olhá-la e repousou a mão na cintura dela. "Eu realmente sinto muito. Você entende, Jip pode ter razão, talvez tivesse alguma coisa tentando entrar. Fred Weller me contou que as pessoas têm visto coiotes nas redondezas. Logo de manhã, vou dar uma olhada geral na área..."

"Você está perdoado", disse ela. Tolo. Ambos sabiam que pela manhã ele esqueceria tudo. Na escuridão, ela estendeu a mão até ele, colocou a palma sobre seu rosto e ficou esperando para sentir o sorriso. Ele a beijou e foi tateando até a barra da camisola dela, puxando o tecido fino para desnudá-la. Ela não se opôs às carícias e, momentos depois, quando ele subiu nela, ela deixou escapar o mais terno dos suspiros.

vi.

Na escuridão de seu quarto, Nick ficou ouvindo os ruídos da noite, esperando seus pais irem dormir. Ele estava coberto por lençóis brancos e um edredom pesado, e não se moveu enquanto eles ainda andavam pela casa. A conversa abafada, vagarosa e ritmada como a maré, o estalo de uma garrafa contra um copo, os passos cansados escada acima. Não muito tempo depois, normalmente, quando estavam embriagados, eles apagavam, exaustos, e ronronavam como gatinhos em seus sonhos. Gatinhos bêbados. Começaram os sinais denunciadores: seu pai cantando em falsete enquanto tirava os sapatos, sua mãe tropeçando e xingando o tapete. Depois que as bebedeiras de fim de semana haviam se tornado rotineiras, Nick podia quase cravar a hora em que elas acabavam. No início, seus pais apareciam, trôpegos e piegas, e escancaravam a porta do seu quarto para vê-lo dormir, mas ele acabara com isso na noite em que começou a berrar quando os dois o cercaram na cama. Naquela noite, ele os assustara de maneira definitiva.

Quando ficou seguro e tranquilo, ele acendeu o abajur e foi pé ante pé até a cômoda, abriu a gaveta de baixo e remexeu nos suéteres. Todo enrolado, o papel parecia um mapa do tesouro que havia sido confiado à sua guarda, mas ele sabia que nenhum tesouro era revelado ali. Na casa dos Keenan, enquanto se despediam, Jack Peter enfiou o rolo de papel em suas mãos no vestíbulo. "Não abra até você estar em um lugar onde ninguém possa ver", ele dissera, mas Nick não conseguiu resistir. Ele havia dado uma espiada quando estava no jipe, enquanto o sr. Keenan o levava para casa. Sentado na beira da cama, Nick abriu o papel mais uma vez, alisando as bordas.

Esboçado a lápis, estava o homem da estrada, o vulto que ele e o sr. Keenan haviam visto mais cedo aquela noite. Não havia engano: ali estavam os traços de espantalho, a pele pálida completamente esticada sobre os ossos, o cabelo desarranjado, retorcido como um esfregão. Jack Peter o havia retratado no ato de se levantar, uma das mãos esticada e implorante, a outra espalmada no chão, apoiando seu peso. O desenho mostrava o mesmo rosto incompleto e olhar vazio da criatura, como se Jack Peter também o tivesse visto na mesma estrada deserta. Acima do homem, escrito a lápis nas conhecidas letras maiúsculas do amigo, havia a instrução: DESENHE MAIS MONSTROS.

Eles vinham brincando disso há anos, trocando mensagens secretas, escondendo bilhetes em bolsos de casaco e debaixo de travesseiros, onde certamente seriam descobertos mais tarde, depois que os amigos se separassem. Nos últimos tempos, Jack Peter estava obcecado com guerra. Por meio de uma série de ordens e comunicados oficiais, as forças de cada um haviam sido arranjadas. Velhos soldados, há muito esquecidos, deixaram seus esconderijos em caixas de sapatos guardadas no fundo do closet e latas de biscoito resgatadas de debaixo da cama. Batalhas épicas colocavam caubóis contra nazistas, índios contra a Legião Estrangeira, *minutemen* azuis da Independência dos EUA — grupo de colonos que lutava contra a Coroa britânica — contra os russos vermelhos. Uma batalha dava origem a outra, em uma guerra sem fim. Mapas de países imaginários eram traçados e, depois, destruídos, para evitar que caíssem em mãos inimigas. Semana após semana, a carnificina prosseguia no quarto, atrás da árvore de Natal e, em um longo dia de cerco, na oficina que ficava no porão, em meio a várias ferramentas perigosas. Perdiam-se muitos homens, abandonados embaixo das almofadas do sofá ou caídos no abismo da tubulação do aquecedor.

Antes das guerras, foram os jogos de tabuleiro. Horas e horas de Banco Imobiliário e War. Duas semanas de damas e um mês de xadrez. Antes dos jogos, eles passaram por uma fase de gibis, começando por *Batman* e *Superman* e terminando com *Tintim*, que liam um ao lado do outro, quase sem trocar palavras. Eles nunca haviam ligado para a internet ou videogames no computador. A proximidade e o brilho da tela, bem como a rapidez dos movimentos, davam a Jack dores de cabeça latejantes. O verão era dedicado ao beisebol no rádio, quase sempre jogos do Red Sox, mas, nas longas noites de agosto, eles podiam sintonizar na frequência AM algo das distantes Pittsburgh e Chicago, e, em uma noite mágica, captaram o brilho dourado de uma partida do Dodgers no longínquo sul da Califórnia. Na última primavera, eles haviam

se dedicado a navios em miniatura, baleeiros e veleiros, e, durante um feriadão de Páscoa, a uma réplica da fragata do século XIX *USS Constitution*, completa, com velas de tecido, cordames e o odor intoxicante de cola e tinta preta. Que obsessão viera antes disso, Nick não lembrava, mas qualquer coisa era aceitável, desde que fosse dentro de casa.

E agora, como com qualquer obsessão, a da guerra tinha seus limites naturais, e chegara o momento em que o brilho se apagava de repente e sem motivo, e o garoto entediado começaria a procurar alguma novidade. Sua mais recente paixão, pelo visto, era desenhar monstros. Tudo bem, ele pensou, eu posso gostar de monstros. Porém...

Porém, Nick havia visto aquela coisa na estrada. Ele fingira, para o sr. Keenan, não ter visto nada — em parte porque não conseguia acreditar no que via, em parte porque pensava se não havia imaginado aquilo, uma ilusão sugestionada pelo desenho de Jack Peter. O que quer que aquela coisa realmente fosse. Quando o sr. Keenan deixou o carro para averiguar, era tarde demais para que Nick confessasse. De qualquer modo, ele havia fechado os olhos quando a criatura olhou na sua direção, e depois ela simplesmente desapareceu na noite, sem deixar qualquer sinal, como se jamais tivesse surgido. Mesmo agora, com o desenho em seu colo, Nick não conseguia estar certo sobre o que havia visto ou, talvez, invocado.

Ele culpava Jack Peter por isso. Aquele garoto sempre dava um jeito de puxá-lo para seu mundo interior, com um estranho poder derivado das afinidades e da história de vida que compartilhavam. Eles estavam ligados desde o berço. Nascidos com apenas duas semanas de diferença, haviam sido criados juntos. Suas mães sempre pareceram a Nick as melhores amigas, e ele não conseguia se lembrar de um único aniversário, Dia das Bruxas ou Natal que não tivessem passado juntos. Separados somente pelo Cabo da Piedade, eles estavam sempre brincando, na casa dos Keenan ou na dos Weller, principalmente nos longos meses de inverno, quando a vida no litoral pode ser solitária.

É claro que Nick tinha outros amigos, a maioria garotos da escola, mas ele raramente se encontrava com eles fora da sala de aula. Eles estavam bastante espalhados na península, e muitos, ele sabia, o evitavam por causa de seus pais. Casal de bêbados. Sem alternativa, sua família permaneceu leal aos amigos mais antigos, os Keenan, e ele a Jack Peter. Há muito tempo, eles haviam sido iguais, ou assim lhe parecia agora, ao pensar naquela época em que Jack Peter não tinha medo do mundo exterior. Brincavam de esconde-esconde nas árvores que cercavam a casa dos Keenan e empinavam pipa nos meses de

maio e junho. Eles eram apenas amigos, mas tudo mudou depois do acidente. Jack Peter saiu do oceano uma criança completamente diferente, mais exigente e controladora. Sem pensar, Nick começou a ceder aos caprichos dele. Desde então, ele sempre seguia os rumos ditados por Jack Peter. Ele também havia sido modificado por aquele dia na praia, ainda que de outra forma.

Ousando uma última olhada no monstro, ele enrolou o desenho e o colocou de volta no esconderijo. O piso de madeira era frio sob seus pés, e sua cama acenava para ele, quente e macia. Ele saiu saltitando pelo quarto e, assim que apagou a luz e se aninhou sob o edredom, um ruído se fez ouvir atrás da porta do closet. O barulho de algo pesado caindo no chão.

A primeira coisa que surgiu em sua mente foi a imagem do bicho-papão do desenho vindo atrás dele. Aquela coisa não havia atravessado o cabo, rumo ao norte? Exatamente na direção dele. Nick imaginou a criatura bem ali, caminhando pelo corredor, preparando-se para derrubar a porta e arrancá-lo das cobertas. Contando até dez, ele se preparou e esperou. Um jogo de esconde-esconde, mas, quando nenhuma mão ossuda girou a maçaneta e nenhum gemido atemorizante foi ouvido, ele se deu conta de que sua imaginação estava fora de controle. Ele saiu de debaixo das cobertas para averiguar.

Na outra ponta do corredor escuro, a porta do quarto de seus pais estava entreaberta, mas não emitia qualquer luz, então ele foi até lá na ponta dos pés e deu uma espiada. Depois que seus olhos se ajustaram à escuridão, Nick pôde perceber os contornos da mobília, o par de cômodas com espelho e a cama king size com um corpo enrolado nas cobertas. Sua mãe ressonava calmamente em seu canto habitual. Na outra ponta, os lençóis brancos jaziam retorcidos e enrolados, como velas de navio destroçadas pelo vento. Nick se esgueirou no quarto e viu seu pai desmaiado, uma pilha de pernas e braços no chão. Daquele ângulo, era como se seu pai não tivesse cabeça, e, por um instante silencioso, Nick ficou pensando onde ela poderia ter ido parar.

"Pai?", sussurrou ele baixinho; como não houve resposta, ele pousou uma mão sobre o ombro do homem e o sacudiu ligeiramente. "Pai, você está bem?"

Seu pai resmungou algo em seu sono, mas não respondeu às súplicas do filho, então Nick o sacudiu com mais força, usando ambas as mãos.

"Quequehá? Ah, Nicky. Acho que errei a cama." Bafo de uísque, mas suas roupas cheiravam a leite azedo. Ainda de calças e suéter grosso, ele havia ao menos lembrado de tirar os sapatos e as meias, pois seus

pés descalços brilhavam na escuridão. Enquanto tentava se levantar, ele fez uma pose que se assemelhava ao homem no desenho de Jack Peter, uma espécie de peixe rastejando para fora do lodo primordial. Nick se curvou para oferecer apoio, e seu pai o usou como bengala para ficar de pé, vacilante, sem firmeza. "Você é um bom menino."

Nick ajudou seu pai a voltar para a cama, desenrolando os lençóis o melhor que podia e cobrindo-o. Sua mãe suspirou no sono, mas não se moveu. Por um bom tempo, ele observou os dois, para ter certeza de que, em seu estado de inconsciência, não acordariam em meio a seus sonhos embriagados. Em noites como esta, eles certamente permaneceriam imóveis como cadáveres, mas ele queria ter certeza de que seu pai não cairia da cama de novo. Ele jurou a si próprio, como havia feito dezenas de vezes nos últimos anos, que jamais colocaria uma gota de álcool na boca. Eles haviam lidado melhor com isso quando ele era mais novo, mas recentemente o consumo de bebida havia aumentado muito. Às vezes, parecia que buscavam, de livre e espontânea vontade, se distanciarem o máximo possível da realidade, de forma a perderem seu lugar nela.

Fechando vagarosamente a porta atrás de si, Nick voltou para seu quarto e se ajeitou na cama. Lá fora, soprava um vento frio, e os lençóis e a fronha pareciam gelo contra sua pele. Contorcendo-se, ele enrolou o edredom nos pés, para aquecê-los. Ele sabia que não dormiria enquanto sentisse frio, que não conseguiria pegar no sono tão cedo, e um leve pânico se instalou, devido ao adiantado da hora e à perspectiva da escola de manhã.

"Durma", ele disse a si próprio. "Apenas durma."

No entanto, ele não conseguia dormir. Não conseguia tirar da cabeça o homem da estrada. O sr. Keenan havia freado de repente, e o carro os jogara para a frente, forçando-os contra o cinto de segurança. Nick fingira não ver, mas havia visto tudo. Desenrolando-se como uma folha, o homem se levantara do chão, meio encurvado, em expectativa. À pálida luz da Lua, sua pele branca reluzia, e ele se movia com a hesitação e o alarme súbito de um animal selvagem. Uma corça pega de surpresa, agora aqui e depois desaparecida na noite. Ele ficou pensando em para onde o homem poderia ter ido, já que ao leste só havia pedras desabando no mar infinito. Nos dias de verão, Nick e Jack Peter haviam galgado aquelas mesmas rochas, esquivando-se das fendas e piscinas criadas pelas marés, mas ele não conseguia imaginar como um homem descalço poderia escapulir por ali, se esconder ou evitar as águas geladas e escuras.

O quarto havia se tornado sufocante e abafado, devido ao sopro constante do aquecedor. Ele virou o travesseiro e deitou a cabeça no tecido fresco, esticando a mão para arrancar todas as cobertas, exceto o lençol. O sangue subiu às suas faces, e ele sentiu um fio de suor escorrer ao longo da espinha. Quente como agosto. Um tênue aroma de água salgada e Sol na praia introduziu-se no quarto. Ele podia sentir o cheiro de peixe, pedaços de caranguejo e casca de lagosta deixados por muito tempo no calor. O odor de decomposição fez seus olhos lacrimejarem, e ele se sentou no quarto escuro, pensando em de onde viria o cheiro. A imundície malcheirosa e úmida explodiu em cheio no rosto de Nick. A cama pareceu cambalear por um instante, um barco balançando nas ondas, antes de se acomodar de novo, e então a onda atingiu a parede e entrou no closet. Lá dentro, alguma coisa pesada bateu contra a porta, primeiro com força, depois suavemente. Os cabides balançaram como correntes metálicas.

Ele não queria sair da cama. A ideia de abrir a porta do closet o assustava, mas o barulho não parava, e o cheiro aumentava a cada respiração. Gotas de suor molhavam sua testa, e o pijama grudava em sua pele, como uma fralda molhada. No quarto deles, seus pais estavam desmaiados. Ele podia gritar até ficar rouco, mas eles só acordariam de manhã. Ele sabia que teria de encarar sozinho aquela coisa. O closet não lhe daria sossego.

Curioso e assustado, Nick colocou um pé no chão, como se testando se era seguro. Suave como o bater de uma asa, algo tremulava por trás da porta fechada. O cheiro era agora terrível, fétido e salgado. Ele desejava ter deixado a porta aberta: assim poderia ver o que havia lá dentro sem dar mais um passo, ainda que isso significasse, como era comum, ter de lidar com o contorno amorfo de suas roupas enganando-o com suas transformações fantasmagóricas. O rangido por trás da porta prosseguia, insistente como um sussurro. O calor o acossava, palpável como um nevoeiro. Nick cautelosamente pousou o outro pé no chão e caminhou lentamente, angustiado pelo temor de despertar o homem que estava lá dentro, ou aquela criatura da estrada, que, agora tinha certeza, estava ali, pronta para se atirar sobre ele assim que ele virasse a maçaneta. Murmurando uma oração, ele firmou seus nervos e, resolvendo, no último instante, dar cabo daquilo rapidamente, escancarou a porta do closet.

Mesmo na luz baça, a mancha branca resplandeceu ante seus olhos. Pendendo da barra do closet, os dois corpos nus, enroscados juntos, como se amarrados, balançaram no golpe de ar que ele provocara ao

abrir a porta. Mesmo desfigurados, eram perfeitamente reconhecíveis como os cadáveres de seus pais, reunidos em uma dança final. Um fedor de podridão exalava dos corpos, queimando suas narinas e perdendo-se em sua boca. A cor da pele deles lembrava ossos, mas tinha uma aparência mole, como um queijo macio, e quando os corpos rodaram, suas faces carmesins estavam inchadas, os lábios azuis, narizes marcados pelas dentadas de peixes, o cabelo molhado colando-se ao contorno de seus crânios. As bocas estavam abertas, e as línguas pendiam para fora, horrorosas como enguias. O pior eram os olhos, que o encaravam diretamente, afundados nas dobras das pálpebras grossas como massa de pão. Um acusatório olhar morto. Eles pareciam ter sido arrastados das profundezas do mar como dois peixes grandes pendurados para secar.

Nick, no início, ficou em silêncio, porque não conseguia conciliar a diferença entre o que estava vendo e o que sua mente sabia ser a verdade. Duas versões simultâneas da realidade para escolher: os corpos oscilantes no closet e a certeza de que seus pais dormiam a seis metros dali, mortos de bebedeira para o mundo, fora de alcance. A incompatibilidade dessas verdades o derrotou, e ele deu um grito, disparando pelo corredor até a segurança do quarto deles. Ele continuou gritando até ver sua mãe se mexer sob as cobertas e acender o abajur de sua lotada mesinha de cabeceira. À luz suave, os olhos dela piscaram, injetados, e ela lutou para se erguer nos travesseiros, lutando contra o entorpecimento de sua mente, desorientada pela súbita presença do filho aterrorizado.

"O que houve, querido? Teve um pesadelo?" Ela estendeu os braços para ele.

Ele se enfiou ao seu lado, no espaço entre ela e a borda do colchão. Enlaçando-o com os braços, ela o atraiu para si.

"Havia cadáveres no closet", disse Nick, dando-se conta imediatamente de que isso não era possível. Ela estava bem ali. E também lá, balançando na ponta de uma corda junto ao papai.

"Você tem certeza? Esqueletos no armário." Ela abafou um riso, apesar de todos os seus esforços para ficar séria.

"Você e papai estavam afogados."

"Afogados? Estamos aqui." O hálito dela cheirava a vinho azedo. Ela piscou os olhos, lutando contra o sono, enquanto segurava o pulso dele com mais força. Ele teria ficado ali para sempre se ela não tivesse cochilado de novo para, então, despertar subitamente, como se enfim se desse conta de quem ele era. "Ainda está assustado? Vamos ver esses

corpos no seu closet. Aposto o que você quiser que são apenas casacos que assumiram outra forma no escuro."

Nick começou a argumentar, mas sua mãe já o havia soltado e o empurrava para fora da cama com o quadril. Tateando no escuro, ela acendeu a luz do corredor e, depois, a do quarto dele quando entraram, a mãe corajosa e protetora, com o filho se escondendo por trás de sua camisola. Ele se sentia tão intimidado pela rapidez e confiança dela como pelo que estava por trás da porta fechada do closet. Ele a havia fechado ao sair correndo? Ela não hesitou em segurar a maçaneta e escancarar a porta. Como ela havia prometido, nada além de suas velhas e conhecidas roupas. Eles ficaram ali um momento, olhando.

"Viu?", ela disse, com uma voz calma e reconfortante, conduzindo-o para a cama. "Vamos deixar a porta aberta se você preferir, mas era só a sua imaginação."

Nick subiu na cama com uma dezena de imagens na cabeça e, quando sua mãe lhe deu um beijo de boa-noite, quis implorar para que ela ficasse, pelo menos até que ele pegasse no sono, mas deixou que ela voltasse, cambaleante, para o próprio quarto. Ele acendeu o abajur na mesinha de cabeceira, pois sabia que não conseguiria dormir no escuro.

vii.

Seu quarto era de frente para o oceano, e, de manhã, o Sol nascente arderia em chamas sobre as águas e brilharia através de sua janela. Se não tivesse aberto as cortinas na noite anterior, Jack Peter não veria o reflexo da aurora no espelho sobre a cômoda, na parede oposta. Com devoção arrebatadora, ele analisava a maneira pela qual a luz expulsava a escuridão. Encontrar o padrão, observar como ele se repete. Ele ficaria imóvel até o fim. Tentou não piscar até ver o Sol por inteiro. Lentamente, o vidro ganharia vida, mudando em gradações quase imperceptíveis, mas, com paciência, ele poderia distinguir cada tom e matiz quando o pálido céu cor de lavanda fosse alvejado pelo círculo solar. Logo ele poderia ver a longa trilha laranja incandescente mover-se do horizonte até a costa, ao longo da lisa superfície do mar e do suave bater das ondas, na borda do espelho. Depois o disco de fogo prosseguiria em sua lenta ascensão, o céu ficaria amarelo, depois azul, e um novo dia começaria.

Ele saiu da cama e se precipitou até a escrivaninha. Ainda que o Sol de inverno inundasse seu quarto, ele acendeu a luminária, para jogar um foco de luz no trabalho que estava fazendo. Os desenhos da noite passada estavam escondidos sob virginais folhas brancas. O toco de um lápis fazia as vezes de peso de papel, e ele olhou para a superfície vazia, esperando por uma imagem, algo transposto de sua mente, e então, com o lápis na mão, cuidadosamente traçou a primeira linha curva, satisfeito por, enfim, ter começado. Naqueles primeiros momentos, ele estava livre de todas as distrações e possuído pelo fluxo das linhas na página. Um rosto surgiu do nada, não um rosto real, mas

parecido o bastante para simbolizar um rosto, de maneira que a imagem na página se tornasse um substituto do que estava em sua mente.

Ele havia quase terminado seu desenho quando os outros começaram a acordar. O despertador no quarto de seus pais perturbou-o em sua tarefa, e a mãe de Jack se levantou, as molas da cama rangendo, e praguejou baixinho quando deu uma topada com o dedão do pé. Logo ela viria chamá-lo, depois de uma passada no banheiro, então ele mal tinha tempo de guardar o desenho, apagar a luz, voltar para a cama e fingir que dormia.

"Jack", Holly chamou, e, como ele se recusou a responder, ela disse seu nome de novo, com o cuidado de não tocá-lo. "Hora de acordar. Não posso me atrasar hoje."

Com um longo e profundo bocejo, ele se virou, afastando-se de suas súplicas, então ela deu a volta e sentou-se do outro lado da cama. Ele abriu os olhos e deixou-se ficar junto dela, lembrando-se de como a havia agredido sem querer na manhã anterior, disposto a fazer as pazes. Ele puxou a mão dela para seu rosto, então ela acariciou-o e depois ajeitou com os dedos os cabelos despenteados do garoto. "Vamos, Jack, você precisa colaborar. Levante, levante, docinho. Hora de sair da cama, dorminhoco. Precisamos nos vestir e tomar o café da manhã." Depois de alguma embromação, ela conseguiu que ele se sentasse na cama. Ele esfregou os olhos, fingindo afastar o sono.

As manhãs haviam se transformado em um jogo entre os dois. Ele enrolava o máximo possível, estivesse ou não cansado, e ela fazia gracinhas, enquanto a paciência durasse. "Levante os braços", sua mãe disse, e, quando ele se rendeu, a mulher puxou a blusa do pijama. O frio lhe causou arrepios, e ele ansiou por seu suéter.

Da escrivaninha veio um ruído, e, quando eles se viraram para olhar, viram a gaveta superior sacudir levemente, como se houvesse alguma coisa lá dentro querendo sair. Holly cobriu a boca com a mão, para não deixar escapar sua apreensão. Eles aguardaram, parados e silenciosos, até que o barulhinho recomeçou.

"Parece que você tem um visitante, Jack."

Ele cobriu seu corpo com os braços finos e nus, pálidos como a camiseta que usava. "O que é?"

A gaveta balançou um pouco nos trilhos.

"Pelo barulho, deve ser um camundongo grande." Ela riu e brincou: "Ou um rato pequeno".

Enrolando o tecido, ela passou o suéter pela cabeça do garoto, que sorriu como sempre fazia quando saía do outro lado da gola.

Enquanto se ajeitava com as mangas, Jack Peter perguntou: "Você não vai ver o que há lá dentro?".

"Você está brincando? Não tenho a menor intenção de abrir essa gaveta. Seja o que for, provavelmente me mataria de susto. Vou pedir para o seu pai dar uma olhada. É por isso que o tenho por perto — para matar aranhas e se livrar de ratos."

"Mas você não está curiosa?"

"Não. Agora, você acha que pode vestir as calças sozinho, colocar as meias e os sapatos e descer para tomar o café da manhã?"

Ele assentiu com a cabeça, e Holly o beijou na testa. Ela se demorou um pouco junto ao pé da cama, mirando-o com ternura e um leve sorriso, e então partiu. Jack Peter amontoou os cobertores em volta das pernas e ficou escutando a parte seguinte da rotina matinal.

Pela porta aberta do quarto, entrava o ritmo familiar da fugaz conversa de seus pais. A mãe despertava Tim de seu torpor matinal e se vestia para ir trabalhar. Eles costumavam trocar observações sobre as tarefas do dia, mas, nesta manhã, trocaram palavras sobre um camundongo na gaveta. Ela correu para baixo, serviu-se de uma caneca de café para aguentar a viagem até o escritório e saiu, fechando a porta da frente com um clique enfático. Em certos dias, depois que sua mãe saía, a casa retornava a um breve intervalo de silêncio, um sinal seguro de que seu pai havia voltado para a cama. Hoje ele não teve essa sorte. No fundo do corredor, os canos chocalharam, e o chuveiro foi ligado. Ele tinha sete minutos até seu pai aparecer.

Enquanto se vestia rapidamente e ajeitava os lençóis e o edredom, ele olhava de esguelha para a gaveta da escrivaninha, para se assegurar de que ela não abrisse de repente e liberasse seu conteúdo. Ele sentou sobre a colcha esticada e ficou contando os minutos que restavam, batendo seu pé esquerdo no chão para marcar o tempo. Quando sete minutos se passaram, ele se levantou e foi até a porta, ansioso para manter o cronograma. Ainda que soubesse o que ia acontecer, quando a porta se abriu, ele levou um susto. Embrulhado em um roupão tão amarelo quanto as penas de um canário, seu pai saiu do banheiro em meio a uma nuvem de vapor que o seguiu até o quarto. "De pé e pronto para ir? Temos consulta no dr. Wilson esta manhã."

"Não quero ir. Não gosto do dr. Wilson."

"Olhe, tive de ligar e pedir que encaixassem você esta manhã. Eu sei que você não quer ir, mas, infelizmente, é obrigatório. Sem dr. Wilson, sem pílulas mágicas."

"Eu não quero tomar as pílulas mágicas."

O pai fechou a cara. "Jip, eu já falei centenas de vezes, isso não é uma escolha. Agora se apronte rápido. Mal temos tempo de tomar o café da manhã." Quando ele estava saindo do quarto, os arranhões e batidas dentro da gaveta recomeçaram.

"Espere!" O garoto ergueu os braços, como um bebê pedindo colo. "A mamãe não falou com você sobre o barulho na gaveta?"

"O camundongo?"

Jack Peter deu dois passos para trás no quarto, na esperança de convencê-lo a entrar. "Você não está curioso? Não vai dar uma olhada?"

Seu pai seguiu a deixa. "A curiosidade matou o gato, meu filho. Ou, neste caso, o rato." Ele abriu a gaveta de supetão e olhou lá dentro, fingindo remexer no que havia ali. "Nada à vista. Mas não se preocupe, se há um camundongo aqui, não vai ter muito para comer. Cuidaremos disso depois. Primeiro o dr. Wilson. Não há tempo para brincadeiras."

Os ovos haviam esfriado, e os pequenos triângulos de pão torrado estavam duros e secos quando ele desceu. Ele mexeu na comida com o garfo e deu um gole no chocolate morno, olhando de soslaio para o pai, que o espiava por trás do jornal. Jack pensou que, com um pouco de esforço, poderia enrolar o dia inteiro, mas seu pai dobrou o caderno de esportes de maneira decidida, colocando-o ao lado de sua caneca de café vazia. "Hora de ir."

Reconhecendo a derrota, ele se afastou da mesa e seguiu seu pai até o vestíbulo, onde ficavam as roupas de frio. Primeiro vinham os óculos de Sol extraescuros, que transformavam o dia em noite, depois o casaco e o gorro, o cachecol e as luvas. Ele tentou firmar os pés no chão, mas não tinha forças para resistir ao puxão do pai. Adiante com as botas vermelhas. Eles foram até a porta, e Tim o deixou esperando na soleira enquanto ia ligar o carro. O Sol caiu resplandecente sobre seu rosto, e o ar frio se insinuou por sob as camadas de roupa e cutucou sua pele. Ele enterrou o queixo no peito e começou a tremer. O motor roncou, despertando, e seu pai veio andando da entrada da garagem, carregando uma velha manta de piquenique que guardava no carro para essas ocasiões.

"Não consigo", disse Jack Peter.

"Claro que consegue", retrucou seu pai, jogando a manta sobre a cabeça e os ombros de Jack Peter, e embrulhando-o de maneira a deixar apenas o rosto de fora. Tim colocou uma mão firme nas costas do filho para conduzi-lo até o carro. Assim que pisou do lado de fora da casa, o garoto emitiu um gemido grave, que se transformou em um choro inabalável enquanto era guiado nos poucos passos que o separavam do carro. Seu pai o colocou no banco do carona e fechou a porta com

força. Jack Peter ficou batendo as costas contra o banco até seu pai prender o cinto de segurança. Seu choro foi perdendo força e enfim se tornou um soluço baixinho, ritmado, que Tim abafou ao ligar o rádio.

"Francamente, Jip, será que você poderia se acalmar, só desta vez?"

Por trás dos óculos escuros e enterrado sob sua manta, o garoto choramingou baixinho até chegarem ao consultório do psiquiatra. Uma vez por mês, o dr. Wilson. Uma vez a cada dois meses, o terapeuta do serviço público de saúde. Duas vezes por ano, o dentista. A ida ocasional ao pediatra para outras doenças. Cada uma delas um pequeno inferno.

Apesar de tudo, isso melhorara em relação ao início. Eles não haviam compreendido de imediato o que provocava os ataques, e foi só depois de muitos meses de aflição que perceberam que era o fato de estar ao ar livre que o deixava em pânico. Quando o menino começou a ter os ataques, aos sete anos, Tim tinha de carregá-lo, berrando como um coelho preso em uma armadilha, implorando para não ser levado para o lado de fora.

A provação com o dr. Wilson consumiu o que restava da manhã. Primeiro, eles tinham de levá-lo do carro para o prédio onde ficava o consultório, desembrulhando a manta apenas quando estavam lá dentro. Então Jip tinha de se adaptar ao novo ambiente da lotada sala de espera do consultório pediátrico. Ele gostava de se sentar em uma cadeira na ponta da fileira, com o pai ao lado, mas, como não havia dois assentos juntos disponíveis, eles ficaram de pé junto ao bebedouro, mostrando indiferença. Como de hábito, foram juntos para a consulta.

Wilson se levantou da cadeira, um homem enorme, e curvou-se para apertar a mão de Tim com sua gigantesca pata. Surgindo em meio à sua barba cerrada, seu sorriso de saudação era alarmante, porque ele tinha permanentemente uma expressão severa no rosto. Seu sorriso irônico de coringa era uma tentativa de não revelar sua apreensão, mas o efeito acabava sendo o contrário. Enquanto se acomodava em seu trono, Wilson convidou-os a se sentarem no sofá de frente a ele. O psiquiatra lançou a Tim um último olhar superficial e depois voltou-se para o garoto.

"Então, como estamos estes dias, Jack? Preparado para o Natal?"

Jip não disse nada e abaixou a cabeça o máximo que pôde. O médico se inclinou para a frente, fazendo-se menor, e aproximou o rosto. "Vamos, sou eu. O que há de novo e legal? Você está trabalhando em alguma coisa?"

"Ele tem ido bem melhor", apresentou-se Tim. "Tem desenhado, não é mesmo?"

Com a rapidez de um beija-flor, a mão de Jip esticou-se à frente e, com um dedo, ele traçou linhas no ar.

"O que você gosta de desenhar?", perguntou o dr. Wilson.

O menino deixou a mão cair de novo em seu colo e ficou com o olhar fixo à frente.

"O que você está vendo?"

Ele voltou rapidamente os olhos na direção do pai. Como uma geringonça de madeira, Wilson desdobrou seu corpo, endireitando-se, e apoiou as costas na cadeira. Ele pousou a ponta dos dois indicadores em seus lábios, pensando nos próximos passos, antes de se dirigir a Tim. "Talvez fosse melhor você nos deixar a sós por alguns minutos. Talvez Jack queira me dizer alguma coisa confidencialmente?" Ele ergueu as sobrancelhas, extraindo um leve sorriso do garoto. "Eu o chamo quando acabarmos", disse Wilson. "Então poderemos falar sobre sua rotina, se os remédios estão funcionando para a ansiedade. Não vamos demorar, não é, Jack?"

Na sala de espera, Tim ficou aguardando com os outros pais e seus filhos espalhados pelo ambiente, cada um com sua doença secreta. Um garoto que bocejava, cujas olheiras escuras lhe davam a aparência de um guaxinim. Uma adolescente que não parava de torcer um pedaço de pano nas mãos nervosas. Outra criança, com o rosto virado para cima e um olhar inexpressivo como uma pedra, contava os quadrados que forravam o teto; talvez uma alma gêmea. Vinte minutos que pareceram uma eternidade se passaram. Quando finalmente surgiram à porta, Jip e o dr. Wilson pareciam íntimos como dois conspiradores.

"Tenha um ótimo Natal, Jack", disse o psiquiatra. Pairando sobre Tim, ele pôs a mão em seu ombro. "Sr. Keenan, acho que estamos bem no momento com a dosagem, mas quero que voltem daqui a um mês, e realmente devemos falar de novo sobre terapia de grupo, ou alguma outra maneira pela qual ele possa falar, expressar algumas de suas ansiedades de maneira construtiva."

"É que é tão difícil tirá-lo de casa, doutor."

"Não estou certo sobre o quanto sua agorafobia realmente piora sua ansiedade, mas Jack se preocupa com o fato de que aquilo que ele teme do lado de fora esteja tentando entrar na casa. Acho que é melhor atacarmos essa nova besta o mais rápido possível. Vamos tentar, talvez, no ano que vem? Enquanto isso, acho que é saudável encorajá-lo a desenhar, não? Jack, por que você não pega o seu casaco e o do seu pai?"

Quando o garoto se afastou, Wilson puxou Tim de lado e falou baixinho. "Fique de olho nos desenhos dele. Traga alguns da próxima vez. Normalmente há uma história aí."

A hora do almoço já havia passado quando eles chegaram e repetiram o processo, desta vez ao contrário, transportando-o pelos quatro metros e meio que separavam o jipe da porta da casa. Tim desembrulhou o garoto, que voltou a ser ele mesmo. Eles falaram das lições escolares enquanto tomavam sopa de tomate e comiam sanduíches de queijo quente. Às duas da tarde, como era de hábito durante a época das aulas, seu pai saía para cumprir as tarefas do dia, checando os imóveis sob sua responsabilidade, assegurando-se de que o inverno não estava invadindo as casas de veraneio dos clientes. Por cerca de uma gloriosa hora, Jack Peter tinha a casa inteira para si.

Ele deveria ficar lendo. Esse era o trato que eles haviam feito em setembro passado, quando Tim e Holly finalmente concordaram que ele poderia ficar sozinho durante uma pequena parte do dia. Antes disso, um deles ficava em casa enquanto o outro trabalhava, e, durante o verão, quando Tim ficava bem ocupado, houve uma enfermeira que ficava duas tardes por semana e uma série de babás, a maioria universitárias, cuja companhia o divertia e irritava ao mesmo tempo.

"Tenho quase onze anos", ele argumentara. "Sou muito velho para uma babá."

"Você só tem dez", retrucara a mãe. "Como sabemos que podemos confiar em seu comportamento?"

"Ele vai ficar bem com um livro", contrapusera o pai, e isso encerrara o assunto.

Hoje, no entanto, ele apenas abriu o livro, deixando-o sobre a mesa. Ele vagou sem rumo pela velha casa, como um fantasma. Na sala de estar, espiou o armário onde ficavam os casacos e olhou para os presentes de Natal escondidos ali, embrulhados em papel brilhante. Acendeu as luzes da árvore de Natal, para em seguida apagá-las. Na cozinha, abriu a geladeira e arrumou as garrafas e recipientes com sobras de comida. Cada vez que passava por uma janela, Jack checava as trancas, além de checar novamente as portas da frente e dos fundos. Ele escreveu seu nome no pó que cobria a mesinha de centro da sala, apagando-o depois com a manga. Às três da tarde, ele foi até o vestíbulo para olhar, pelo vidro da porta, a estrada que serpenteava em meio às árvores. Ele contou os minutos entre o primeiro vislumbre do amarelo do ônibus escolar até o momento em que este ficou totalmente visível. Na casa vizinha, as gêmeas Quigley desceram os degraus do ônibus

em suas idênticas saias xadrez e casacos verdes. Temendo o tráfego, ele acompanhou atentamente a travessia das duas, seguindo-as com o olhar até que elas estivessem seguras na porta de casa. O obsessivo border collie das meninas quase as derrubou quando elas entraram. "Olá", disse ele, sem emitir qualquer som. "Adeus." As luzes vermelhas do pisca-pisca do ônibus se apagaram, e, com um arroto de fumaça, este partiu. Emolduradas pela janela, as cabeças das duas meninas balançavam como bonecas.

Logo depois de as gêmeas entrarem em casa, era a hora de o pai dele chegar. Às vezes, só se passavam alguns minutos; às vezes, meia hora. Não havia como saber ao certo. Era melhor voltar para a mesa da cozinha e fingir que estava lendo quando ele entrasse. Fingindo, porque ele já havia lido aquele livro três vezes. A primeira fora na sexta-feira, quando seu pai o dera a ele. Eles sempre superestimavam o tempo que ele levaria, e os livros para a quinta série eram fáceis demais. Naqueles poucos primeiros livros, quando finalmente chegava a hora de seu pai argui-lo, Jack Peter normalmente já havia esquecido vários detalhes, então ele agora passava a semana revendo repetidamente o texto. Seus pais o consideravam um leitor lento, porque ele parecia nunca avançar em livro nenhum, mas ele era mais rápido e mais esperto do que eles supunham.

Seu pensamento se afastou da página. Nick já devia estar em casa agora, e ele podia imaginar seu amigo se acomodando para o lanche da tarde, a sra. Weller agitada à sua volta, perguntando sobre a escola, e o bom e velho Nick contando que tudo estava bem, não havia qualquer novidade, e talvez ele tivesse desenhado alguns monstros em seu caderno.

Às quatro da tarde, a porta da frente se abriu de supetão e seu pai entrou, cansado e desgrenhado. Uma mancha preta de óleo atravessava suas calças no meio das coxas, e suas mãos estavam cobertas pela mesma substância grudenta. Ele cumprimentou o filho e foi para a pia da cozinha, a fim de se ensaboar e se esfregar. "Desculpe a demora, Jip. Fui checar a casa dos Hollister, na outra ponta da praia, e alguma coisa havia entrado lá por um buraco no porão. Cavou um buraco bem grande, enfiou-se por ali e se instalou lá. Eu podia entrar naquele buraco. Nada pior que tentar manter do lado de fora alguma coisa que quer entrar."

"Você viu quem era?"

"O quê?" Ele riu e esfregou vigorosamente as mãos na água quente. "Não era um quem. Era um quê. E não, não consegui descobrir se era um gato, um guaxinim ou coisa parecida. Talvez um gambá, pelo

cheiro que estava lá, mas tive um trabalho dos diabos para arrumar tudo, então ele não vai voltar."

Jack Peter foi de mansinho até o pai e se apoiou na pia, perto dele. "Talvez fosse um camundongo grande."

"Exato, como aquele que sua mãe disse que está escondido no seu quarto. Esta casa velha está fervilhando de camundongos", disse Tim. "Na semana passada, encontrei um monte deles fazendo uma creche embaixo da minha bancada de ferramentas. Vamos dar uma olhada. Descobrir o segredo do camundongo escondido."

Eles subiram juntos, e, mesmo não tendo ouvido qualquer ruído vindo da gaveta desde aquela manhã, Jack Peter sabia o que esperar. Seu pai tirou o sapato do pé esquerdo e o segurou no ar. "Eles são diabolicamente velozes", disse. "É preciso estar preparado antes mesmo de vê-los, senão não há qualquer chance."

"O que você vai fazer com o sapato?"

"Se há um camundongo lá dentro, Jip, sua mãe disse que é preciso nos livrarmos dele. Não queremos um bicho solto pela casa."

"Você não vai matá-lo."

Ele colocou a mão no ombro do filho, buscando se equilibrar. "Bem... se eu puder evitar, não. Vamos apenas atordoar a criatura e depois soltá-la lá fora, se você preferir. Agora, abra devagarinho a gaveta enquanto eu me preparo. Um, dois..."

"Não vou fazer isso. Você vai matá-lo."

"Nunca." Ele deu um puxão na gaveta, escancarando-a num único impulso. Nenhum assustador relâmpago marrom, nenhum rabinho sacudindo. Não havia qualquer prova da passagem de um camundongo, nenhum cocozinho seco, nenhum papel roído. Tim esquadrinhou a bagunça da gaveta, mas não encontrou nada, e estava prestes a fechá-la e admitir derrota quando viu o rolo de papel. Enquanto ele o abria, o desenho se formava, a figura de um garoto sozinho na praia, saindo do mar, atrás dele as ondas arrebentando à distância. Aberto pela metade, o desenho o surpreendeu, mas, se ele se desse ao trabalho de desenrolar o papel até o fim, Tim veria as pernas do outro personagem fugindo da página.

"Quando você fez isso?"

Porém, Jack Peter não podia responder. Suas pálpebras começaram a bater rapidamente, seus olhos viraram para cima, deixando aparecer um branco inexpressivo como as nuvens. Ele desmaiou na cama e não se lembrava de nada do que acontecera antes que seu pai, pronunciando suavemente seu nome, o trouxesse de volta a este mundo.

viii.

"Você se livrou dele?" Holly se inclinou à frente do marido e cuspiu na pia. Havia um pouco de espuma nos cantos da sua boca. No espelho, Tim se surpreendeu com o próprio reflexo e a careta de nojo. Ele buscou relaxar os lábios franzidos e refletiu sobre sua aparência, as rugas que se aprofundavam em sua testa e os pés de galinha que irradiavam de seus olhos. O homem exterior visto no espelho olhava para o homem interior, ambos pensando as mesmas coisas, com apenas um segundo de diferença. Ele tentou se lembrar da pergunta da esposa.

Ela enxaguou a pasta de dente da boca e conferiu os dentes, passando a língua sobre o esmalte. "E então, você se livrou dele?"

O camundongo, claro. Ele havia se esquecido disso, devido à estranha reação do filho àquele desenho escondido. "Instalei algumas ratoeiras."

Prosseguindo em seus preparativos para se deitar, Holly pegou a escova e começou a passá-la nos cabelos, contando as escovadelas, murmurando os números de maneira quase imperceptível. "Estão em algum lugar em que possam machucar Jack?"

"Claro que não. Uma está no fundo do closet e outra, entre a escrivaninha e a velha caixa de brinquedos."

Como uma marionete, ela inclinou a cabeça de modo que seu cabelo caísse todo para um lado e continuou a escová-lo. "Não se esqueça de conferir essas ratoeiras. Não consigo imaginar nada pior que um camundongo morto há dias em um quarto."

Ele parou de se olhar no espelho e se espremeu por trás dela para sair do banheiro. "Mas não havia qualquer sinal de um bicho. Nenhum cocô, nenhum pedacinho de papel rasgado no chão."

"Eu não o vi", disse Holly, "mas certamente o ouvi na gaveta da escrivaninha. Jack não vai pisar em uma ratoeira no meio da noite, vai?" Ela se virou e seguiu-o até o quarto. O abajur da mesinha de cabeceira era a última luz acesa na casa, e Tim ficou imaginando como ela seria vista por quem estivesse à distância no mar, um minúsculo pontinho iluminado em meio ao negrume da noite, uma pequena estrela na costa. Se havia um homem lá fora no frio, ele certamente seria atraído por qualquer sinal de vida.

"Não há como ele pisar na que está no closet, e tenho certeza de que Jack nem chega mais perto daquela caixa de brinquedos. Aliás, por que a guardamos? Provavelmente, lá só há coisas de bebê e brinquedos para os quais ele já está grande."

Holly puxou uma ponta das cobertas, mas, em vez de se enfiar debaixo delas, sentou-se na beirada do colchão, como que tentando se lembrar de alguma tarefa pendente antes de ir dormir. "Como foi no psiquiatra?"

"O de sempre. Muitas perguntas, poucas respostas satisfatórias."

Eles se enfiaram na cama e ficaram algum tempo deitados de costas, lado a lado, até que Tim apagou a luz.

"Falando sério", disse ele, "não sei por que continuamos a ver aquele cara. Jip nunca mostra qualquer mudança, apenas recebe uma pílula nova."

"Para manter Jack sob controle."

"É isso. Talvez o fato de mantê-lo sob controle esteja prolongando o problema. Talvez, se confiássemos nele, Jip poderia se virar sozinho. Sem os remédios. Todo mundo toma algo hoje em dia. Virou um grande negócio. Excesso de medicamentos para mascarar o problema."

"Não quero discutir isso de novo", ela respondeu. "Estou cansada."

"Estou apenas dizendo que talvez não haja um problema. Veja o garoto dos Weller. Ele é tímido, introvertido, mas Nell não sai correndo em busca de um remédio para isso."

"Por favor", a voz dela cortou a escuridão, "não use Nell Weller como exemplo."

Calando-se, Tim deu as costas para ela, envolto em seus próprios pensamentos. Ela também não disse nada, mas ele podia ouvir sua respiração, regular e em sincronia com o tique-taque do despertador. Combatentes de longa data nesse assunto, nenhum dos dois conseguia adormecer com facilidade, então passaram uma hora em cautelosa diminuição da tensão.

Pouco depois da meia-noite, ele a ouviu dizer seu nome baixinho, de um ponto distante do outro lado de sua consciência. Ela colocou a mão no ombro dele. "Tim, você está acordado? Ouviu isso?"

A meio caminho entre o sono e o sonho, ele abriu os olhos na escuridão do quarto e lutou para se orientar. Objetos familiares, tons acinzentados, as coisas começando a tomar forma, e ele acabou por entender as súplicas de sua mulher. "Escute", Holly ordenou em um sussurro rouco, mas, mesmo se esforçando para descobrir o que ela havia escutado, ele não conseguia perceber nenhum som estranho. "Tem alguém dentro de casa."

Tim não ouvia nada.

"Estou escutando passos."

"Você tem certeza de que não é o Jip indo ao banheiro?"

Ela virou o pescoço na direção da porta do quarto e olhou o vão que havia entre ela e o chão. "A luz do corredor está apagada. Ele tem medo do escuro e sempre acende a luz."

Ao tatear em busca do abajur na mesinha de cabeceira, ele quase o derrubou, tendo de segurar a base para que não virasse. Na explosão de luz, Tim piscou e depois se ergueu contra o travesseiro. Holly estava sentada, ereta, a manta enrolada no colo, os pés crispados sob as cobertas.

"Era no telhado", ela disse. "Passos atravessando de um lado para outro, até que subitamente pararam."

"Poderia ser um pássaro", sugeriu ele.

"Pareciam de um homem."

"Mas por que eles pararam?"

O rosto dela estava afogueado, e ela o olhou com ar severo. "Não acordei você de imediato. Achei que podia ser a minha imaginação. Mas agora parece estar dentro da casa. Escute."

Ambos prenderam a respiração, sem se mover. Atrás da porta, uma tábua rangeu, o som de um passo na escada. Ele jogou as pernas sobre a borda do colchão e se pôs de pé.

"Você não devia ter um taco de beisebol ou algo parecido?", ela perguntou.

"Onde eu arrumaria um taco de beisebol?"

"Algum tipo de proteção", ela disse. "Caso precise se defender."

"Há um martelo na bancada de ferramentas, e uma pá no vestíbulo. Mas eu teria de passar por *ele* para pegá-los."

"Tenha cuidado", ela avisou da cama. Tim se virou e a viu tremendo, as mãos crispadas segurando o lençol junto ao pescoço. O machucado no rosto dela vibrava como uma sirene.

A ideia de que ele poderia se mover sem fazer qualquer ruído provou-se enganosa assim que Tim deu os primeiros passos. Seu peso fazia com que as tábuas de pinho o denunciassem, mas ele não podia

deixar de lado a ânsia de descobrir o que estava provocando aqueles ruídos no interior de sua casa. Ele foi na ponta dos pés, descalço, um ladrão nada prático, contornando a cama e indo até a porta. O corredor estava escuro e silencioso. Nenhuma luz vinha do quarto de Jip, e nada saiu em fuga enquanto ele caminhava pelo tapete que cobria o chão do corredor. Tim desceu lentamente a escada, alerta para qualquer sinal, mas não viu ninguém ao examinar todos os aposentos. A casa parecia serena. A única coisa que o surpreendeu foi a árvore de Natal, e ele teve de rir da sua reação tola ao ver aquele volume se destacando na escuridão. Ele conferiu as travas e maçanetas, até de sua oficina no porão, mas todas as portas e janelas estavam trancadas. Ele sentiu uma ligeira decepção por não ter encontrado nada de excepcional. Na cozinha, acendeu a luz e tomou um copo d'água, a fim de afirmar sua autoridade para os intrusos, fossem reais ou imaginários. Seu único motivo de inquietação era o fato de que sua mulher estava lá em cima, à sua espera, e ela continuaria afirmando que havia escutado alguma coisa. Mas o que Tim podia fazer? Ele não poderia conjurar um visitante apenas com sua imaginação.

Tim pensou em acordar Jip, para saber se ele havia sido a causa dos estranhos ruídos, mas haveria um barulho dos diabos se ele perturbasse o garoto e tornasse a noite ainda mais complicada do que já estava. Ele deu um longo bocejo, cansado devido à hora tardia. Não seria fácil acalmar Holly, mas ele ensaiou uma explicação. Pássaros no telhado, a casa se acomodando à mudança do tempo.

Quando ele chegou ao topo da escada, seu pé esquerdo aterrissou na umidade, fria como gelo. Tão fria que ele deu um pequeno grito, levantando o pé descalço do tapete. "Filho da puta", resmungou para si próprio, inclinando-se para sentir a umidade com a mão, mas não estava molhado, apenas frio, e o espaço não parecia ser maior que um palmo. Movendo cegamente os dedos pelo contorno da mancha, percebeu o formato de uma pegada. De quatro, ele se arrastou pelo chão, encontrando outro trecho gelado no tapete. E um terceiro, e um quarto, mas, pelo formato das pegadas, ele não conseguia identificar em que direção elas iam. Ainda engatinhando, ele seguiu a trilha até a porta do seu quarto, depois voltou pelo corredor, até o quarto do filho. Havia um par de pegadas geladas em frente à porta de Jip, e Tim se agachou ali, os olhos na altura da maçaneta. Ele tocou o metal gelado, que, contra sua vontade, virou-se em sua mão, fazendo seu pulso girar bruscamente, e de repente lá estava o garoto em frente à porta, iluminado por trás, olhando seu pai como se perguntasse o que ele estava fazendo agachado ali.

"Sinta isso", disse Tim, puxando o braço do garoto até ele ficar de joelhos, para depois colocar a mão do menino sobre o tapete. O pai esperava que ele fosse se retrair ao sentir aquela estranha temperatura, mas Jip permaneceu impassível.

"O que você espera que eu sinta?"

Ao pressionar o tapete com as próprias mãos, Tim não mais sentiu as pegadas geladas. Ele saiu pelo corredor, testando o tapete com as mãos e os pés, mas o tecido estava morno e seco.

"Estava frio como gelo um segundo atrás", ele disse ao filho. "Alguém andou por aqui com pés gelados. Você escutou alguma coisa agorinha mesmo? No telhado?" Ele riu do absurdo da pergunta.

"Não, nada, nada mesmo."

"E você estava no quarto esse tempo todo?"

O garoto fez que sim com a cabeça e esfregou os olhos, como quem acaba de acordar.

"E não sentiu o frio? Não viu nada?"

"Talvez fosse na sua cabeça. Eu vejo coisas o tempo todo."

Por um bom tempo, o pai encarou o filho, abrindo a boca algumas vezes, como se fosse retrucar e então mudasse de ideia. Como um fantasma pálido, Holly saiu do quarto, apreensiva por encontrar os dois de pé ali. Em sua camisola fina, ela ficou parada, tremendo de frio, à espera de uma explicação.

Ele pensou em falar das pegadas geladas que havia encontrado no corredor, mas achou que ela não iria acreditar nele sem uma prova, e o próprio Tim não tinha certeza de que tudo não passava de excesso de imaginação, como aquela coisa na estrada Costeira. Ele, então, enlaçou-a pela cintura e tentou acalmá-la com um abraço. A mulher estremeceu nos braços dele.

"Não havia nada", disse Tim. "Apenas sua imaginação."

"Tem certeza? Eu ouvi ruídos, senti que alguém se movia pela casa."

"Um pesadelo", sussurrou o marido, e a respiração dela se acalmou. Por sobre o ombro dela, ele podia ver seu filho, pequeno e franzino em seu pijama de garotinho. De pé e desperto, quando há muito deveria estar adormecido na cama. Jip ficou ali encarando fixamente os dois, com seu olhar impenetrável, como se fossem eles os invasores de sua casa, os visitantes inesperados no meio da noite.

Dois

Holly mentiu para o marido e o filho, a fim de sair de fininho para ver o padre. De manhã cedo, no sábado anterior ao Natal, ela anunciou que tinha algumas compras de última hora para fazer e que iria demorar porque todas as lojas estariam cheias. Entretidos com o cereal, os rapazes não fizeram qualquer objeção, apenas acenaram com suas colheres enquanto ela saía correndo de casa, enrolando uma echarpe no pescoço e embrulhada em camadas de lã.

Um vento úmido soprava contra o carro, então ela ligou o aquecedor, mesmo sendo uma viagem curta. Enormes nuvens cinzentas corriam pelo céu, na direção do oceano. Ela ligou o rádio a tempo de pegar as últimas estrofes da canção natalina "The Little Drummer Boy". "Eca", disse ela, fingindo colocar o dedo na garganta. Letra insípida, melodia maçante. Holly apertou com força o botão no painel do carro para silenciar o aparelho.

Há duas semanas ela estava ansiosa, desde aquela manhã em que Jack a surpreendera com um soco na cara. O hematoma tinha praticamente sumido, mas ela ainda podia sentir a dor. E havia também o comportamento estranho de seu marido, que estava vendo coisas lá fora na neve, mas que se recusava a acreditar quando ela lhe contou dos estranhos ruídos à noite. Seu sono, que nunca fora tranquilo, havia se tornado irregular, e ela estava uma megera no escritório, gritando com a telefonista apenas por causa de uma ligação perdida. Passaram-se dez dias nesse estado de tensão até que ela pegasse o telefone e ligasse para o padre Bolden, e essa primeira conversa deu-lhe a sensação de estar no confessionário quando era uma garotinha. Perdoe-me,

padre, porque eu pequei, somando-se a isso o simples alívio de sair do cubículo escuro e recitar algumas orações para recomeçar do zero.

Quando Holly chegou ao estacionamento, já havia apagado quase que totalmente a musiquinha enlouquecedora da mente, mas aquela praga a havia feito esquecer tudo o que ensaiara nos dias anteriores ao seu encontro com o padre Bolden. Eles haviam conversado um pouco sobre o assunto ao telefone, mas, desde aquele hesitante contato inicial, ela ficara repassando mentalmente tudo o que queria dizer, sentindo-se um pouco culpada porque ainda não mencionara sua maior preocupação. Só que, agora, o ritmo do tambor da música havia expulsado tudo para fora de sua memória. Por um bom tempo, ela permaneceu sentada no carro, que esfriava, pensando em por onde começar. Com os curiosos acontecimentos das últimas duas semanas, com os estranhos ruídos em sua mente? Ou com aquele verão lá atrás, quando Jack se recusou a sair de casa pela primeira vez? Ou mais cedo ainda, quando ele estava começando a andar e ficava impassível em seu cadeirão de bebê? Uma batida na janela a assustou, e, pelo vidro, ela viu um punho pálido, com manchas senis, e, logo atrás, o rosto sorridente do padre. Ele deu alguns passos para trás, a fim de deixá-la sair do carro, enterrando as mãos nos bolsos de seu cardigã cinza.

"Eu a vi lá de casa e fiquei pensando se você por acaso teria mudado de ideia."

"Estava apenas colocando meus pensamentos em ordem. Fico contente por você ter podido me receber assim tão rapidamente."

"Conseguiu ajeitar tudo?"

"Meus pensamentos? Não. Acho que, se tivesse conseguido fazer isso, não precisaria entrar para vê-lo."

"Bem, se ainda houver algum pensamento desgarrado por aí, é melhor que ele saia do frio. Vamos?" Ele pousou a mão nas costas dela a fim de conduzi-la até a casa paroquial.

Por dentro, a casa era menos austera do que ela havia imaginado. Nada de monges, nada de celas espartanas, apenas uma simples casa da Nova Inglaterra, as paredes verde-malva, os lambris um pouco mais escuros. Espalhados, objetos típicos de um homem idoso: uma cadeira de balanço com uma manta xadrez, estantes entupidas de clássicos, um quadro com uma carta náutica da costa, um par de sapatos para a neve junto à porta. A casa tinha um leve odor de amêndoas e incenso.

Ele a conduziu a uma sala de jantar simples, mas elegante. Ao lado de um bule de café, havia um bolo redondo sobre uma toalha rendada de papel que cobria uma bandeja antiga de borda alta, perfeitamente

centralizada na mesa de mogno. Provavelmente obra de uma governanta; sempre havia uma dessas senhoras devotas na casa paroquial quando ela era criança, que faziam as vezes de empregada e cozinheira, bem como de dona de casa casta para o padre. A mulher não estava ali, mas Holly podia sentir uma presença na casa, um espírito organizador. Talvez ela estivesse limpando o singelo quarto do padre, ou rondando atrás de uma porta para ouvir a conversa. As paredes da sala de jantar não tinham enfeites, exceto pelo crucifixo sobre o lintel e um quadro que, por ser o único do local, atraía o olhar. Ela contornou a mesa para observá-lo melhor.

Assim como várias das pinturas que ela havia visto na região, o assunto era o mar revolto com um navio avançando na direção do espectador, o céu um caos amarelo e cinza. As velas infladas pelo vento, o tecido esfarrapado nas bordas, o navio ligeiramente inclinado para a frente, com a proa apontada para o fundo. O pintor fora hábil o bastante para mostrar uma corda se desenrolando e um barril solto se espatifando contra o parapeito. Uma placa prateada na parte inferior da moldura trazia o seguinte título, em letras baças: *Naufrágio do Porthleven, 1849*.

"Vejo que você encontrou o *Porthleven*", disse o padre Bolden. "Uma história trágica."

"Então o senhor sabe qual é a história desse quadro?"

Colocando a mão na barriga, o padre Bolden deu um risinho de satisfação e contornou a mesa para juntar-se a Holly diante da pintura. "Eu me orgulho, se esse não for um pecado muito grande, de conhecer a história desta região."

"Houve realmente um naufrágio aqui perto?"

"Reza a lenda que os espíritos daqueles que morreram a bordo ainda assombram essas águas", disse o padre Bolden. "O fato é que o navio deixou a Cornualha em um novembro tranquilo, com uma tripulação pequena e passageiros que buscavam uma vida melhor na América. O *Porthleven* encontrou águas agitadas assim que avistou a costa do Maine. Em uma noite de dezembro, soprou um vento nordeste, e o navio se deparou com uma nevasca. Uma cortina branca tão espessa que o pobre capitão não tinha como saber o quão perto estava da costa. Toda essa área estava coberta pela neve, inóspita para homens e animais, e, claro, o farol ainda não existia. A tripulação baixou a âncora, mas esta não se prendeu a lugar algum. O navio atingiu os recifes e quebrou ao meio, sobre seis metros de água. Seis tripulantes e treze ingleses, homens, mulheres, crianças e até um vigário da

Cornualha: nenhuma alma sobreviveu ao mar gelado. A população do vilarejo achou os primeiros corpos na manhã seguinte, rígidos e cobertos por uma fina camada de gelo, e consta que nem todos os passageiros foram encontrados: alguns ainda estariam no fundo do mar, e seus lamentos podem ser ouvidos em noites de tempestade, manifestando o desespero de estarem em túmulos no mar."

Ela estremeceu e apertou os braços em torno do peito.

"Você precisa provar o bolo alemão da srta. Tiramaku." Ele apontou para a mesa, e ela se virou. "Ela é uma alma sensível e ficará inconsolável se nós não comermos pelo menos metade dele."

Sentando-se, Holly deixou que o velho padre lhe servisse uma xícara de café enquanto ela cortava duas fatias do bolo. A xícara chocalhou no pires quando ele a entregou a Holly. O creme que ela colocou no café deixou uma mancha oleosa na superfície, da cor da espuma no rastro de uma onda. Ela mexeu, e no mesmo instante o tom se suavizou; no redemoinho criado pela colher, ela imaginou o navio que afundava e a confusão dos passageiros no deque. A imagem a deixou tão perturbada que Holly teve de desviar os olhos da xícara. Pela ampla janela, viu minúsculos flocos de neve dançando no ar gelado.

"Estive pensando na sua situação desde que conversamos aquele dia pelo telefone."

Holly ergueu o olhar, surpreendida pela súbita presença do padre, já sentado em uma cadeira à sua frente. Um gole de café quente a ajudou a espantar as imagens das pessoas se afogando no oceano.

"Por onde devemos começar?" Ele deu uma garfada no bolo, para que Holly pensasse na pergunta.

"Seria um pecado, padre, dizer que eu às vezes odeio ele?"

Engasgando-se com os farelos da cobertura do bolo, o homem teve um acesso de tosse e perdigotos. Vermelho, tomou um gole de café e se recompôs. "Com certeza, sra. Keenan, a senhora não quis dizer *odiar*."

Olhando para suas unhas, ela reconsiderou sua jogada inicial. "Talvez 'odiar' seja uma palavra forte."

"Um autêntico palavrão. Minha falecida mãe, Deus guarde sua alma, nunca permitiu que tal palavra fosse dita em nossa casa. Ela teria lhe dado um tabefe na orelha. Talvez a senhora queira expressar algo diferente?"

"É claro que eu não o odeio. Ele é o meu filho. Mas odeio a maneira como nossas vidas mudaram. A síndrome de Asperger é uma coisa, mas o medo que ele tem da rua torna tudo mais difícil. Tudo gira em torno das necessidades dele, dos cuidados com ele. O senhor sabia que

é uma provação levá-lo ao médico ou ao dentista? Tenho de enganá-lo, oferecer um suborno, embrulhá-lo em cobertores para que ele não fique exposto ao exterior."

"Por quê? O que acontece quando ele sai de casa?"

"Pânico. Terror. Primeiro ele luta para respirar, não consegue colocar ar suficiente nos pulmões. Ele fica de olhos completamente arregalados, como se tivesse medo do que tem lá fora. Visível para Jack, mas invisível para nós. Depois vêm os espasmos e as convulsões. Você poderia jurar que há alguma coisa física oprimindo seu peito, esmagando suas costelas. Ele agita os braços, mas não consegue se mover, não consegue se livrar da coisa ajoelhada sobre ele. Ele se torna desamparado como um recém-nascido, chorando e gritando por ajuda, mas não há nada que se possa fazer. E eu não aguento ver isso, não consigo suportar os sons de sufocamento e ânsia que vêm do meu próprio filho; e eles não param, só se intensificam até o ponto em que a única coisa que podemos fazer é tirá-lo do Sol e do ar fresco e levá-lo para dentro. E Jack se acalma na mesma hora, mas fica completamente exausto. É como se ele tivesse brigado ou sido perseguido. Ele fica ofegante, exaurido, e então adormece como um bebê depois de ter chorado muito. Mas ele não é um bebê. Ele está crescendo, ficando maior e forte demais para que eu possa lidar com ele, e temo que chegará o dia em que..." Ela se calou, tremendo.

"E esses... incidentes só acontecem quando vocês tentam tirá-lo de dentro de casa?"

"Ultimamente as coisas estão piorando. Há duas semanas, ele me deu um soco quando fui acordá-lo. Para ser honesta, eu o havia surpreendido, mas ele nunca tinha feito isso antes. Naquele mesmo dia, ele começou a cutucar a própria cabeça, como se estivesse tentando abrir um buraco no crânio, sem ao menos ter sido provocado. Parecia possuído."

O padre Bolden levou a xícara aos lábios e tomou um longo gole de café. Uma sobrancelha se arqueou, lembrando uma cobra, quando ele engoliu. Em outro aposento, um telefone tocou.

"O senhor precisa atender?", perguntou Holly.

"A srta. Tiramaku está aqui", respondeu o sacerdote. "Ela vai atender. Por que usou o termo 'possuído'?"

Ela riu e começou a esmagar os farelos de bolo em seu prato com o garfo. "Não possuído da maneira que o senhor quis dizer. Não estou à procura de um exorcista, graças a Deus."

"Deus me livre, nunca pensei em algo assim. Apenas achei que foi uma escolha de palavras curiosa."

Ela deixou cair o garfo, e sua voz se tornou mais aguda. "Não sei o que fazer, padre. Tenho medo do meu próprio filho, medo do que ele possa fazer comigo, consigo mesmo. O soco, os ataques, a maneira como ele olha para nós às vezes, como se estivesse tramando algo. Para nos pegar. Ele vê coisas, monstros embaixo da cama, mas também está aprisionado por seus pensamentos, seus sonhos e sua incapacidade de dizer o que sente..."

Uma batida forte na porta da frente a sobressaltou. Dois segundos depois, a campainha soou, uma, duas vezes. O padre Bolden se levantou, inclinando-se de leve para sua convidada. "A senhora terá de me perdoar, mas acho que a governanta ainda deve estar ao telefone, e quem quer que esteja na porta quer uma resposta imediata."

A campainha soou mais uma vez.

"Infelizmente, por mais talentosa que seja a srta. Tiramaku, ela ainda não domina a arte de estar em dois lugares ao mesmo tempo. A senhora terá de me dar licença por um instante."

O sacerdote saiu andando vagarosamente, deixando Holly sozinha na sala. Ela imaginou ouvir vozes ao longe, a mulher falando ao telefone e uma conversa, em um tom mais baixo, na porta da frente; mas, na verdade, o silêncio havia se insinuado no aposento, e tudo o que ela ouvia eram as próprias perguntas. Por que havia ido até lá aquela manhã? O que a fez pensar que o padre pudesse lhe dar algumas respostas, ou talvez algum conforto? Há alguns anos, quando diagnosticaram Jack, Holly mal conseguia pronunciar o nome do distúrbio; ela foi inundada por um oceano de orações, cujo nível só baixou com o tempo, quando o garoto ficou pior, não melhor.

Lá fora, a neve fina e o céu cinzento haviam dado lugar a um Sol fraco, e, à medida que o calor atingia as janelas, o vidro estalava ao se expandir. Uma sensação de loucura se insinuou em sua mente. Ela decidiu simplesmente partir, dando uma desculpa qualquer para o padre e escapando daquele lugar austero. A mulher lambeu os farelos úmidos do bolo em seu garfo e deu um gole no café, mas este havia esfriado. Infiltrando-se sob o aroma do bolo e do café vinha o odor almiscarado da casa, ao qual se sobrepunham o cheiro do lustra-móveis e a pungência de aposentos abafados. Do outro lado da mesa, o quadro na parede assumia um novo aspecto sob a nova luz, que a fez sentir-se tonta. Ela podia sentir o mar revolto, e o navio condenado se lançando fragilmente sobre as ondas. Aquelas pobres pessoas logo se afogariam. Terra à vista, mas era impossível alcançá-la, pois havia a água gelada. O deque de madeira gemia na tempestade. Outra presença havia

entrado no aposento, as tábuas estalaram sob o peso que se deslocava. O ruído fez com que ela se lembrasse daquela noite em que algo aterrissou no telhado da casa, perturbando o silêncio. Holly pensou que deveria ser o padre Bolden retornando e, no mesmo instante, decidiu balbuciar suas desculpas e pôr-se a caminho. Ao se levantar e virar, ela abafou um grito ao ver a figura na porta, uma japonesa idosa com um olho escuro e o outro turvado por uma película leitosa. Seu cabelo grisalho estava todo puxado para trás, destacando o lado esquerdo do seu rosto, que era um pouco caído, como se ela tivesse sofrido um derrame. Os lábios ficavam abertos em um dos cantos da boca, deixando à mostra as gengivas cor-de-rosa e os dentes pequenos e brancos. Como um dos excêntricos desenhos de Jack.

"Jesus!", murmurou Holly. "Você me assustou."

Com seu olho bom, a mulher examinou a sala; ao pousar o olhar em Holly, ela assumiu uma expressão de suave desdém.

"Você é a srta. Tiramaku? Se estiver procurando pelo padre Bolden, ele foi receber alguém à porta."

A mulher assentiu com a cabeça, como se agradecesse e respondesse que sim, era mesmo a governanta e estava à procura do padre, mas permaneceu ali e parecia, ainda, estar remoendo uma resposta em sua mente. Impassível como uma estátua, ela usava um vestido preto, que mais parecia um saco, e sapatos simples, que haviam saído de moda há algumas décadas.

"O bolo estava uma delícia", disse Holly por fim. "Foi gentileza sua tê-lo feito."

"Você não deveria dizer isso."

"Sobre o bolo?"

"Não, você não deveria falar o nome de Jesus à toa."

Ela havia esquecido que estava na casa de um sacerdote. "Desculpe, foi apenas porque você me assustou — quer dizer, minha cabeça estava em outro lugar." Ela escondeu a boca com a mão.

"Você ficou assustada com o quadro, o *Naufrágio do Porthleven*? Não sei por que ele insiste em mantê-lo aqui. Ele também lhe contou sobre os *yurei*?"

"Os o quê?"

Aproximando-se, a srta. Tiramaku lançou um olhar à porta da sala, para se certificar de que o padre não estava perto o suficiente para ouvir. "Os *yurei* são os espíritos dos mortos condenados a assombrar os vivos até que o mal que lhes foi feito seja reparado. Ele lhe falou das pessoas

que se afogaram? Reza a lenda que o capitão assumiu um risco insensato na tempestade. Os *yurei* querem ser libertados de seu tormento."

"Sinto muito", disse Holly, "mas eu não acredito em fantasmas. Ou em *yurei*."

"Não tenha tanta certeza sobre as coisas que não pode ver. A mente conjura o mistério, mas é o espírito que fornece a chave." Com um aceno de cabeça, ela apontou para o quadro. "Pobres almas sob as águas."

Ter vindo foi um erro, pensou Holly. Ela tentou encontrar uma maneira educada de se despedir e ir embora.

Como uma aranha examinando minuciosamente uma mosca, a srta. Tiramaku chegou mais perto, com uma expressão de súbito reconhecimento. "Você é a sra. Keenan. A mãe daquele garoto."

As palavras soaram como uma acusação. O que o padre teria contado àquela mulher sobre Jack? Ou será que todos na cidade já sabiam que seu filho não saía de casa por vontade própria? Haveria alguma conspiração de governantas que fofocavam sobre aquela estranha criança e seus desafortunados pais? Aquele menino Keenan. Acometida por uma náusea estonteante, Holly queria sair dali correndo, mas a bruxa caolha na porta impedia a passagem.

Um assobio vindo do corredor a salvou. Com a melodia de "O Tannenbaum" saindo alta e clara de seus lábios, o padre Bolden vinha lentamente na direção delas, o rosto vermelho pelo esforço físico e com agulhas de pinheiro no casaco e na parte da frente de suas calças pretas. "A árvore de Natal chegou. Era o homem trazendo nosso grande bálsamo, e eu tive de instruí-lo sobre a melhor maneira de instalar a árvore no salão. Entrega grátis não pode esperar. É uma lindeza, srta. Tiramaku, uns dois metros, acho, não que eu seja muito bom nisso. Vejo que vocês duas se apresentaram enquanto eu estava ocupado."

A governanta se pôs de lado quando ele entrou na sala e, na presença dele, parecia menos assustadora. "Sim, padre. A sra. Keenan estava me dizendo que gostou muito do meu bolo de café."

Ele olhou ansiosamente para o que ainda havia no prato de bolo. "Fique, Holly, e nos ajude a decorar a árvore. Minha mãe me deixou os mais belos enfeites de vidro da terra dela. Estão na família há mais de cem anos."

"Eu não poderia..."

"Eu insisto", disse o sacerdote. "Podemos continuar nossa conversa enquanto montamos a árvore."

"Não, preciso mesmo ir. Compras de última hora, infelizmente."

Mexendo nos grossos botões de seu casaco, o padre tinha o ar cabisbaixo de um estudante. "Talvez a árvore possa esperar."

"Não por minha causa. Obrigada por sua hospitalidade, mas tenho que ir."

O sacerdote e a governanta deram um passo em sua direção, mas foi só depois que ela passou correndo por eles que se deu conta de que queriam apenas se despedir. O salão da frente estava inundado pelo aroma antisséptico de uma floresta de pinheiros, e ela saiu às pressas da casa, contorcendo-se para vestir o casaco, contente por poder respirar o ar fresco e gelado. A salvo no carro, ela lançou um olhar para a casa paroquial, e na escada da frente estavam o padre e sua governanta, refugiados saídos de um conto de fadas gótico, acenando. Ela engatou a ré com um tranco e acelerou para longe dali.

Em vez de ir diretamente para a cidade, a fim de fazer as compras, ela seguiu a costa e parou o carro em um mirante. O motor tiquetaqueou como uma bomba quando ela puxou a chave da ignição. Cristo, e ainda mais essa, ela pensou, mas então o motor ronronou e se calou. O cinzento Atlântico jogava suas ondas contra as rochas sob as falésias, e as nuvens despejavam flocos de neve lá embaixo, no mar. *Yurei*, fantasmas dos afogados. Ela balançou a cabeça, com incredulidade. Suas mãos tremeram quando saiu do carro, e ela sentiu vontade de tomar um conhaque. O vento pressionava seu corpo. Mãe daquele garoto. *Daquele garoto*. Ela desejava poder se aliviar com uma boa dose de choro, mas estava frio demais para isso. Havia presentes a serem comprados, o álibi da sua mentira, e muita coisa a fazer antes das festas de fim de ano.

ii.

Tim descascou uma laranja para o garoto e se serviu de mais uma xícara de café. Ele podia relaxar um pouco. Holly ficaria algumas horas fora, dando a elas uma folga. As tigelas de cereal estavam de molho na pia. A lista de tarefas na geladeira era o vestígio de uma época distante. À frente deles oferecia-se uma preguiçosa manhã de sábado, com sua promessa de ócio. Ao caminhar com suas pantufas até a poltrona, Tim fechou bem o roupão para se proteger do frio e se instalou com as palavras cruzadas do jornal. Ele perscrutou as definições, preenchendo então as respostas que já sabia ou deduziu. No tapete junto à árvore de Natal, Jip estava enroscado como um gato, com seu pijama favorito, desgastado nos punhos e dois números menor. Concentrado em seu desenho, ele cantarolava baixinho para si próprio, e Tim, prestando muita atenção, conseguiu descobrir que música era. "Little Drummer Boy". Alguns minúsculos flocos de neve passavam pela grande janela da sala. Ele chegou a pensar em acender as luzes da árvore de Natal naquela manhã escura, mas estava confortável demais para mexer seus ossos. Empacado em suas palavras cruzadas, ele se afundou ainda mais na poltrona, apoiou a cabeça na almofada e fechou os olhos.

Não parecia haver se passado mais que alguns segundos, e seu filho estava ao seu lado, batendo de leve em seu rosto. Ele abriu os olhos para ver o garoto, balançando sobre os calcanhares e murmurando um aviso silencioso de acorde, acorde. O jornal estava caído no colo, mas a caneta permanecia firme em sua mão fechada.

"O que foi, Jip?"

"Tem alguém na porta."

"Estou acordado, não peguei no sono. Por que simplesmente não abriu para a pessoa?", perguntou, imediatamente se dando conta da mancada. Jip nunca se arriscaria a deixar entrar o que estava do lado de fora. Erguendo-se da poltrona, Tim ajeitou o roupão enquanto ia até a porta. Lá fora estava Nell Weller e seu filho, flocos de neve derretendo nos cabelos.

"Nick, meu raio de Sol. Havíamos marcado algo esta manhã?"

Colocando a mão na nuca do garoto, Nell o conduziu para dentro com um empurrão delicado. Enquanto tirava o casaco, o menino espirrou, cobrindo a boca com o forro. A mulher seguiu seu filho hesitante, observando a cena dos homens Keenan em seus roupões, a sala em silenciosa desordem.

"Não se preocupe", ela disse. "Não é um resfriado, acho. Alergias. Tivemos de usar uma árvore artificial este ano, Fred levou um dia inteiro para entender como montar os galhos. Vocês não parecem nem um pouco preparados para receber visitas. Holly está em casa?"

Tim esfregou a barba por fazer e ajeitou com a mão o cabelo desgrenhado de quem acabou de acordar. "Foi fazer umas compras de Natal. Por pouco você não encontra com ela."

"Compras? Puxa, ela devia ter me dito. Eu teria ido junto." Ela abriu seu casaco de inverno e, com um simples rebolar, o tirou. Por baixo usava um suéter vermelho justo que ressaltava seu corpo e uma saia preta plissada que ondulava quando ela se movia pela sala, arrumando as coisas pelo caminho. "Maridos", falou, mas seu tom era de brincadeira, não de irritação. "Talvez você tenha esquecido. Ela concordou em ficar com Nick hoje. Tudo bem, ou vocês dois fizeram planos?"

Tim buscou seu filho com o olhar, mas os dois garotos já tinham sumido e estavam brincando em outro aposento. "Estamos livres como pássaros. Você tem tempo para um café?"

Ela fez que sim e seguiu-o até a cozinha, acomodando-se na mesinha de canto usada para o café da manhã. Pela janela junto à mesa, que dava para o oceano, ela observou os esparsos flocos de neve girarem furiosamente, lançados ao vento. Com a indiferença de um garçom em uma cafeteria, Tim colocou na mesa a vasilha de cerâmica com os cubinhos de açúcar e a jarra de leite em formato de vaca, servindo-lhe o café em uma xícara com pires.

"Alguma coisa lá fora a agrada?" Ele tomou o assento em frente ao dela.

"O céu, o mar. Engraçado, são iguaizinhos à minha roupa de baixo. Preto em cima e azul embaixo."

Ele não sabia se aquilo era um flerte, mas decidiu tentar a sorte. "Você está particularmente deslumbrante. Toda arrumada já de manhã."

"Festa de Natal", ela retrucou. "No trabalho de Fred. Ele já está no escritório, com sua roupa de Papai Noel para os monstrinhos. Tão horríveis quanto seus papais e mamães. Estou pulando todo o besteirol e fazendo hora para chegar no momento do tradicional 'batizado' da gemada. Eu não suporto as pessoas com quem ele trabalha. Teríamos levado Nick junto, mas ele anda muito chatinho ultimamente. Está velho demais, é o que diz, para o Papai Noel. Você tem certeza de que não há qualquer problema em deixá-lo aqui?"

"Problema algum. Jip adora companhia."

A xícara ficou com a marca do batom vermelho. Ela se inclinou sobre a mesa e pegou a mão dele.

"Você é um anjo. Vocês dois são, e eu nunca poderei agradecê-los o suficiente por ficarem com Nick durante as festas de fim de ano. Fred e eu precisamos fugir um pouco. Ter um tempo só para nós, consertar as coisas. Você sabe como é, às vezes dá vontade de recomeçar do zero. E, se isso não der certo, pelo menos alguns dias em um cruzeiro vão deixar o inverno mais curto."

Ele apertou os dedos dela, mas logo os largou. Pelo tempo de um cafezinho, eles falaram do cruzeiro no Caribe, dos portos de escala, das partidas de shuffleboard no deque e dos intermináveis bufês. Ela se animou, e ele se viu prestando atenção na maneira como ela falava, em vez de naquilo que ela dizia. O homem fazia que sim com a cabeça de vez em quando, dando um sorriso só para mantê-la ali. Ele se lembrava do mesmo olhar satisfeito de alguns anos atrás, provocado pelo segredo dos dois. Até que Nell olhou para o relógio, soltou um longo suspiro e deu um tchau apressado. Parado junto à porta, Tim ficou olhando enquanto ela partia, permanecendo ali por um bom tempo depois de a mulher ir embora, uma dorzinha insistente no fundo de sua alma. Ele ficou ali até começar a tremer, depois de a friagem atravessar seu pijama.

Os garotos não responderam quando Tim chamou, e ele não tinha ideia de onde poderiam estar. No quarto de Jip, provavelmente, mas talvez eles estivessem rondando a oficina de Tim, no porão. Ele foi arrumar a cozinha, parando para olhar a praia pela janela, os pensamentos à deriva, de volta àquele dia de verão, a última vez em que todos ficaram juntos lá fora. Holly imersa em algum livro em um rochedo distante, Fred adormecido sobre uma toalha amarelo-ouro. Os garotos, com sete anos na época, estavam na água, como sempre. Uma ou

outra gaivota, branca como papel, vagueava pelo céu azul. Nell estava estendida de frente para ele, em uma postura íntima mas inocente. Seu maiô castanho realçava suas curvas, e eles falavam do fim do verão, a habitual conversa sem propósito deles, tortuosa, em que nada era dito sem que estivesse traduzido para o código do desejo. Ninguém viu o que aconteceu. Ninguém sabia dizer com exatidão o momento exato em que Jip e Nick haviam desaparecido.

Ele desviou o olhar do oceano, e de repente lá estavam os garotos na mesa da cozinha, concentrados em um caderno. Os dois olharam para ele e sorriram ao mesmo tempo. O nariz de Nick estava vermelho de tanto espirrar, mas, fora isso, não havia nada de diferente neles. Como haviam conseguido se esgueirar sem que ele percebesse? Tim balançou a cabeça, sem entender o mistério.

"Vocês parecem uma dupla de fantasmas. É hora de eu tomar um banho, garotos. Vocês vão ficar bem sem mim?"

Com um amplo sorriso e um lento aceno de cabeça, o menino dispensou o pai.

Arabescos de vapor se elevavam da pia, enquanto Tim cobria o rosto com o creme de barbear. Ele mergulhou a navalha na água quente que saía da torneira e começou a se barbear, em movimentos confiantes. Quando raspava a última área com espuma, a lâmina cega fez um talho em sua pele e uma gota de sangue de um vermelho-vivo surgiu na garganta. Uma tossezinha nervosa escapou de seus lábios, porque ele não era capaz de se lembrar da última vez em que se cortara ao fazer a barba. Tim pressionou com o polegar o ponto de corte no pescoço, embaixo de sua orelha esquerda, e o sangramento logo parou. A água quente havia embaçado o espelho, e por trás dele uma brisa gelada fez a cortina se mover. Alguém havia deixado a janela aberta, então ele a fechou com força. A neve havia dado lugar a um Sol pálido. Ele se livrou do roupão e ficou nu.

O banheiro estava gelado, então ele deixou a água correr até surgirem grandes nuvens de vapor, para só então se enfiar no boxe, fechando atrás de si a porta de vidro. O calor e a umidade desataram os nós de seus músculos e relaxaram suas articulações tão rapidamente quanto se ele estivesse em uma sauna. Aplicando o xampu, Tim massageou o couro cabeludo. Sua mente foi tomada pelas imagens de Nell na praia, a maneira como ela se inclinara para ele, perto o bastante para tocá-lo. Um fio de suor corria por entre seus seios, e os finos cabelos de sua nuca brilhavam ao Sol. Ele segurou seus testículos com a mão livre. *Onde estão os meninos?* Ela foi a primeira a notar,

colocando-se de pé em um pulo, projetando sua sombra sobre Tim enquanto ele se virava para levantar. O xampu começou a pingar em seus olhos. A temperatura caiu subitamente, como se alguém tivesse aberto a porta, e quando ele fez força para enxergar com os olhos ardendo, pensou tê-la visto entrar no banheiro. Tão rapidamente como surgiu, a sensação desapareceu, e ele viu, na porta de vidro do boxe, tornado visível pela condensação, o desenho tosco de uma mulher nua, estilizado e ligeiramente disforme, longos cabelos ondulados, o contorno dos seios, marcas de dedos no lugar dos mamilos. Ele esfregou o desenho, mas este havia sido feito pelo lado de fora. "Jip", berrou, mas era óbvio que o garoto estava longe demais para ouvir, e, além disso, por que faria um desenho assim? Ele era novo demais para pensar em mulheres nuas. Pelo que Tim podia observar, seu filho nunca pensava sobre sexo, ou pelo menos nunca havia dito uma palavra sobre isso. A névoa do chuveiro subiu até o teto, espalhando-se como uma onda por todos os cantos do banheiro. Ele enxaguou os cabelos e saiu do boxe, enrolando uma toalha na cintura.

Lentamente, com a mão, Tim apagou o desenho no vidro, deixando um rastro úmido. Ele se sentia como um criminoso destruindo provas e não conseguia se desfazer da impressão de que havia um conspirador ali, bem atrás dele. Quando se virou, havia um rosto no espelho. Desenhado a dedo, lá estava outro rosto, certamente de uma mulher, porém mais desfigurado e distorcido que o outro. Os cabelos não passavam de uma sugestão em uma testa alta e saliente, e um dos olhos era meio caído, sua íris nublada e vazia, como o olhar cego de uma estátua romana. Enquanto borrava o desenho, Tim ficou pensando em como não o havia percebido antes, quando estava fazendo a barba. "Esse garoto", murmurou consigo mesmo, "está fazendo desenhos por toda parte." Por trás de seu reflexo no espelho, ele pensou ter visto de novo a mulher caolha, e no vidro do boxe a memória da mulher nua parecia se ajeitar novamente, a partir da constelação de gotas d'água. Ele rapidamente penteou os cabelos e vestiu um pulôver e calças de moletom, ansioso para sair dali. O vapor o seguiu pelo corredor, e Tim desceu correndo as escadas.

A cozinha estava gelada como um necrotério, mas os garotos estavam onde ele os havia deixado, entretidos na mesa, com uma pilha de papéis. Eles haviam puxado os capuzes dos moletons sobre as cabeças, de modo que lembravam um par de escribas medievais fazendo iluminuras em um manuscrito. Em uma cela gelada, sem lareira. Ele tremeu de frio e imediatamente encontrou a origem do problema: uma janela

aberta havia levado o inverno para dentro da casa. Correndo para fechá-la, Tim gritou com seu filho. "O que deu em você, Jip? Por que está deixando todas essas janelas abertas no auge do inverno? Estava um frio de rachar no banheiro, e agora isso. E o aquecedor ligado o dia todo."

Jack Peter interrompeu o desenho no meio de uma linha. Com a ponta do lápis a um centímetro do papel, ele ficou imóvel, inexpressivo, enquanto seu pai esbravejava pela cozinha em busca de outras janelas abertas. Nick o acompanhava com os olhos, esperando uma chance para responder às acusações.

"Não foi a gente." Um rastro de muco desceu de seu nariz; ele fungou e limpou o ranho com a manga do casaco.

Profundamente concentrado, Jack Peter começou a bater o lápis na mesa, primeiro devagar, depois com mais força e rapidez.

"Não", disse o pai. "Você vai estragar a mesa, J.P." No entanto, o garoto continuou batendo o lápis. "Pare, Jip. Eu mandei parar."

Seus movimentos ganharam mais energia, ficando quase frenéticos. A ponta do lápis deixava pequenas marcas na madeira macia.

"Não foi a gente", repetiu Nick.

O lápis soava como um pica-pau martelando um carvalho. Tim agarrou o pulso do filho, a pulsação do garoto seguia o ritmo das pancadas. Aumentando a pressão, Tim fez com que ele parasse. "Droga! Pare, Jack. Quem foi, então? Quem deixou o frio entrar?"

"Ele", rosnou o garoto. "O monstro."

"Quem?" Sem prestar muita atenção, ele observou os desenhos sobre a mesa, invenções de uma mente de dez anos. "Não seja bobo."

Seu filho se recusava a olhá-lo nos olhos.

"Do que ele está falando, Nick?"

"Talvez a sra. Keenan tenha deixado aberta antes de sair. Ou talvez o senhor tenha esquecido. Não foi a gente, juro."

Com um suspiro, Tim soltou o bracinho magro do filho, e Jip se livrou da mão como um passarinho se livra de uma armadilha e deslizou da mesa para uma cadeira na mesinha de canto do café da manhã. Ele virou as costas para seu pai. Inútil tentar argumentar quando ele ficava tão bravo, diria Holly. Deixe-o quieto.

Uma massa de ar, gelada como o mar em dezembro, rolou pela cozinha e se enroscou nas pernas e abaixo da cintura de Tim. Ele xingou baixinho e procurou a origem daquela súbita rajada, mas as portas e janelas estavam firmemente fechadas. Os garotos pareciam não perceber a massa invernal que se instalara na cozinha. Sentado à mesa de jantar, Nick contemplava o espaço na madeira entre suas mãos. Jip

continuava perto da janela, cantarolando algo quase inaudível, como um monge maluco a rezar. Em busca de perdão e querendo restabelecer o equilíbrio da situação, Tim se aproximou com cuidado do filho, inclinando-se de forma que suas cabeças ficassem no mesmo nível.

"Por que está tão frio aqui dentro?", perguntou.

Jip parou de murmurar e se inclinou para a frente, batendo com o dedo no vidro. "É ele. Está tentando entrar."

"Ele quem?"

"O homem, o monstro." Ele falava de maneira tranquila, o olhar fixo no rosto do pai. "Você não entende?"

Ele estendeu a mão na direção do filho, mas parou a alguns centímetros do cabelo do garoto, temendo que Jip se esquivasse do toque. Ele se sentiu quase afogado por uma onda de desamparo. "Monstros não existem."

O garoto o encarou, uma expressão sinistra nos olhos. "Apenas dê uma olhada, papai. Ele está lá fora agora."

O oceano verde formava uma faixa que percorria toda a largura da janela, e sobre ele havia somente o céu, cerrado por nuvens cinzentas que se estendiam por todo o horizonte. Para ver o litoral, Tim tinha de quase grudar o nariz na janela, sua respiração deixando uma marca no vidro. À direita, a areia era pontuada por rochas, e bem embaixo da janela ele podia ver a proa de um pequeno bote de madeira, que ficava guardado sob a casa. À esquerda, o promontório se elevava gradualmente até o farol, e ele trouxe seu olhar de volta desse marco para o granito irregular. Ele certamente teria deixado passar a figura agachada no rebordo da pedra se não estivesse na expectativa de encontrar alguma coisa. Esforçando-se para ver melhor na luz baça, ele bateu a testa contra o vidro. E ainda pressionou o rosto na janela, como se essa leve pressão fosse capaz de romper a divisória entre o mundo interno e o externo. O vulto nas rochas se moveu, alterando sua posição, e ergueu a cabeça na direção da casa. Tim não conseguia ter certeza, mas parecia ser um homem, cuja figura o fazia se lembrar daquela coisa estranha que vira na estrada. Branco como o inverno, os cabelos se enrolando em grumos, uma barba sarnenta. Uma coisa selvagem e solitária.

"Que diabos é aquilo?" Ele se descolou da janela e foi direto pegar seu casaco e suas botas.

"Não foi a gente", disse Nick mais uma vez, ainda à mesa.

"Garotos, não saiam daqui. Só quero ver o que é aquilo."

No corredor de entrada, uma trilha de torrões de areia ia da cozinha à porta externa. Sem amarrar os cadarços das botas ou abotoar

o casaco, Tim correu para os fundos da casa, indo aos tropeções para a praia. Onde ele vira o homem não havia nada.

Ele caminhou pela paisagem deserta, esperando ver algum sinal da criatura, mas esta havia desaparecido. Subitamente, um raio de Sol clareou as rochas e a areia, projetando sombras passageiras até que as nuvens passassem de novo e apagassem os detalhes. Olhando por sobre o ombro, Tim viu os garotos, lado a lado, junto à janela. A cabeça de Jip estava virada para o nordeste, como se ele observasse algo, tentando direcionar a atenção do pai. Tim seguiu a direção do olhar do filho e, por fim, viu o lampejo de um movimento branco, rápido como um sopro. Ele correu até lá, o casaco voando ao vento, os cadarços batendo em suas canelas, afundando na areia e passando por cima dos rochedos irregulares.

Era impossível, ele disse a si próprio, que aquele homem nu o tivesse deixado para trás na corrida, mesmo tendo uma vantagem inicial, mas, depois daquele primeiro lampejo, ele não o viu mais. Somente a ilusão do movimento, a ânsia da perseguição. Em um promontório, ele parou para recobrar o fôlego e avaliar o mar encrespado, o rochedo desolado, dando-se conta de como o mundo havia engolido eles dois. Tim estava ofegante, com o coração batendo forte, e se sentia um pouco tonto. Exausto, ele se inclinou, apoiando as mãos nos joelhos e deixando a cabeça pender. Entre seus pés, gotas recém-caídas haviam escurecido o chão, e ele pensou que talvez a criatura tivesse passado por ali, ferida e sangrando. Um pingo vermelho brilhante aterrissou na pedra, depois outro. Ele levou a mão gelada à sua garganta morna e sentiu um líquido viscoso no local onde havia se cortado de manhã, quando se barbeou, e, ao retirá-la, surpreendeu-se ao encontrá-la toda ensanguentada. Ao ver isso, Tim caiu no chão, desmaiado.

iii.

A primeira coisa que Nick havia visto naquela manhã fora uma larga faixa de veludo vermelho, firmemente esticada na barriga do pai. Da sua cama, o rosto parcialmente coberto pelo travesseiro, Nick piscou para focar a vista, e o balão vermelho em seu campo de visão inchava e diminuía. Ele rolou na cama para ver melhor.

"Ho, ho, ho. Algo sinistro vem por aí."

Nick esfregou os olhos para acordar. Seu pai estava com a sua vestimenta anual de Papai Noel, ainda sem a barba e o capuz.

"Tem certeza de que não quer vir conosco? Vai ser uma festa muito divertida."

"Pai..."

"Precisava ver se a roupa ainda servia. Qualquer dia desses estarei gordo demais."

"...eu preciso ir?"

"Por quê, estamos muito crescidinhos? Onde foram parar as crianças de outrora? Como nossa infância dura pouco! Uma volta no quarteirão puxando um carrinho vermelho e você já é um rapaz. Agora, olhe para você. Não consegue sair da cama de manhã. Mesmo que esteja nevando."

Seu pai ergueu a persiana. Alguns poucos flocos de neve dançavam no céu. Na luz que entrava pela janela, partículas de poeira levantadas pelo movimento flutuaram antes de cair no chão. Nick só queria se afundar no calor da cama.

"Sua mãe vai levá-lo até os Keenan. Mas é melhor se apressar. Ela já está no banheiro, fazendo sua mágica. Espelho, espelho meu."

Nick sentou-se na beirada da cama e olhou para os pés descalços. "Tenho de ir para lá? Não posso ficar em casa sozinho?"

"Não, a não ser que queira me ver na cadeia. A lei é muito clara sobe isso: você é pequeno demais para ficar sozinho o dia inteiro." Seu pai sentou-se a seu lado, o colchão vergando sob sua circunferência, as molas reclamando do peso. "Imagine o que aqueles bandidos fariam se o velho Papai Noel aparecesse na cela. Acabaria com a fé deles na humanidade, não acha?"

As mangas do casaco de Papai Noel estavam curtas nos braços dele, deixando à mostra uns cinco centímetros de uma pele muito branca, coberta de ásperos pelos negros. Nick torcia para que ele colocasse luvas.

"Eu achei que você gostava de ficar com seu velho amigo Jack. Algo aconteceu entre vocês dois?"

"É que às vezes ele é estranho."

"Estranho? Um pouco excêntrico, mas somos todos, não? Estou firmemente convencido de que todo mundo tem algo de errado aqui." Ele cutucou a cabeça com o dedo médio. "Todos esquisitos. Mas ele é o seu melhor amigo, Nick, e você tem de ser fiel aos amigos."

A porta se abriu devagar, empurrada por um quadril, e a mãe de Nick entrou, escova de cabelo em uma das mãos, caneca de café na outra. Ela usava apenas uma calcinha azul e um sutiã preto. "Algum de vocês viu meu suéter vermelho?"

"Aquele com as arvorezinhas de Natal?", perguntou Fred.

Ela revirou os olhos. "Esse, não. O bonito."

"Eu gosto daquele com as arvorezinhas de Natal. Muito festivo. Combina com a estação. Além disso, fui eu que lhe dei o suéter com as arvorezinhas, no Natal do ano passado, e você nunca usou. Você não é boazinha, é má. E vai encontrar carvão na sua meia este ano."

"Não está na hora de você ir?", ela perguntou.

Quando Fred foi consultar o relógio, ele percebeu como as mangas do casaco estavam curtas em seus braços e puxou o tecido, mas foi inútil. "É impressão minha, ou tudo está diminuindo? Preciso carregar o trenó e atrelar as renas." Ao sair do quarto, foi recitando os nomes das renas. "Vamos, Cometa, Cupido, Travesso, Dançarino..."

"Céus!", disse Nell, fingindo dar um pontapé no amplo traseiro do marido. Ela foi atrás dele pelo corredor, ameaçando-o com a escova, rindo sem parar.

Depois que ela saiu, após se certificar de estar sozinho, Nick enfiou a mão sob o colchão e puxou o caderno de desenhos. Ele havia sonhado com isso a noite toda, imaginando as páginas brancas como a neve,

a tinta transformando-se em vermelho-sangue. Esconda-o, ele decidiu, enterre-o sob o casaco, embaixo do moletom com capuz, mantenha-o junto à pele.

Nick contrabandeou os monstros. Enquanto sua mãe conversava na porta com o sr. Keenan, ele conseguiu esgueirar-se entre os adultos e escapulir com Jack Peter. No alto da escada, Jack Peter sussurrou "Espere aqui", e correu para o banheiro. Nick caminhou lentamente pelo corredor, espiando, pela porta aberta, o quarto do sr. e da sra. Keenan. A cama ainda por fazer lembrava a cena de um crime, um edredom vermelho quase caindo no chão e os lençóis emaranhados como uma tenebrosa prova da recente presença deles ali. Ele não sabia a razão, mas aquela desordem o irritava. Tentou ouvir o som da descarga vindo do banheiro, mas escutava apenas as risadas na cozinha. Jack Peter irrompeu no corredor, e eles foram para o quarto do garoto. Depois que fecharam a porta, Nick tirou o caderno de debaixo do moletom, entregando-o ao seu colega de conspiração.

Durante toda a semana, ele havia obedientemente seguido as instruções de manter suas criações em um caderno secreto, e no papel havia um monstro por página. Com uma mistura de nervosismo e orgulho, ele observava enquanto Jack Peter examinava os desenhos um a um. As primeiras criaturas copiavam ícones da cultura pop: o velho Frankenstein do cinema, com cabeça chata e parafusos no pescoço; sua Noiva, com o cabelo armado e duas faixas grisalhas; um vampiro de capa, com brilhantina no cabelo e caninos à mostra; uma múmia com as bandagens se soltando; um esqueleto com ossos que sacolejavam. Ele havia copiado o Monstro da Lagoa Negra, uma criatura alada batizada de Homem-Mariposa, uma bruxa e seus macacos voadores. Havia um lobisomem estilizado e os Dementadores flutuantes, saídos de *Harry Potter*, um orc de *O Senhor dos Anéis* e um dragão que cuspia fogo, desenhado a partir de uma dezena de filmes com dragões. Jack Peter precipitou-se pelas imagens como um crítico, ligeiramente decepcionado com o trabalho, buscando algo que não estava lá. Quando chegou à última página, voltou ao início, a fim de investigar cada desenho, traçando com a ponta do dedo o caminho de algumas linhas, murmurando baixinho. Ele não se dirigiu a Nick, parecia absorto no processo de examinar os desenhos.

Quando Nick finalmente entendeu o que estava acontecendo, não conseguiu mais ficar parado olhando. Ele deu uma volta pelo quarto, inspecionando seus atrativos pela centésima vez. Por trás da porta do armário, imaginou, estava um daqueles monstros, rosnando

baixinho para si próprio, olhando pelo buraco da fechadura, à espreita. Na prateleira cuidadosamente arrumada, tesouros juntavam pó. Caubóis, índios e soldadinhos de plástico, de várias guerras, se emaranhavam em um jarro transparente, com a etiqueta da Sebago Pretzel Co. Ao lado dessa confusão reprimida, havia uma pilha de quebra-cabeças e jogos de tabuleiro — xadrez e damas, gamão e Ludo, Banco Imobiliário e War, que podiam preencher tardes inteiras. Ele tocou a caixa de um jogo alemão chamado Waldschattenspiel,[1] que eles haviam jogado sem parar no último inverno, um jogo que exigia uma vela e a escuridão, no qual duendes em chapéus pontudos se escondiam em bosques, tentando escapar de um caçador incansável e vencendo ao se manterem nas sombras.

No chão, entre a velha caixa de brinquedos de Jack Peter e a escrivaninha, havia sido instalada uma ratoeira, com um pedaço de queijo como isca e a barra assassina pronta para pular. Nick se agachou para examiná-la, resistindo ao desejo de fazer o mecanismo funcionar com um toque rápido. "Para que isso?"

Na cama, Jack Peter nem desviou os olhos dos desenhos. "Minha mãe acha que tem um camundongo na casa."

"Você o viu?" Nick sentou-se na caixa de brinquedos, pensando no tempo em que ela guardava os tesouros infantis dos dois.

Jack Peter inclinou-se ainda mais sobre o caderno. "Nunca vi porque não tem camundongo nenhum."

Como de hábito, a mesa estava limpa e arrumada, os livros escolares empilhados no canto direito, os papéis perfeitamente organizados à esquerda. A única gaveta, no meio da mesa, guardava um mistério que ele não ousava trazer à tona. Em cima da escrivaninha, um espelho refletia a neve caindo e o oceano, que se revelavam pela janela da parede oposta. Nick ficou ali por alguns minutos, paralisado pelas ondas capturadas no vidro prateado. A voz melodiosa de sua mãe veio lá de baixo, seguida pela resposta nervosa do sr. Keenan na mesinha de canto do café. Era um ritmo diferente dos sons abafados que seus pais faziam, e essa música o distraiu.

Ele espirrou e esfregou a ponta do nariz com os dedos. No espelho, seu rosto o encarou de volta, com a testa franzida e ar sério, e ele exagerou na expressão, tentando parecer irritado e decepcionado, treinando a carranca até que ela parecesse convincente. Nick foi surpreendido pela súbita aparição de um braço pálido, mas era apenas Jack

1 Literalmente, "Sombras na floresta". Jogo criado na década de 1980 na Alemanha.

Peter trocando de roupa, livrando-se do pijama e exibindo um peito magricelo e mamilos que pareciam olhos. A pele branca como um osso reluzia na luz esmaecida, pois ele era um garoto que vivia recluso, raramente saindo de casa ou sendo exposto ao Sol, à chuva e ao vento. A luz do Sol poderia atravessá-lo, e uma simples brisa, ferir sua pele. Jack Peter vestiu um moletom escuro com capuz e uma calça jeans, depois sentou no chão para enfiar seus pés nas meias.

Na janela, Jack Peter escreveu algo com a ponta do dedo. "Você conhece esse truque?" Ele bafejou com força sobre o vidro, e na condensação apareceu a palavra "sinistro".

"Que façanha épica", disse Nick, mal disfarçando o sarcasmo.

"Vamos assustar meu pai." Levantando o capuz sobre a cabeça, como se fosse um monge, Jack Peter pegou o caderno na cama e um punhado de lápis da escrivaninha. Com o dedo, ele pediu que Nick o seguisse, e os dois se esgueiraram até o andar de baixo e se instalaram na mesa da cozinha sem fazer qualquer ruído.

A mãe de Nick já partira para a festa, deixando o sr. Keenan sozinho. Ele estava olhando pelo janelão da cozinha, distraído e imerso em seus pensamentos. Quando finalmente notou os dois à mesa, pareceu um tanto angustiado pela maneira como os meninos haviam se materializado tão discretamente.

"Vocês parecem uma dupla de fantasmas. É hora de eu tomar um banho, garotos", disse ele, por fim. "Vocês vão ficar bem sem mim?"

Logo os canos gemeram enquanto a água brotava do chuveiro no andar de cima. Pegando o caderno, Jack Peter folheou novamente as páginas, parando por um momento nos desenhos que haviam chamado sua atenção. "Esses são bons", disse. "Um tanto assustadores. Você inventou algum deles?"

Uma pontada de culpa bateu no estômago de Nick, como se ele tivesse, de alguma maneira, decepcionado o amigo. Um fio de catarro escorreu do seu nariz, que ele limpou com a manga do casaco. "Não, eu os copiei de filmes e livros. De alguns eu me lembrava."

Jack Peter grunhiu e fechou o caderno. "Você já viu uma pessoa morta?"

"Além daquela vez em que você se afogou e todo mundo achou que você tinha morrido?"

Uma rara risada escapou dos lábios de Jack Peter. "Eu quis dizer alguém que morreu há muito tempo."

Certa vez, quando ele cortava caminho pelo bosque na volta da escola, Nick encontrou um gato morto, meio coberto pelas agulhas de pinheiro. Curtido pelo tempo, o animal era um saco dessecado de pelo

embolado e ossos, mas, quando ele virou o cadáver com um graveto, um amontoado de larvas se retorceu nas tripas do bicho, e ele teve uma ânsia de vômito e saiu correndo. Mas o garoto nunca havia visto uma pessoa morta, ainda mais uma morta há muito tempo. Nick pensou em seus pais, afogados e pendurados no seu closet, mas ele achava que isso não contava porque não podia provar que era real. Ele fez que não com a cabeça.

Pegando uma folha em branco, Jack Peter começou a desenhar, totalmente concentrado no movimento do lápis. Nick observava em silêncio, curioso e paciente, imaginando que estranhos pensamentos poderiam dançar na mente de seu amigo.

"Você quer dizer, mortos como zumbis?"

O garoto do outro lado da mesa fez uma pausa e ergueu os olhos. "Não como zumbis."

"Eles são chamados de mortos-vivos."

"Não são zumbis." Ele retomou o desenho, a ponta da língua aparecendo em um dos cantos da boca. "Zumbis comem cérebros. E eles são lentos. Não são zumbis."

"Mas estão mortos, de todo jeito."

"Definitivamente", disse Jack Peter. "Pelo menos é o que eu acho."

Lá em cima, o chuveiro foi fechado, e Nick pensou ter ouvido o sr. Keenan chamar, mas Jack Peter não fez qualquer menção de responder. Ele terminou o desenho e virou o papel para que Nick olhasse. A criatura o encarava de uma perspectiva frontal, uma espécie de homem, os braços maiores que as pernas e dobrados nos cotovelos, as pernas dobradas nos joelhos, de maneira que lembrava um caranguejo que se arrastava na direção de quem olhava o desenho. Seus pés e suas mãos estavam virados para fora, e o rosto, totalmente de frente, tinha um ar selvagem e devastado. Seus olhos esbugalhados o encaravam por trás de um emaranhado de cabelos espessos como algas. Ele não usava roupas, o que só acentuava seu corpo sobrenatural, que lembrava uma pele esticada em arame. Nick imediatamente o reconheceu. A criatura que ele havia visto aquela noite na estrada, com o sr. Keenan.

"É ele. Eu já vi essa cara antes." Ele olhou de novo o desenho e riu. "Mas você deixou escapar uma coisa. Ele não tem piroca."

"O que é piroca?"

"Você sabe, a coisa no meio das suas pernas. Se esse cara está pelado, a gente veria a piroca dele."

Jack Peter deu um risinho e inclinou a cabeça para o desenho. "Você quer dizer o pênis dele."

"Tanto faz. Está faltando."

Do outro lado do aposento, uma janela se abriu, escancarando-se como se tivesse uma mola, e as cortinas se desfraldaram como duas bandeiras. Uma rajada de vento gelado soprou, espalhando as folhas pelo chão.

"Que diabo foi isso?" Nick se levantou para fechar a janela.

Jack Peter o impediu. "Espere, apanhe esses papéis primeiro. Ainda não acabei." Ele já estava ocupado com outro desenho.

O sr. Keenan entrou na cozinha, o rosto vermelho de raiva. Gritando com os garotos, ele correu para fechar a janela e virou-se para Jack Peter, querendo saber por que ele estava abrindo todas as janelas na casa e se o menino não notara que o aquecedor estava ligado. Mas Jack Peter simplesmente se retraiu, batendo a ponta do lápis na mesa. Nick havia visto esse gesto inúmeras vezes e sabia que seu amigo estava se retirando para dentro de si próprio e se colocando fora de alcance. O sr. Keenan continuou gritando com eles, exigindo que dissessem a verdade. Quando Jack Peter finalmente confessou que havia alguém na praia, seu pai, no início, não acreditou. Ele teve de ir para a janela e olhar por si mesmo, pressionar suas mãos e o rosto contra o vidro, vasculhando a beira da praia para encontrar o que havia assombrado seu filho. "Que diabos foi isso?"

Em segundos, ele calçou as botas e vestiu o casaco, saindo pela porta em busca daquilo que eles achavam ter visto. Os garotos ficaram olhando enquanto ele corria aos trancos e barrancos pela areia e pelas pedras, olhando para trás uma vez como se perguntasse a eles em que direção ir ou se valia a pena continuar, mas era tarde demais, ele já estava muito longe, e então desapareceu ao meio-dia no meio do nada, e eles ficaram sozinhos na casa vazia.

iv.

Tentando conter a dor, Holly pressionou a testa com a base da mão. Atrás dela, uma fila de clientes se mexia impacientemente em seus lugares, e o adolescente que trabalhava no balcão esperava com indiferença pelo cartão de crédito. Talvez fosse a luz fluorescente, ou a música transmitida sem parar, ou a agitação dos compradores obstinados, todos cumprindo sua alegre missão, sem notar as outras pessoas do mundo, muito obrigado, entre as quais pelo menos uma tinha uma torturante dor de cabeça. Ela odiava o shopping e, naquele momento, também não apreciava muito o Natal.

O Estojo do Jovem Artista, com seu conjunto de sessenta e quatro itens para desenhar, que incluíam vinte e quatro lápis de cor, oito lápis de aquarela, tinta a óleo, giz pastel, canetas hidrográficas de ponta dupla, apontador, borracha e instruções ilustradas, bem como o Caderno de Desenho Deluxe, com sessenta folhas, podia acabar sendo um exagero, já que os interesses do filho costumavam ser efêmeros. Havia montes de brinquedos abandonados no quarto dele, acumulando poeira nas prateleiras, arquivados na velha caixa de brinquedos. Ele vai gostar, ela se tranquilizou, ainda que, no dia a dia com Jack, Holly nunca soubesse do que ele gostava, nem o que ele amava. Se é que amava alguma coisa.

Com a sacola do presente na mão, ela deixou a loja e ziguezagueou por entre os grupos apalermados que passeavam pelos falsos bulevares. Bandos de adolescentes entediados e sem rumo desperdiçando mais uma tarde. Garotos com casacos de times de futebol, meninas com fios conectados aos ouvidos, todos digitando mensagens uns para os outros nos seus smartphones. Jóvens maridos, desamparados

e sem ideias, em busca do presente perfeito para suas esposas. Novas mães empurrando carrinhos, com seus bebês perfeitamente normais. Crianças fazendo fila para tirar fotos com um Papai Noel de araque. Holly parou por alguns instantes em frente a uma vitrine com botas femininas ridiculamente caras e desejou ter vinte anos de novo. Como suas decisões teriam sido diferentes. Sapatos melhores, por exemplo.

No vidro da vitrine, surgiu o reflexo de seu filho. Usando um casaco de inverno e gorro azul, Jack passava exatamente atrás dela, de mãos dadas a uma loura alta, que vestia um longo casaco preto e botas pretas de fivelas prateadas. No momento em que Holly se deu conta de quem havia visto e se virou para falar com eles, os dois haviam desaparecido. Ela tinha certeza de que vira Jack, ainda que por poucos segundos, e procurou-o por toda parte nos amplos corredores. Eles simplesmente haviam desaparecido, ainda que sem dúvida aquela loura se destacaria no meio da multidão. Convencida de que eles só poderiam ter entrado na livraria que ficava ali em frente, ela rapidamente se dirigiu para lá, murmurando baixinho o nome do filho.

A vitrine da livraria estava lotada de bugigangas, camisetas com retratos de Shakespeare, Austen e Dickens, marcadores de livro e lanternas de leitura, baralhos e bandejas para laptop, lembrancinhas kitsch do Maine. Ela deixou para trás as seções de ficção e poesia, à procura dos dois, seu filho e a sequestradora, até que Holly finalmente viu a loura do casaco preto. Plantada na seção de culinária, ela tinha nas mãos um grosso livro sobre bolinhos. Jack não estava ao seu lado.

Holly hesitou ao compreender o quão absurda sua pergunta iria parecer. Ela pigarreou, limpando a garganta, e a mulher de preto a encarou, com um olhar curioso. Jovem, jovem demais para ter um filho de dez anos. Inofensiva demais para tê-lo sequestrado.

"Desculpe incomodá-la", disse Holly, "mas eu a vi passar pela vitrine do outro lado do corredor, e pensei..."

A loura sorriu, em um sinal para que prosseguisse.

"Estou procurando meu filho", disse Holly. "Ele tem dez anos. Casaco e gorro azuis?"

"Desculpe, mas não vi nenhuma criança. Ele está perdido?"

"Sim. Não." Apertando a bolsa contra si, ela gritou com a mulher: "Eu vi você entrar aqui com um garotinho!".

A loura se afastou e fingiu estudar as páginas do livro, olhando de esguelha para a mulher maluca atrás dela. Holly a largou e vasculhou o restante da loja, fazendo uma varredura na seção infantil e perguntando a um funcionário aturdido se ele não tinha visto um garoto de dez anos

nos últimos minutos. Vagueando pelo labirinto de prateleiras, Holly não viu uma única criança e, ao passar pela loura com o livro sobre bolinhos, que estava na fila do caixa, ela se convenceu de que cometera um erro. Ela havia visto uma miragem. Como poderia ser Jack? Ele nunca sai de casa.

No momento em que deixou a livraria, Holly começou a ouvir umas batidas leves; inicialmente, ela pensou que eram os saltos dos seus sapatos no piso, mas era um som bem mais regular, escondido na melodia transmitida pelos alto-falantes. O barulho pareceu natural no início, parte da música, mas, quando a canção mudou, o ritmo persistiu, tão baixinho que ela pensou que devia ser um erro, mas a batida se intensificou na melodia seguinte. Ela olhou à sua volta, para ver se as outras pessoas que circulavam ali também ouviam o barulho, mas elas estavam anestesiadas pela agitação geral. Em frente à barraquinha de pretzels, Holly viu um senhor de idade com uma barba branca bem aparada, que a fez se lembrar do ator que interpretara Kris Kringle naquele velho filme em preto e branco, *De Ilusão Também Se Vive*. "Eu acredito, eu acredito, é uma tolice mas eu acredito", ela murmurou para si, "e se você não pode confiar em Papai Noel, não pode confiar em ninguém." Ela segurou o braço do homem e perguntou "O senhor está ouvindo isso?".

"Isso o quê?"

Ela apontou para o teto, na direção dos alto-falantes. "Esse som de batidas. Não combina com a música."

Ele inclinou a cabeça e colocou a mão em concha na orelha, prestando atenção por alguns instantes. Pousou o dedo nos lábios e ponderou sua resposta, com uma neutra surpresa. "Desculpe, mas não estou ouvindo."

"Não, não, preste atenção. Por baixo do som do piano, como alguém dando pancadinhas em uma mesa." Ela marcou o tempo das batidas no vidro da barraquinha de pretzel. "Um código. O senhor não está ouvindo?"

"Me perdoe, mas não estou ouvindo nenhum código secreto."

"O senhor está brincando. Como uma dessas sessões espíritas. Escute: tap-tap, tap-tap-tap..."

Com a mão livre, o homem se precipitou e agarrou o pulso de Holly até que ela soltasse seu braço. "Olhe, senhora, não há qualquer batida, só as velhas músicas natalinas de sempre. Você precisa de algo? Água? Não gostaria de se sentar um pouco?"

Holly se afastou. O ruído das batidas a perseguiu enquanto ela buscava a saída correta, a mais próxima de onde havia estacionado o carro. No caminho, ela viu que ninguém mais havia notado que o sistema de

som havia enlouquecido, que um garoto furioso com um tambor tocava um invariável e diabólico toque de recolher. Ela abriu caminho até lá fora, onde a música parou, e o tamborilar se extinguiu, substituído pelo vento que soprava no estacionamento. Porém, mesmo não ouvindo mais as batidas, Holly as sentia pulsando na cabeça. Um banco verde a atraiu, e ela se sentou no metal frio e colocou a cabeça entre as mãos, querendo apenas ir para casa e deitar em um quarto escuro até a dor sumir. Ela fechou os olhos e desejou que a dor parasse.

A mulher sentiu a presença de outra pessoa, uma sombra pairando sobre ela. "Aí está você", falou uma voz sem corpo. "Esperava conseguir alcançá-la."

Holly protegeu os olhos com uma das mãos e viu o homem de barba branca. Ela se assustou ao vê-lo e imaginou que ele a havia seguido para confessar que, sim, ele também havia escutado as estranhas batidas nos alto-falantes, mas ele segurava uma sacola onde se lia Sharon's Arts & Crafts. "A senhora deixou isso na barraca de pretzels. Fico contente de tê-la encontrado antes que partisse." Ele colocou a sacola ao dela no banco. "Você está bem?"

"O presente do meu filho. Ele adora desenhar. Não sei como pude esquecer isso."

Ele se acomodou no espaço vazio do banco, tendo um leve sobressalto quando seu traseiro entrou em contato com a superfície gelada.

"É tão difícil comprar alguma coisa para ele. Meu filho. Ele tem dez anos, e um garoto dessa idade tinha tudo para ser a criança mais fácil do mundo, mas ele tem necessidades especiais, entre outras coisas." A voz dela falhou, e ela reprimiu a vontade de chorar. "E ele nunca sai de casa."

"Eu sinto muito..."

Ela apertou o braço dele com a mão, prendendo-o. "A não ser que seja à força, claro, pois às vezes temos de levá-lo ao médico, ou qualquer coisa assim, mas é como transportar um prisioneiro." Ela balançou para frente e para trás no banco, inconscientemente imitando o filho.

Ele flexionou o braço, esperando que ela entendesse o sinal, mas Holly só o apertou mais. O homem se mexeu no banco, sem conseguir encontrar uma maneira diplomática de escapar.

"Ele estava bem até alguns anos atrás, tão bem quanto sua condição permitia. E ainda por cima ele tem essa fobia, que está piorando. O senhor entende?"

Como se tivesse uma mola na cabeça, o homem assentiu com vigor.

"Meu maior medo é que ele nunca seja normal... normal o suficiente para se integrar com os outros. Quero dizer, o senhor sabe, o que vai acontecer com ele quando não estivermos mais por perto?"

"Deve ser difícil."

"Difícil? Ele está perdendo tudo isso, a neve, o corre-corre das festas, o mundo inteiro." Uma lágrima desceu pelo canto de seu olho, e seu nariz estava prestes a escorrer, quando subitamente Holly teve uma sensação, uma sensação que não surgia desde que ela era criança, e um jorro de sangue saiu de seu nariz. Ela levantou a mão para cobrir e conter o fluxo, mas o sangue escorreu pelos seus dedos. O homem procurava um lenço, ela tossiu e outro jorro saindo e escorrendo por seu queixo. Antes que ela percebesse, seu sangue havia se espalhado pelo tecido branco na sua mão, e o homem barbado havia inclinado a cabeça dela para trás, imobilizando-a, a mão dele na base de seu crânio, e ele dizia que tudo ficaria bem, que tudo ficaria bem.

"Estou tão envergonhada." A voz dela era abafada pelo tecido do lenço. "Eu costumava ter isso com frequência quando era criança, mas já faz muito tempo."

Os dois ficaram sentados ali, quietos, esperando que o sangramento parasse. Havia algumas gotículas do sangue dela na barba do homem.

"É engraçado, aqui estou eu confessando meus pecados, e essa manhã mesmo estive com um padre."

"As pessoas dizem que eu tenho um rosto que inspira confiança, mas acho que é só por causa da barba." Ele ficou de pé e examinou-a de perto. "Parece que está parando. Você quer tentar erguer a cabeça?"

Ao concordar, Holly sentiu o reconfortante apoio da mão dele erguendo-a. O homem manteve os dedos na base do pescoço dela enquanto ela se aprumava e tentava arrumar a sujeira úmida sob seu nariz e sua boca. Havia partículas vermelhas na manga do casaco dele, e o lenço parecia uma bandeira escarlate. Ela tocou o rosto com a ponta dos dedos para verificar a extensão da mancha.

"Vamos até o banheiro feminino, onde a senhora poderá se limpar adequadamente."

No espelho do banheiro, Holly ficou chocada ao ver o mapa vermelho em seu rosto. Um dos desenhos de Jack que saíra errado, um olhar meio enlouquecido com horror e sangue quase que de uma orelha à outra, descendo pelo queixo até a garganta. Ela lavou o rosto cuidadosamente, até que todos os rastros de sangue tivessem desaparecido, e, ao examinar seu reflexo, ela viu a palavra por sobre seu ombro, rabiscada na tinta de uma das cabines. Estava espelhada e ela não conseguiu entender o que estava escrito. Ao se virar, leu claramente: "sinistra". Sinistra, realmente, sinistra e malvada, a bruxa malvada do shopping.

A primeira coisa que ela viu ao sair do banheiro foi o atencioso senhor, que segurava a sacola do presente como símbolo de sua fidelidade. Um sorriso luminoso surgiu da floresta da sua barba. "Sente-se melhor?"

"Estou tão envergonhada, o senhor foi tão gentil."

"Nenhum outro sangramento no nariz? Nenhum outro espírito batendo embaixo da mesa?"

"Estou melhor", ela disse, estendendo a mão para agradecer. Ele pendurou a alça da sacola no punho dela.

"Feliz Natal", falou. "Espero que seu filho goste do presente."

Nuvens baixas atormentavam o fim da tarde, e o Sol sumia e reaparecia, um débil círculo de luz no céu enevoado. No caminho de volta para casa, ela se encantou com as casas enfeitadas de luzes brilhantes, pequenos faróis de alegria em meio à escuridão. Ao longo do Cabo da Piedade, a mulher vislumbrou um navio cargueiro no oceano, suas luzes piscando como se enviassem uma mensagem melancólica, e Holly se pôs a pensar se o capitão e os tripulantes estariam em casa a tempo do Natal, ou se a ceia com o peru seria um acontecimento solitário no vasto e pródigo oceano. Seus pensamentos se deixaram levar para o *Porthleven* e seus passageiros condenados. Como deve ter sido pavoroso para aquelas pobres almas naufragar nas águas gélidas, com a terra firme logo à vista.

As janelas da frente da casa estavam às escuras quando Holly chegou com o carro. Era estranho que Tim não tivesse iluminado o caminho para ela, já que, pela hora adiantada, ele devia estar com o jantar no forno, mas tudo parecia deserto. Ela pegou as sacolas no banco do carona, esperando se esgueirar sem ser vista por olhos curiosos. Com a luz interna do carro acesa, Holly ainda checou no retrovisor se ainda havia algum vestígio de sangue no rosto; satisfeita por ter removido tudo, ela encarou a noite que começava a descer.

A porta da frente se escancarou assim que ela pôs a mão na maçaneta, então chamou pela família e acendeu todas as luzes. Ninguém apareceu. Tim a teria escutado chegar, teria visto o carro na entrada, e Jack costumava aparecer para cumprimentá-la quando ela ficava fora o dia inteiro. A sala estava fria e silenciosa. Ela deixou o casaco e o chapéu no braço do sofá e aumentou o termostato. As ventoinhas do aquecedor palpitaram, como se a casa estivesse prendendo a respiração à espera de Holly. Na mesa da cozinha repousavam os resquícios de um banquete masculino: pratos sujos com bordas de pizza, uma

lata de pretzels aberta, a casca de uma laranja curvando-se sobre si mesma. Mas nada do filho ou do pai. Onde diabos estavam eles?

Ela ouviu um tamborilar no andar de cima e foi até o vão da escada, chamando pelo filho. Nick Weller apareceu no alto da escada, seguido por Jack, um sorriso travesso no rosto. Descendo os degraus com os capuzes sobre a cabeça, eles lembravam duendes descendo as colinas, e Jack quase a derrubou com um abraço. Ela colocou os braços em torno dos ombros e da cabeça dele, para retribuir o abraço, mas ele se afastou do contato dela. Atrás dele, Nick estava parado nos degraus, olhando.

"Nick, que surpresa."

Quando ele abaixou a cabeça, o capuz ocultou seus olhos. "Minha mãe me deixou aqui para que eles fossem à festa de Natal do meu pai. Acho que se esqueceram de mim."

De repente, Holly se lembrou do telefonema de Nell na noite passada, com um pedido urgente para que tomassem conta do menino. Não era a primeira vez que eles faziam um pedido de última hora, mas o garoto à sua frente tinha um ar tão arrependido, verdadeiramente miserável, que ela pressentiu que o problema ia muito além da desatenção dos pais dele. "Mas onde está o sr. Keenan?"

"Foi embora", respondeu Nick.

"Como assim, foi embora? Há quanto tempo ele saiu?"

"Eu fui lá fora, mas não vi o sr. Keenan em lugar nenhum."

Clamando por atenção, Jack chegou o rosto bem próximo ao dela. "Ele o perseguiu. Ele foi lá fora e o perseguiu."

"Perseguiu quem? Do que você está falando?"

"Ele está lá fora." Jack puxou o braço dela. "Papai tentou pegá-lo."

"Jack, por favor..."

"O monstro."

Ela se esquivou do menino. "Nick, me conte o que realmente aconteceu. Onde está o sr. Keenan?"

"É verdade, sra. Keenan. Ele viu alguma coisa lá fora, nas pedras, junto do oceano. E quis analisar de perto o que era."

"Mãe, quer ver meu desenho dele?"

"Jack, meu amor, preciso ouvir Nick agora — você pode ficar quietinho, por favor?"

Ele não gostava quando alguém levantava a voz ou o repreendia, então virou as costas para ela e ficou olhando para a parede, mas, naquele momento, Holly não tinha a menor vontade de levar os sentimentos dele em consideração. Nick também estava agindo de maneira

estranha, encolhendo-se naquele capuz ridículo como se fosse uma tartaruga retraindo-se em seu casco. Mas nela também não havia espaço para os sentimentos de Nick, então continuou a pressioná-lo, chegando tão perto que quase encostou nele. O rosto do garoto brilhava com a transpiração, e havia uma mancha vermelho-escura sobre seus lábios, de tanto ele esfregar ali.

"Quando o sr. Keenan não voltou, fiquei preocupado. Não de cara. Nós olhamos enquanto ele subia nas pedras, mas então ele desapareceu, e eu fiquei sem saber o que fazer." Ele limpou o nariz com a manga do casaco.

"E ele estava atrás do quê?"

Nick se moveu, colocando-se entre Jack e a mãe dele. "Não sei dizer o que era. Jack e eu ficamos olhando o sr. Keenan, e então ele nunca mais voltou, e então foi ficando cada vez mais tarde, e Jack disse que estava com fome. Eu não sabia se devia ficar com ele ou tentar encontrar o sr. Keenan, então preparei alguma coisa para ele, mas nós dois ficamos com fome e comemos. Depois, como ele ainda não havia voltado, pensei que talvez alguma coisa ruim tivesse acontecido lá fora e disse a Jack para ficar aqui e fui lá — até o oceano e subindo as pedras mais altas que podia — mas eu não o vi. Desculpe."

"Há quanto tempo foi isso?"

"Acho que umas três ou quatro horas."

"Céus", ela disse, logo cobrindo a mão com a boca. Holly foi tomada por uma espécie de paralisia, sem conseguir decidir se era melhor sair em busca do marido, lanterna na mão, ou esperar por ele em casa, com os garotos. Ou será que devia chamar a polícia, talvez os bombeiros? Mas o que ela diria, meu marido saiu de casa há mais de quatro horas e ainda não voltou? A escuridão havia engolido o que restava do crepúsculo, e ela ficou olhando pela janela enquanto a terra e o mar perdiam seus contornos. "Tim, Tim, Tim", ela sussurrou baixinho, até que o nome dele se transformou em um simples ritmo, a batida do seu coração, mas mesmo assim ele não apareceu. O repentino som de uma porta de carro batendo no ar frio lhe trouxe alguma esperança — ele voltou —, mas eram apenas Fred e Nell que vinham buscar o filho. Eles entraram, ligeiramente bêbados e exaustos da festa. Só de olhar para ela, porém, ambos ficaram sóbrios.

O volumoso Fred Weller oscilou no meio da sala, para depois se equilibrar junto à árvore de Natal. "Vocês têm um ar ao mesmo tempo trágico e preocupado", falou. "Por acaso viram o fantasma de Hamlet?"

"É Tim", respondeu Holly. "Ele sumiu."

V.

Nada. Antes ele estava lá, perfeitamente visível, mas depois se transformou em nada. Através da janela, os garotos ficaram olhando enquanto o sr. Keenan subia as pedras, buscando sombras que já não existiam. Com o casaco enfunado pelo vento, como uma vela frouxa, ele parou para sondar a paisagem, examinar o oceano, as pedras, para então se pôr novamente a caminho, optando pela direção nordeste e caindo na borda do mundo visível. O vidro os protegia do mundo lá fora, mas Nick podia ver, à luz do meio-dia, as ondas quebrando, batendo silenciosamente nas pedras, as nuvens se amontoando no céu e a aridez de dezembro. Ele tinha calafrios, mas seu amigo permanecia calmo como uma estátua. Depois de alguns instantes, Jack Peter parou de olhar e atravessou a cozinha, até seus papéis espalhados na mesa. O frio no aposento havia dado lugar a um calor envolvente, depois de a fornalha religar, e, quando o ar entrou pelos dutos de ventilação, o aroma da resina da árvore de Natal perfumou toda a casa. Pouco depois de o sr. Keenan desaparecer da vista deles, Nick perguntou se eles não deveriam sair em sua procura.

"Ele vai voltar, não se preocupe."

"Mas estamos sozinhos", retrucou Nick.

Jack Peter ergueu os olhos do desenho. "Falei para não se preocupar. Eu sei o que está acontecendo. Ele apenas saiu em uma caçada, mas nunca vai encontrá-lo. Ele não é esperto o bastante."

Durante uma hora, eles ficaram inocentemente falando sobre monstros. Para cada um de seus desenhos, Nick tinha uma história — a primeira

vez em que ele assistira a *Frankenstein* em uma sessão da madrugada, a múmia de um gibi, Harry Potter enfrentando os Dementadores.

"Eles eram assustadores mesmo", disse Jack Peter. "Mas eu sei como fazer um monstro de verdade."

Nick riu da afirmação do amigo. "Certo, garotão, como se faz um monstro então?"

"Eu não posso mostrar", respondeu ele, rindo. "Você não pode fazer."

O grande relógio de parede na cozinha levava as horas embora, e cada vez que Nick olhava para os ponteiros ficava ainda mais preocupado com a ausência do sr. Keenan. Até então, ele não havia percebido o quanto contava com a presença de um adulto na casa quando ficava com Jack Peter. O garoto era imprevisível e, possivelmente, perigoso. Muito cismado, Nick se crispava e esperava por sinais.

No início da tarde, sem dizer uma palavra, Jack Peter foi até a geladeira e apanhou leite e calda de chocolate. Com precisão mecânica, ele derramou o leite em uma panela e colocou esta sobre uma das bocas do fogão, que se acendeu com uns poucos cliques. Ele observou e esperou, com uma expressão pétrea no rosto, e Nick se juntou ao amigo, os dois meninos rondando a panela quente, como um par de bruxas em torno de um caldeirão fumegante. O leite fervido chiou ao ser servido nas canecas, e o aroma do chocolate se espalhou, deixando-os com fome. Eles assaltaram a geladeira e a despensa em busca de comida. Jack Peter jogou minipizzas no forno elétrico e Nick abriu uma lata de pretzels. Enquanto esperavam que as pizzas assassem, eles empilharam biscoitos salgados lambuzados de creme de amendoim em torres do tamanho de suas bocas escancaradas, rindo enquanto comiam, espalhando farelos por toda a cozinha. Como segundo prato, Nick descascou uma laranja, e Jack Peter roeu uma coxa que sobrara de um frango assado.

Depois de comerem, os garotos, empanzinados, se arrastaram até a sala e se acomodaram como dois paxás. Jack Peter atirou as pernas sobre o braço da poltrona do pai e ficou olhando para o teto, movendo o dedo de vez em quando como se desenhasse. Empoleirado perto da árvore de Natal, Nick observava os enfeites de vidro capturarem a luz oblíqua e cintilarem em seus ganchos. A casa foi tomada pelo silêncio, rompido apenas pelos latidos ocasionais do border collie no quintal dos Quigley. Eles haviam caído em estado de inércia, o peso nos seus pequenos estômagos era uma âncora que os mantinha imóveis nos seus lugares. Nick deu palmadinhas em sua barriga e arrotou, e eles

riram dessa interrupção do silêncio. Jack Peter tentou imitar o amigo, mas seu arroto era barulhento como o de um adulto. Ele teve um acesso de riso, que foi estridente e demorado demais.

"Você tem certeza de que seu pai vai voltar?"

"Ele vai, sim."

"E sua mãe só foi fazer compras? Quando ela vai voltar para casa?"

"Ela vai voltar. Você se preocupa demais."

"O que vamos fazer? Nós precisamos fazer alguma coisa."

"Não há nada a ser feito." Jack Peter pegou uma revista do cesto junto à cadeira e ficou passando as páginas, só parando quando alguma foto chamava sua atenção.

"Não deveríamos procurar seu pai?"

Sem olhar para Nick, ele continuou folheando a revista. "Eu não vou lá fora com você."

Nick sabia por que seu amigo não sairia, mas não conseguia livrar-se da enervante sensação de inquietude sobre o que haveria acontecido com o sr. Keenan. Ignorando o olhar persistente de Jack Peter, ele foi até o vestíbulo, onde ficavam os casacos, e se aprontou para sair. Ainda na porta, ele deu uma última olhada para o amigo, que continuava na poltrona, completamente largado, observando cada movimento de Nick. Sem dizer uma palavra, o menino saiu de casa, enfrentando o frio lá fora.

Não havia ninguém na praia em um dia tão cinzento, e o único sinal de vida era a coluninha de fumaça que saía da chaminé dos Quigley. Ele foi da porta da casa até o declive arenoso que separava o quintal do mar. As ondas insistentes batiam na praia, e ele andava devagar, subindo as pedras como se fossem degraus, atento para qualquer movimento denunciador, mas toda a paisagem estava vazia e deserta. No verão, haveria gaivotas no céu, uma ou duas pessoas se bronzeando ou tentando pescar um peixe nas águas escuras, mas agora, no auge do inverno, essas memórias passavam rapidamente pela sua imaginação. Ele seguiu em frente, olhando uma vez para a janela grande da cozinha, na esperança de que Jack Peter estivesse lá, mas não havia ninguém. Talvez ele não ligasse, talvez não se sentisse envolvido. O frio úmido tocou-o por cima do casaco, então ele puxou o zíper até a gola, para proteger a garganta. Quando chegou ao local onde haviam visto o sr. Keenan pela última vez, Nick se agachou para inspecionar o chão. Não havia qualquer traço dele, nem ao menos uma pegada nos trechos de areia entre as pedras. Ao sul, algumas poucas casas, que lembravam sentinelas, agarravam-se à borda das dunas, e, ao norte,

estavam o Cabo da Piedade e o farol, seu globo superior transparente e cego como um olho de vidro. Ele gritou pelo sr. Keenan, mas não houve qualquer resposta, e sua voz soou baixa e fraca.

Se a coisa que ele estava perseguindo havia se assustado, ainda deveria estar correndo, como um coelho fugindo de uma raposa, em disparada, escondendo-se, trêmulo, e, ao ser encontrado, partiria depressa, para mais longe ainda, e o sr. Keenan imprudentemente teria sido atraído para aquela perseguição, estando agora a quilômetros de distância. Ou talvez a criatura fosse alguma fera predatória, tendo feito uma emboscada para capturá-lo e levá-lo até seu covil, e estaria agora devorando sua carne, e daqui a alguns anos alguém que andasse por ali encontraria ossos humanos em uma caverna. Ou talvez o sr. Keenan tivesse sofrido um acidente qualquer nas pedras, ou caído no mar. O corpo poderia estar em qualquer lugar, fora da vista. No crepúsculo que caía, Nick caminhou até o oceano, um pouco na expectativa de ver um corpo flutuando na água.

As gotas que o vento levantava das ondas e a espuma do mar formavam uma espécie de coágulos que rolavam na praia, cheios de bolhas, como leite fervido. Estendendo-se a perder de vista, o oceano cinza-esverdeado parecia sem vida, ainda que Nick soubesse que, sob as ondas, viviam peixes, além de caranguejos e lagostas que se arrastavam no fundo arenoso. Ele se lembrava da última vez em que havia estado naquele mesmo lugar com Jack Peter, há três anos, e desejou nunca ter conhecido um garoto tão estranho. Seus pais o obrigavam a brincar com ele, mas Nick não queria, Nick queria ser normal. Jack Peter o havia irritado aquele dia, com uma única frase descuidada.

Se eu pudesse fugir, pensou, eu fugiria. Se pudesse, atravessaria o oceano a nado, sem parar até chegar à outra margem. E eu viveria em uma cabana em uma praia da Irlanda, da Inglaterra ou da França. E aprenderia a ser outra pessoa, a falar como eles falam e comer o que comem, e usaria um novo nome. E ainda que meus pais fossem sentir minha falta e que meus amigos ficassem sabendo que eu estava longe, eles acabariam se esquecendo de mim, e eu encontraria outras pessoas. E eu cortaria os laços. *Eu me livraria dele para sempre.*

Nenhum corpo rolava pelas ondas. Agachando-se, ele tirou as luvas e colocou as mãos nuas na areia fria, onde o oceano vinha e as cobria com água gelada. O som e o movimento das ondas casavam com o ritmo de sua respiração, até que o vento do inverno e a água penetrassem em seu medo. Ele manteve as mãos imóveis até ficarem

doloridas e vermelhas, mas não conseguiu ir adiante. Enfiando-as nos bolsos, ele estremeceu e contemplou o Atlântico. Por quanto tempo ficou ali, ele não sabia. Às vezes, quando estava sozinho, Nick se sentia o último garoto da Terra. Ele se movia pela paisagem sem vontade, compelido por uma força invisível a estar ali, algo vivo em um mundo artificial, sem qualquer controle sobre os seus atos, sua respiração e seus movimentos. Atrás dele, o Sol começava a se esconder por trás das árvores, projetando um breve e derradeiro jogo de luz e sombra na superfície do mar. A mudança na temperatura o despertou de um transe, e ele se virou e foi caminhando, pela obscuridade que se alongava, até a casa que escurecia.

Lá dentro, apesar de a luz externa estar morrendo, nenhuma lâmpada havia sido acesa, e Jack Peter não havia se movido do lugar. Ele estava onde Nick o deixara, esparramado na poltrona, analisando o teto como se alguma imagem tivesse sido traçada em sua superfície. Ele cumprimentou Nick com um grunhido. "O que encontrou lá fora?"

"Nada."

A notícia não pareceu perturbá-lo. Jogando as pernas, ele se sentou direito. "Estou entediado. O que vamos fazer?"

"Você não está preocupado com o que pode ter acontecido com seu pai? Onde está sua mãe?"

"Temos de esperar. Poderíamos fazer alguma coisa para a espera passar mais rápido. Você quer desenhar mais monstros?"

"Estou cansado de desenhar."

Como se alguém ligasse um interruptor, Jack Peter se levantou de um salto e bateu as mãos. "Vamos começar outra guerra. Você sempre gostou de uma boa guerra. Pode ficar com os verdes." Sem esperar a resposta, ele correu para o quarto, onde estava o baldinho com os soldadinhos de plástico. Nick olhou mais uma vez para a entrada, na esperança de que a porta abrisse, de que um adulto aparecesse, mas ela permaneceu firmemente fechada contra o mundo lá fora. Ele reuniu todas as suas forças e subiu os degraus de dois em dois para se juntar à batalha.

Os corpos começavam a se empilhar quando ele ouviu uma voz lá embaixo. Eles largaram os brinquedos, e Nick correu para cumprimentar a sra. Keenan já do alto da escada. Ela começou a fazer uma série de perguntas sobre o marido, perguntas para as quais ele não tinha respostas decentes. Ela, então, sentou-se no sofá, onde ficou murmurando o nome de Tim, até que os Weller chegaram, cheios de álcool e curiosidade.

Os cinco ficaram de vigília na sala. A mãe de Nick preparou um bule de café, e seu pai ligou as luzes da árvore de Natal e acendeu a lareira. Em um canto, Jack Peter examinava mais uma vez o caderno de monstros, analisando cada página com cuidado. A sra. Keenan aguardava junto ao telefone, e seus pais ficaram no sofá, recuperando o raciocínio e a sobriedade. Uma corrente de ansiedade os atravessava, e, vez por outra, a ideia de uma expedição de busca era sugerida e refutada. A noite caíra completamente, e seria perigoso ir para as pedras lá fora munidos apenas de uma lanterna.

Alguns minutos depois das seis, Nick ouviu um som de algo arranhando do outro lado do vestíbulo, como um camundongo roendo madeira, e, assim que se levantou para ver o que era, a porta se escancarou. Eles correram e encontraram o sr. Keenan de pé na soleira, o rosto e as mãos vermelhos e em carne viva, um olhar desvairado. Um rastro de sangue atravessava sua garganta, e havia mais sangue espalhado na parte da frente do casaco, formando uma espécie de constelação escura.

vi.

O sangue, era o sangue o que mais despertava o interesse de Jack Peter. O padrão que havia traçado no rosto e nas roupas, a maneira pela qual a cor mudava de um carmesim vivo e brilhante para um vermelho carregado, quase preto. Ele se colocou bem no centro da sala, e, como sempre, os outros nem tomaram conhecimento de sua presença, enquanto ele analisava cada movimento que faziam e prestava atenção a cada palavra. Os adultos queriam saber a história toda de seu pai e o cercaram quando ele entrou. Sua mãe removeu o grosso casaco que ele usava e puxou com força as botas de borracha molhadas dos pés dele. A sra. Weller foi até a pia da cozinha e mergulhou um pano de prato na água morna, a fim de limpar o sangue que secara em sua garganta. O sr. Weller preparou uma caneca de café forte e quente, e retirou a manta que recobria o encosto do sofá, enrolando-a em torno dos ombros de papai. Nick sentou-se em uma cadeira num canto da sala, apavorado com o sangue e a confusão, roendo as unhas. Mas Jack Peter observava com uma curiosidade insaciável enquanto o homem emergia lentamente daquela pele suja e gretada pelo vento.

Os talhos grosseiros em sua garganta se assemelhavam a marcas feitas pelas unhas de um animal, e o sangue não parava de sair das feridas. Quando um pano de prato ficou vermelho, foi trocado por outro. Em idas e vindas entre a poltrona, a pia e os armários, Jack Peter substituiu quatro panos de prato até que a cor desbotasse para o rosa e enfim sumisse. Seu pai tomou um gole de café e estremeceu quando o líquido tocou o céu de sua boca. As mãos de sua mãe tremiam,

e ela juntava os dedos como em uma oração para acalmar os tremores. A sra. Weller pediu um kit de primeiros socorros, e mamãe saiu da sala para buscar um.

Os Weller encheram Tim de perguntas, mas ele não conseguia encontrar as palavras para responder. Seu rosto retomou a cor na calidez da casa, e a geada que embaraçava seus cabelos derreteu. Por trás da cortina dos adultos, Jack Peter captou o olhar do pai e teve a sensação de que ele implorava por uma explicação plausível. "Você nos deixou terrivelmente preocupados", disse a sra. Weller.

"Havia alguém lá fora. A mesma coisa que eu vi na estrada, naquela noite em que levei Nick para a casa de vocês."

"O coiote", disse o sr. Weller. "Você não é o único a ter visto. Os irmãos Hill encontraram um junto às latas de lixo da casa deles na semana passada, e o bicho quase comeu o cachorrinho dos Rivard. Alguns caras estavam jogando pôquer no porão da casa e ouviram os latidos, e ao chegarem lá fora viram um velho coiote sarnento arreganhando os dentes, pronto para levar embora o pobre vira-lata."

"Não era um coiote, era mais alto que um homem. Os garotos também viram. Contem para eles."

Jack Peter agitou o pano cheio de sangue como uma bandeira. "Era um monstro. Tentando entrar na nossa casa."

Os adultos olharam para ele como se o menino fosse louco. Jack escondeu o rosto com o braço dobrado, afastando o olhar de interrogação deles.

O sr. Weller colocou a mão no ombro de Nick. "O que você diz, filho? Homem ou outra coisa? Talvez um lobisomem em plena luz do dia. Você conseguiu dar uma boa olhada na fera?"

Os lábios do menino estremeceram e seus olhos começaram a piscar, enquanto ele lutava para não chorar. "Eu não sei. Estava longe, e nós nos viramos, e, quando olhamos de novo, havia sumido."

Tim levantou da poltrona como se emergisse de um casulo de gelo, as articulações rígidas estalando. A raiva distorceu suas feições, e ele se colocou entre Nick e seu pai para confrontar o garoto. "Mas você o viu, tão bem quanto eu. Você o viu hoje, e o viu naquela noite."

Nick mordeu o lábio e permaneceu olhando para o chão.

"Fale a verdade, garoto. Um homem, selvagem e nu."

Todos agora mantinham os olhos em Nick, esperando por alguma confirmação ou negação, mas o menino estava tomado por um pânico que ameaçava afogá-lo.

Em seu canto, Jack Peter ficou ouvindo enquanto interrogavam seu amigo, viu como ele parecia assustado e pulou para socorrê-lo. "Ele não tinha piroca."

Todas as cabeças se viraram, ao mesmo tempo, para encará-lo. A sra. Weller riu do comentário.

"Foi o que Nick disse."

Seu pai rosnou um alerta. "Jip..."

"Eu nunca disse isso."

"Disse sim", retrucou Jack Peter. "Você olhou o desenho e disse que ele não tinha pênis."

Os adultos, até mesmo seu pai, riram mais uma vez. Jack Peter odiava quando as pessoas riam dele, então segurou o pano ensanguentado com as duas mãos e sacudiu-o no ar, para que eles parassem. Quando percebeu a expressão de choque deles, o menino parou e cruzou as mãos atrás de si, como para mostrar que não precisavam ter medo.

Sua mãe entrou na sala, com o kit de primeiros socorros, e colocou-se imediatamente ao lado dele. "Vou só ajudar você", ela disse, pousando a mão sobre os dedos entrelaçados do filho, cuidadosamente tentando forçá-lo a relaxar, mas o garoto não queria, não agora, ele ainda não havia acabado de contar sobre o monstro. Mas ela continuou puxando as mãos dele, falando devagar palavras cheias de música, até que Jack Peter finalmente cedeu e deixou que Holly pegasse o pano ensanguentado. Ela segurou a mão esquerda dele em sua direita, esfregando o polegar contra o dele, e ele ficou bem.

"O que houve? O que aconteceu aqui?"

Ninguém estava disposto a contar. Todos evitaram o olhar dela.

"Quem provocou Jack?"

"Não foi nada", disse o pai. "Apenas um mal-entendido sobre o que é adequado falar quando se tem visitas."

"Ora, Tim", disse a sra. Weller. "Eu já ouvi a palavra 'piroca' muitas vezes."

"São crianças", ele replicou.

Assumindo o papel de advogado de defesa, o sr. Weller cambaleou até o meio da sala. "Jack estava tentando nos contar o que viu — ou não viu — da criatura que seu marido perseguiu quase até o Canadá."

A mãe do garoto pegou gaze e esparadrapo para fazer um curativo no pai. Ela tocou as marcas de garras com a ponta dos dedos. "É muito sangue. Você acha que pode precisar de pontos?"

Ele a tranquilizou com um aceno. "Eu vi alguma coisa lá fora nas pedras, algo branco como um fantasma, e fui atrás. Devo ter desmaiado,

e, quando acordei, já estava praticamente escuro, e eu sentia muito frio. Meu pescoço estava sangrando. Percebi que algo havia atacado minha garganta. No caminho de volta para casa, podia ouvir ruídos na escuridão, que me seguiam, alguns passos atrás de mim, que paravam quando eu parava e prosseguiam quando eu voltava a andar."

"Branco como um fantasma", disse a mãe. A sra. Weller puxava sem parar o punho da camisa, e o sr. Weller tentava evitar sorrir, cético e confuso.

"Eu gritei algumas vezes, mas seja lá o que fosse aquilo, fugia — era possível ouvi-lo correndo sobre as pedras — para depois voltar, como se um cachorro estivesse me cercando. Ou talvez houvesse mais de um. Pode ser que você esteja certo, Fred, quem sabe há coiotes ou uma matilha de cães selvagens por aí. Talvez seja isso que tenha atacado minha garganta."

Sem conseguir conter um largo sorriso, o sr. Weller enrubesceu.

"Você ficou muito assustado?", perguntou a sra. Weller, aproximando-se mais.

"Vou lhe dizer, fiquei apavorado, sem saber onde estava a maior parte do tempo. Apenas mantendo o mar à minha esquerda é que pude encontrar o caminho de volta para casa."

Ele imaginou seu pai na escuridão, usando a mente para virar a paisagem de modo que o oceano ficasse à esquerda, girando o céu negro como se fosse uma foto. Talvez os monstros apenas caíssem para fora da página. Ele queria que o pai abrisse a porta e sacudisse os Weller para fora. Que apagasse Nick da página. Já estava cheio deles. Sem hesitação, o menino deu um enorme bocejo e soltou um longo suspiro.

"Acho que abusamos das boas-vindas", disse o sr. Weller, apontando com a cabeça o garoto sonolento. "Realmente precisamos ir para casa. Obrigado por terem ficado com Nick."

A sra. Weller olhou para o marido como se ele tivesse dito um palavrão. "Só depois que Tim terminar a história."

"Está bem, querida", disse o sr. Weller, cruzando os braços. "Vamos, Tim, estamos ansiosos."

"Não há muito mais a dizer. Peguei uma pedra e atirei, e o que quer que fosse aquilo parou de me seguir. Os garotos devem ter se esquecido de acender as luzes externas, que funcionariam como um farol, e eu fiquei lá fora, aos trambolhões, procurando a casa, até que vi a janela do quarto de Jip. Vá para a luz. Não é isso que dizem quando você morre? Olha, eu estou bem. Um pouco congelado nas extremidades, e o sangue..."

"Acho que você deveria ir a um médico", disse Holly. "Mesmo que não seja hoje, assim que amanhecer."

"Mas você deve ter ficado no frio por horas", disse a sra. Weller. "Você pode ter sofrido uma concussão."

"Você bateu com a cabeça?", perguntou Jack Peter.

De um canto da sala, Nick tossiu, lembrando-os de sua presença.

"Eu não sei." Ele tocou a testa. "Talvez seja um dos sintomas da amnésia. Você não se lembra de ter acontecido."

O sr. Weller recolheu os casacos e chapéus da família. "Chega de monstros por hoje."

"Chega de monstros", disse seu pai.

"Com ou sem piroca, chega de monstros. Ordens médicas." A sra. Weller se pôs de pé, juntando-se ao marido. "Você o coloca na cama, Holly, e nós ligamos pela manhã, certo?"

"Vocês foram muito gentis", sua mãe respondeu. "Vou cuidar de Tim agora."

Jack Peter observou os Weller enquanto eles se aprontavam para sair, embrulhando-se em roupas até mudarem de forma. Na porta, a sra. Weller deu um beijo no rosto do seu pai. O sr. Weller agarrou-o em um abraço de urso, apertando-o com tanta força que ele quase sufocou, e depois partiram. Pela janela, Jack Peter ficou olhando enquanto eles passavam sob a luz do alpendre. Nick olhou para a esquerda, para a direita, para todos os lados, como se temesse alguma coisa à espreita nas sombras, pronta para saltar sobre ele. Eles chegaram ao carro em segurança e partiram, as luzes traseiras vermelhas transformando-se em míseros pontinhos até desaparecerem.

Sua mãe estava agachada junto à poltrona onde estava seu pai, de maneira que seus rostos estavam no mesmo nível. Ela o havia acomodado e aquecido, embrulhado suas pernas com uma manta, e agora eles conspiravam por meio de olhares secretos e palavras ditas em voz baixa. Era comum os dois falarem dessa maneira, em uma linguagem gestual estrangeira e impenetrável. Ela colocou a mão em seu braço. Ele inclinou sua cabeça na direção dela.

"O que você acha de eu lhe preparar um bom banho quente? E enquanto você estiver de molho, vou arrumar algo para comermos — você deve estar faminto."

Cheia de preocupação, ela lentamente se pôs de pé e subiu. Lá em cima, o ruído de água corrente quebrou o silêncio. Seu pai relaxou na

poltrona, cabeça para trás, olhos fechados. Jack Peter estudou os ângulos de seu rosto, a pele retomando a cor normal, e ouviu o ronco suave de sua respiração uniforme. De longe, ele seguiu o rastro das três linhas longas que marcavam seu pescoço e o pequeno corte na orelha esquerda. E quando parecia que ele havia caído no sono, seu pai ergueu uma sobrancelha e abriu um dos olhos. Eles estudaram um ao outro por alguns minutos, de não muito longe, até que Jack Peter se sentiu obrigado a dar as costas.

Seu pai fechou os olhos de novo e falou com uma voz calma e uniforme. "Quem você acha que estava lá fora, Jip?"

Ele limpou a garganta e respondeu: "Um monstro".

"Só que monstros não existem, filho."

"Então, não sei."

O rugido da água no andar de cima foi interrompido, e ele sabia que sua mãe estaria testando a temperatura da água com o cotovelo naquele momento. Ele a havia visto fazer isso uma centena de vezes, arregaçando a manga e se inclinando sobre a banheira para se assegurar de que a água não estivesse nem quente nem fria demais. Ela era especialista em fazer as coisas do jeito certo. Em um instante, quando tudo estivesse pronto, ela chamaria seu pai, mas ele já estava se mexendo, desenrolando o cobertor das pernas e erguendo seu corpo dolorido e cansado da poltrona.

Sua mãe ficou com ele, não voltando de imediato para preparar a janta, deixando Jack Peter sozinho no andar de baixo. Ele ficou olhando as luzes coloridas da árvore de Natal, tocando-as para ver se as azuis eram mais quentes que as vermelhas e se as verdes eram frescas como a grama, mas todas eram iguais, o calor tão minúsculo quanto o do coração de um pássaro. Quando se cansou desse experimento, foi para a cozinha, onde achou os panos de prato ensanguentados mergulhados na pia, junto aos pratos sujos de seu banquete com Nick. Feridas de combate das guerras entre os soldados de brinquedo. Na porta da geladeira, o garoto do desenho parecia segui-lo com o olhar, então Jack Peter deu as costas para ele e, naquele instante, viu um lampejo branco de movimento na janela. Um rosto que o observava havia fugido. O homem estava no quintal. Jack Peter correu até o vidro, mas não conseguia ver nada além do breu noturno e do seu próprio reflexo pálido, devido à luz da cozinha. Suas mãos quentes deixaram marcas quando ele as retirou, um aviso no vidro da janela, oi, tchau. Ele resolveu que não

diria nada a eles sobre o visitante, que não os deixaria perceber que ele estava perdendo o controle. *É melhor manter alguns segredos só para si.*

Uma hora depois de ela ter dito que logo estaria de volta, sua mãe apareceu na cozinha em um roupão de banho, o cabelo molhado enrolado em uma toalha, o rosto corado fazendo contraste com seu sorriso branco. Seu pai chegou logo depois, também de roupão e pantufas, caminhando com uma confiança rejuvenescida, como se nada tivesse acontecido. O único sinal que contradizia essa impressão era o curativo em seu pescoço. Ambos fizeram um aceno de cabeça ao ver o filho, mas, fora isso, mostraram-se totalmente indiferentes à presença do menino. Eles trabalharam juntos no fogão e na pia, preparando uma panela de macarrão, juntando um pote de molho de tomate, uma salada simples e alguns pãezinhos congelados, aquecidos e pincelados com azeite e alho. Acreditando-se invisível, Jack Peter ficou surpreso quando eles o chamaram para sentar-se à mesa. Ele viu o quanto os pais haviam mudado. Eram novamente uma dupla, e ele teria de ver o que poderia fazer em relação a isso. O brilho rosado do vinho encheu a cozinha quando seu pai abriu a garrafa. Como feras selvagens, eles atacaram o espaguete chiando de quente assim que este foi servido. Devoraram o pão, chuparam o molho e acabaram com a garrafa de vinho. Eles comeram como se estivessem famintos, entregando-se ao desejo, como se o simples ato de comer fosse sinistro, enquanto algo verdadeiramente sinistro estava ali fora, do outro lado da porta.

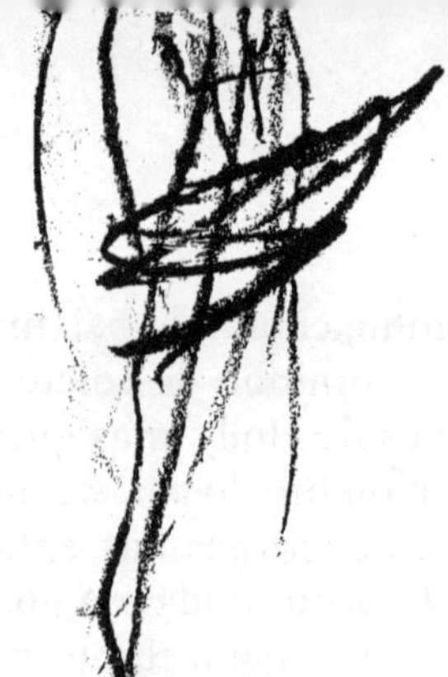

Três

O homem ao lado de Holly pegou a vela do filho, um garoto da idade de Jack, e acendeu a dela, inclinando um pouco a chama para o pavio, um pingo de cera caindo sobre o círculo de cartolina que protegia a mão dela contra tais acidentes, e ela então se voltou para o desconhecido do outro lado, a fim de transmitir a pequena chama ao longo do banco. Em pouco tempo, a igreja escura estava iluminada por centenas de velas, e, no altar, o padre, resplandecente em seu traje branco e dourado, falava algo sobre a criança que havia trazido luz ao mundo, mas Holly não prestava atenção na prece, porque estava hipnotizada pela bruxuleante chama azul e amarela diante de seus olhos, lembrando-se de cerimônias com seus pais e suas irmãs, as missas do galo de sua infância. Ela havia praticamente esquecido a sensação de estar despreocupada e cheia de esperança. A paróquia ouviu o órgão tocar a primeira nota e então todas as vozes se ergueram em uníssono, e a música conduziu os coroinhas, o diácono e o padre Bolden durante o hino final enquanto eles se dirigiam para a sacristia. Ela mal havia se localizado no missal quando tudo acabou, os cânticos finalizados, os fiéis soprando suas velas e desejando aos amigos e companheiros um feliz Natal.

Em poucos instantes, o rebanho havia se dispersado, ficando para trás apenas alguns poucos penitentes, as cabeças baixas, murmurando suas preces. À sua frente, uma senhora idosa com uma mantilha de renda fez Holly se lembrar da avó. Do outro lado da nave central, uma família com seis crianças tão bem-vestidas e educadas quanto os Von Trapp vestiam seus sobretudos por cima dos terninhos e vestidos,

a mais nova, um bebezinho, chorando baixinho por ter sido acordado para se agasalhar. Um menininho de colete e gravata-borboleta vermelha não tirava os olhos de Holly, mas quando ela sorriu e acenou, ele escondeu a cabeça no ombro do pai. A multidão no fundo da igreja havia se reduzido a umas poucas pessoas, então ela vestiu o casaco e se dirigiu à antecâmara. Ela ficou rondando no fim da fila, para que pudesse ser uma das últimas pessoas a cumprimentar o sacerdote.

O padre Bolden mostrou-se animado ao vê-la, segurando com ambas as mãos a que ela lhe estendera e puxando-a para mais perto, perto o suficiente para que Holly sentisse seu hálito de vinho e o cheiro de incenso nas dobras de seu traje. Ela tinha consciência das poucas almas que os cercavam, mas, ao mesmo tempo, o gesto dele criara um espaço de intimidade, perfeito para o que a mulher havia vindo dizer.

"Um Natal muito, muito feliz, sra. Keenan. Estou tão contente de vê-la aqui." Ele apertou a mão dela entre as dele. "Depois que a senhora partiu daquela maneira, fiquei temeroso de tê-la assustado e achei que nunca mais iria vê-la." Percebendo alguém atrás dela, o padre liberou a mão direita, mas segurou o braço dela com a esquerda. "Exatamente a pessoa que eu estava procurando."

Embrulhada em seu casaco de inverno, a srta. Tiramaku colocou-se ao lado dele. Ela deu um beijo no rosto do padre Bolden e estendeu a mão a Holly. À luz suave da igreja, a srta. Tiramaku era tão sólida quanto um fogo-fátuo, mas Holly pôde sentir um estranho calor em seu toque.

"Sra. Keenan", ela disse. "Feliz Natal. Esperava vê-la esta noite. Acho que posso ter causado uma má impressão."

"Não", retrucou Holly. "Fiquei apenas um pouco desconcertada com a nossa conversa. E aquele quadro do naufrágio. E os seus fantasmas."

A srta. Tiramaku massageava a mão. "Eu gostaria de conversar com a senhora sobre seu filho. Ele e eu compartilhamos a mesma condição, quero dizer, estamos no mesmo espectro, ainda que ninguém chamasse de autismo quando eu era criança."

"Síndrome de Asperger", disse Holly. "Mas você está bem agora? Funcional?"

Controlando o riso, ela assentiu com a cabeça. "Se você chama isso de funcional. Eu gostaria de encontrar seu filho um dia, para ver se posso ajudar em algo."

Por um instante, Holly sentiu uma onda de esperança, uma fugaz possibilidade de que Jack não ficasse preso dentro de si mesmo pelo resto da vida.

O sacerdote voltou-se para as duas mulheres. "Pãezinhos de canela pela manhã, srta. T.?"

"Sem eles, não seria Natal." Ela sorriu. "Espero que nos encontremos novamente em breve, sra. Keenan."

"Holly", ela disse. "E um ótimo Natal para você."

A srta. Tiramaku tomou seu caminho, abrindo as portas e sumindo no meio da noite, deixando a igreja já quase deserta.

"Quando eu era uma garotinha, costumávamos ir à missa do galo toda véspera de Natal", disse Holly.

"Bem-vinda ao lar. E como vai o seu filho?"

"Preciso falar com o senhor, padre. Não se trata apenas de Jack, mas de meu marido também. Ele tem agido de forma estranha. Vagando pela noite, tendo alucinações."

"Alucinações?"

Ela se inclinou à frente e murmurou. "Ele deixou os garotos sozinhos e foi até o oceano porque vira algo. Ficou fora o dia inteiro e, quando voltou, tinha esses sinistros arranhões profundos na garganta. Ele estava todo ensanguentado. Disse que eram fantasmas."

Os Von Trapp caminharam até eles em fila indiana, e ela teve a sensação de que, a qualquer momento, iam começar a cantar. A fim de cumprimentá-los de forma adequada, o padre Bolden a deixou e estendeu a mão a todos eles, sendo que o menorzinho ganhou apenas um afago na cabeça. Era o momento ideal para que ela fugisse, mas Holly sentia-se presa ao padre por fios invisíveis. Ela havia revelado demais, e ouvir "fantasmas" sair da própria boca a fez sentir-se um tanto embaraçada, devido ao ridículo da palavra. Ela não acreditava em fantasmas e considerava quem acreditava neles ligeiramente maluco. Até mesmo a governanta japonesa com seus *yurei*. Talvez Tim também tivesse enlouquecido, vagando pela praia, perseguido por monstros. Ela queria retirar sua confissão, rebobinar a conversa até o início, ou ainda antes disso, até o momento em que ela decidira ir até lá. O marido e o filho dormiam em suas camas. Ela deveria estar em casa, sonhando com a Fada Açucarada.

Quando estava pronta para sair, Holly sentiu um puxão na manga e percebeu que o velho sacerdote a havia agarrado de novo e não a soltaria. O último dos Von Trapp disse *auf Wiedersehen*, *adieu*, e todos marcharam para fora. O padre Bolden puxou-a para perto. Ele a fez pensar em um escoteiro junto à fogueira do acampamento, pronto para a emoção da história de terror a ser contada. "O que você quer dizer com fantasmas?"

"Usei a palavra errada. Não sei se ele realmente quis dizer fantasmas, ou se era outra coisa. O que eu queria dizer é que ele tem agido de maneira estranha ultimamente. Meu marido. Meu filho também. Eu apenas precisava de uma hora de paz. Jack vai estar de pé ao amanhecer, esperando junto à árvore de Natal, e tem sido uma loucura ultimamente. Caos, as férias de final de ano, o senhor entende?"

"Melhor que a maioria das pessoas. Um caso dos espíritos de Natal."

Ela deu de ombros ao ouvir a piada, oferecendo a ele um meio sorriso.

"A oferta continua de pé", ele disse. "Venha me ver a hora em que precisar. Sempre há uma certa calmaria depois do Natal." Ele largou o braço dela, e Holly tomou seu caminho.

As nuvens haviam preenchido o céu durante a missa, e uma névoa úmida dominava agora a paisagem. Devido à cerração, os postes de luz do estacionamento exibiam auréolas. Uma minivan ronronou, despertando, seus faróis abrindo caminho na escuridão. Os Von Trapp, ela pensou, indo para casa dormir. Pela manhã, eles teriam uma farra de papéis de presente, laços e fitas, além de gatinhos de bigode e algumas de suas coisas prediletas. Por que minha vida não se parece com um musical? Enquanto andava até o carro, Holly enfiou a mão em sua bolsa para pegar as chaves e acabou surpreendida pela vela com seu círculo de cartolina, escondida ali como uma arma. Ela refletiu por um instante se deveria devolvê-la à igreja, mas acabou decidindo que um pecadilho era melhor que outra conversa embaraçosa com o padre.

Segurando o volante com firmeza, ela ficou mais perto do para-brisa para poder ver o caminho à frente. A névoa espessa se abriu quando o carro avançou, e ela apelou para os limpadores do para-brisa, sem muito sucesso. Ela dirigia com cautela, agradecida pelo fato de a estrada estar vazia, e, para se acalmar, começou a repassar mentalmente os cânticos natalinos da missa. Ao fazer a curva para pegar a estrada Costeira, ela viu uma sombra atravessando à sua frente e freou, sem estar segura do que havia visto. Diante dela, à esquerda, o objeto pareceu mover-se novamente, a névoa ondulando à sua passagem, e ela abriu o vidro do carro e pôs a cabeça para fora, na noite escura. "Olá", disse, mas a única resposta ao seu chamado foi o ronco do motor. Um frio cortante invadiu o veículo, e a rajada fez com que ela se sentisse revigorada naquela hora morta. O relógio do painel indicava uma e meia da manhã.

Em meio ao silêncio, surgiu uma resposta. Inicialmente ela pensou que podia haver algum problema com o carro, os limpadores arranhando o vidro seco ou o freio de mão gemendo. Ela foi para o acostamento e desligou o motor. O onipresente oceano batia com força

contra a costa pedregosa logo ali embaixo, mas, além desse ritmo familiar, um som humano atravessava o denso nevoeiro, como se houvesse uma festa ali perto e os últimos foliões tivessem de repente começado a cantar, mas depois ela pensou ter ouvido uma discussão que se tornava violenta, um casal aos berros. Ou talvez os coiotes de Fred Weller uivando para a Lua, mas aqueles sons não pareciam de animais. As vozes tinham uma substância diferente, um tom de desespero. Ela abriu a porta do carro e saiu para a noite.

De onde vinham as vozes? Holly atravessou a estrada e, junto à mureta, olhou para o oceano lá embaixo, mas era inútil. O nevoeiro à sua volta engolia tudo, tornando todas as coisas invisíveis. Ela poderia estar a quatro ou a quarenta metros da beira do precipício, mas, mesmo que conseguisse vê-la, que diferença faria? Os sons vinham de longe, do oceano. Vozes, ela pensou, em meio ao frio e à escuridão, os passageiros do *Porthleven* implorando por socorro, pelo fim do terror. Era impossível, mas, ainda assim, havia algo nas águas que não podia ser visto, que não podia ser salvo. Seu coração disparou, e o pânico atacou suas pernas. Ela sentiu o ímpeto de precipitar-se à frente e se jogar sobre as pedras, mas uma força contrária mantinha-a presa no lugar, o pavor tomando conta de suas entranhas. A névoa tinha um gosto salgado. Ela dobrou o corpo e colocou as mãos sobre os joelhos, para que sua respiração voltasse ao normal, e ao se reerguer, não viu nenhum navio afundando no oceano. Tão repentinamente quanto haviam surgido, os gritos pararam, como uma gravação interrompida no meio.

O silêncio a assustou mais do que os sons. Ela ficou prestando atenção, esperando que os gritos ressurgissem, mas as vozes haviam se calado. O medo cristaliza o tempo, faz com que este se torne lento e sossegado. Ela só havia experimentado essa sensação uma única vez, no dia em que seu filho desaparecera na praia. Para fazer com que o mundo voltasse a girar, ela teria de obrigá-lo a se mover, então Holly inspirou profundamente e deixou que o ar saísse de seus pulmões. Do outro lado da estrada, o carro parecia estar a quilômetros de distância, a escuridão espessa como sangue. Seu filho e seu marido dormiam em suas camas, a casa preparada para o Natal, esperando que ela retornasse. Ela ficou por alguns minutos sentada no carro, com o aquecedor ligado. É tarde, pensou, eu deveria voltar para a cama. O oceano não passava de uma imagem, um som, nada além disso. Nenhum *Porthleven* jogado nas pedras se enchendo de água. Nenhuma misteriosa figura lupina vagando pela noite fria. Nenhuma dupla de garotos brincando na arrebentação e sendo derrubados pelas ondas.

Nenhum menino introspectivo, nenhum olhar estranho e penetrante do bebê em seu seio. Nenhum desconhecido a acusá-la. Nenhum marido. Há quanto tempo ela sabia? Quando seu instinto lhe disse a verdade sobre Jack? O mundo dos "se", a terra do "então".

Tim havia deixado os pisca-piscas de Natal acesos, brilhando suavemente como estrelas e conduzindo seu caminho. Seu garoto nunca ficaria bem. Logo ele seria maior e mais forte que ela, com potencial de violência real em seus punhos. Estava se aproximando o dia em que os demônios comuns à adolescência entrariam em confronto com os diabinhos internos dele, e isso poderia abrir as portas do inferno. E Holly sabia que seu amor por Jack não seria o suficiente para protegê-lo eternamente, que um dia ela teria de desistir dele, mandá-lo para alguma instituição ou ter alguém, uma enfermeira ou um guardião, para cuidar dele.

Em uma das janelas havia uma luz acesa, mas, assim que ela ergueu a vista, esta se apagou, tão rapidamente que Holly não pôde saber de qual quarto ela era. No segundo andar, tudo bem, mas do quarto de Jack ou do dela? Ou talvez um deles tivesse ido ao banheiro no meio da noite. Abaixem a tampa, rapazes. Mesmo assim, ela ficou irritada com o súbito lampejo, como se a própria casa a estivesse espionando, à espera do seu próximo movimento. Lá dentro, a casa estava fria, e o ar, úmido em contato com sua pele, como se os eflúvios do nevoeiro tivessem se infiltrado pelas frestas. Ela aumentou em alguns graus a temperatura do aquecimento central, até que o calor surgiu, soprando um ar morno na sala. Enquanto ela estivera fora, Tim havia arrumado os presentes embaixo da árvore de Natal, em uma pequena pilha de múltiplas cores, fitas e laços. Ela ficou ali de pé, admirando o carinho e a habilidade que ele havia empregado ao arrumar cada presente. Em perfeita ordem. Pela manhã, Tim bancaria o elfo, distribuindo os pacotes um a um, em uma sequência que só ele entendia.

Ela subiu a escada na ponta dos pés e colocou a camisola, que estava pendurada atrás da porta do banheiro. Enquanto se preparava para deitar, a hora avançada começou a se fazer sentir. Outras vésperas de Natal haviam sido passadas em arranjos de última hora para a manhã seguinte. Certa vez, Tim ficara acordado até as três da madrugada, montando uma bicicleta teimosa, que hoje contava anos de abandono. No ano em que Jack Peter nascera, eles haviam passado a noite ouvindo, juntos, a babá eletrônica, na esperança de que o bebê acordasse e se aninhasse para a mamada da meia-noite, os três meio adormecidos, o neném em seu seio, o marido ao seu lado. Ou aquele Natal com

a briga horrível, quando ela não pôde perdoar os erros e as promessas de melhora de Tim. Tudo é passado, ela pensou, enfiando-se na cama, tomando cuidado para não acordar o marido, que dormia.

No porão, a água entrava pelo buraco que se abrira quando o navio se chocara contra os rochedos. Em seus aposentos, preparando-se para a chegada à nova terra, ela e Tim foram derrubados no chão no momento da batida. O navio tombou em meio à ressaca, derrubando-os de novo quando tentavam se levantar. O baú que continha os bens do casal deslizou pelo aposento e se abriu, e todos os pequenos itens — uma escova e um espelho, uma pilha de papéis e canetas, uma garrafinha de rum que estava escondida — caíram e se espalharam. Varrendo o piso de carvalho e se infiltrando por baixo da porta, o mar manchava a madeira, a princípio devagar, como leite derramado, depois de uma só vez, uma torrente que crescia cada vez mais enquanto eles se colocavam de pé. Ela gritou com Tim para que ele fizesse algo, mas ele apenas deu uma longa baforada em seu cachimbo, avaliando a situação com um ar desinteressado, quase divertido. A água gelada provocou um choque em seus corpos, deixando-os anestesiados. Tim patinhou até a porta da cabine, mas não conseguiu abri-la devido à pressão da água que invadia o local, então ele gritou e chamou o capitão, mas logo ficou óbvio que ninguém podia ouvi-los. Holly lutou com todas as forças para se colocar ao lado de Tim, em pânico, enquanto a água cingia seus quadris e sua cintura, e esmurrou a porta, clamando por socorro. *Venham nos salvar.* Ela bateu e gritou, mas, com uma sacudida, o navio se inclinou cerca de trinta graus, e a água gelada atingiu os ombros deles. Tim bateu contra o teto; a água os havia erguido e o casal tinha de bater as pernas para se manter na superfície, até que as paredes de madeira se romperam. Lá estavam eles, respirando no mar em um último gesto de desespero, o ar escapando em bolhas de suas bocas, um olhar de espanto congelado nos rostos. Suspensos no oceano verde, os corpos flutuaram na direção das paredes da cabine e depois afundaram, brancos como barrigas de peixe, absolutamente mortos, movendo-se em câmera lenta, com choques surdos contra os limites do espaço limitado do caixão do *Porthleven*.

Como se tivesse parado de respirar, Holly engasgou e arquejou. Ela despertou do pesadelo e, quase como um reflexo, sentou-se na cama e olhou para o marido. Tim roncava tranquilamente em seu travesseiro. Ela jogou as cobertas para o lado e foi ver seu filho, abrindo cuidadosamente a porta do quarto de Jack. À luz fraca, ela pôde distinguir

o contorno do corpo dele, enrolado na cama. O menino se contorceu em seu sono, e seus ombros se sacudiram, como se ela o houvesse surpreendido em algum tipo de espasmo erótico, mas os movimentos dele eram esporádicos, como se ele estivesse sonhando que lutava, fugia ou nadava para longe dela. A lembrança daqueles corpos afogados provocou um frio em sua espinha. Holly queria tocar seu filho, mas sabia que ele acordaria repentinamente, gritando com ela ou a agredindo. Sentada bem na borda da cama, ela pronunciou baixinho o nome dele, e o filho se virou e se acalmou, suspirando. Em silêncio, ela se levantou e ficou ali, observando-o por mais alguns minutos.

Tim ainda dormia quando ela voltou para a cama, mas acordou assim que os pés gelados dela roçaram o calor de suas canelas. Ele se virou para Holly, e ela podia sentir o olhar do marido.

"Você voltou", sussurrou ele. "Como foi na igreja?"

A missa do galo parecia ter sido há um século. "Tudo bem", ela respondeu. "Foi linda, na verdade, mas a noite foi um pouco estranha. Na volta para casa, eu podia jurar que havia um grupo de pessoas lá fora. Um navio no mar, afundando. A cerração era tão forte que eu não consegui ver nada."

Sua mandíbula fez um ruído quando ele bocejou. "Tente dormir um pouco. Quem sabe a que horas nosso menino vai levantar? Pode ser ao raiar do dia. Como quando ele era um bebê."

Os dois se calaram, e logo seu marido estava dormindo e roncando. Ela ficou algum tempo olhando para o teto e depois para a fresta entre a cortina e a janela, o minúsculo espaço através do qual, em algumas horas, o Sol nascente abriria espaço na escuridão para anunciar mais uma manhã.

ii.

Na manhã de Natal, Nick se lembrou de Bebê. Antes mesmo que o garoto erguesse as cobertas, Bebê já estava em sua mente, o que era estranho, porque nos últimos tempos ele raramente pensava em Bebê e não conseguia entender o motivo de isso acontecer em um dia de festa. Desta vez, Bebê se mostrou por inteiro, envolto em cobertores de tons pastéis, careca e alegre, uma boca sem dentes a sorrir. Nick chegou a ouvi-lo chorar no outro quarto, no berço que nunca havia sido montado mas que continuava em uma caixa no sótão, e ele quase pôde sentir o cheiro de talquinho e xampu para bebês, quase pôde ver sua mãe atravessando o quarto para levar Bebê a ele, agarrando seu mindinho com os dedinhos, e quase pôde sentir em seus braços o peso espectral dele. Mas não havia qualquer bebê, Nick sabia, nunca houve, mas isso não mudava a sensação de que Bebê estava ali, de que ele finalmente havia chegado.

Seus pais lhe contaram um dia depois da escola. No início, a notícia não significou nada para ele, era como saber o que eles teriam para o jantar ou falar sobre as férias de verão no norte, quando iam buscar alces. Eles estavam felizes, então Nick achou que devia ficar feliz também, e era assim que se sentia. Vamos ter um bebê, seus pais disseram, um irmãozinho ou uma irmãzinha para você. A previsão era perto do Quatro de Julho. Que ainda estava muito longe. Uma eternidade. Ele mal podia se lembrar dos fogos de artifício da data no ano passado, então o anúncio de que sua mãe estava grávida era tão mítico como qualquer outro evento futuro. O que tiver de acontecer, acontecerá. Mas depois que eles lhe contaram sobre Bebê, não conseguiam falar de

outro assunto. Vamos ter de arrumar o quarto extra para Bebê. Você sabe, quando Bebê chegar, vovó e vovô vão vir da Flórida e ficar por algum tempo, para ajudar. Você vai ter de brincar em silêncio. Sempre que vinham visitas, o único assunto eram os planos para Bebê. Seu pai acariciava a barriga da sua mãe todas as noites, para o caso de Bebê chutar, e uma vez ela perguntou a Nick se ele queria colocar a mão nela para sentir Bebê, mas ele não quis. Bastava ver como algo se movia embaixo da pele dela.

Sua mãe havia sumido uma manhã, indo cedo para o hospital, mas nada com que se preocupar, o pai tomaria conta dele. Em um dia quente de junho, Nick voltara para casa depois de brincar com Jack Peter nos rochedos atrás da casa dele. Ele entrou correndo pela cozinha, com um balde de plástico cheio de conchinhas e pequenos peixes que haviam pego nas piscinas que se formavam nas pedras, louco para mostrar os tesouros para a mãe. A casa estava fria e escura, e a porta de tela bateu atrás dele.

"Pai!", gritou Nick. "Você nem imagina o que encontramos..."

Bem no meio da tarde, seu pai estava sentado à mesa da cozinha, um copo cheio de gelo e as palavras cruzadas do dia à sua frente. Ele pousou um dedo sobre os lábios e disse "Shhh". Arrastando a cadeira sobre o piso de linóleo, ele se afastou da mesa e, com um gesto, chamou Nick para sentar em seu colo. Mas isso era o que ele fazia quando era pequeno; então, decidiu ficar de pé ao lado do pai, perto o bastante para que este colocasse seu enorme braço sobre seus ombros. O rosto de seu pai estava inchado e vermelho.

"Tenho uma notícia triste para dar, Nick." Seu pai estava usando sua voz séria. "Sua mãe perdeu o bebê, filho."

"Perdeu o Bebê?"

"Sim, veja bem, às vezes o bebê não consegue sobreviver, então a mãe tem o que eles chamam de natimorto..."

"Então o bebê não vem para cá?"

Seu pai curvou o pescoço e olhou para baixo. "Não, Bebê morreu e não vem. Nem agora, nem nunca."

"Mas mamãe vai ficar bem?"

O restante de suas lembranças era confuso. Ele não conseguia lembrar se sua mãe estava em casa naquela tarde ou se ficara no hospital mais um ou dois dias. A sra. Keenan fora buscá-lo, e ele dormira na casa de Jack Peter uma noite, talvez mais. Quando voltou, encontrou sua mãe deitada no sofá de pijama e robe, toda embrulhada em pleno mês de junho, como se fosse dezembro. Sua mãe nunca adoecia,

e ele jamais a havia visto deitada no sofá no meio da tarde. Seu pai, sim, adormecia na frente da TV, ligada em alguma partida idiota de golfe, mas sua mãe, nunca. Ela era uma força vital, um tufão de energia, sempre em movimento, e agora estava desanimada e enfraquecida. Sem o bebê na barriga, ela parecia menor e mais fraca do que nunca. Ele não conseguia ter certeza, por causa do robe e do pijama, mas realmente parecia que Bebê havia sumido para sempre. "Venha aqui, filhote." Ela abriu os braços e ele correu para a mãe, e ela o abraçou com tanta força que Nick podia sentir, em seu rosto, a pulsação da veia do pescoço dela. "Papai contou para você?"

Ele fez que sim, inebriado por ela, quente, macia e limpa.

"Eu sinto tanto, Nicky." Ele não entendia por que ela estava lhe pedindo desculpas. Ter perdido Bebê não foi culpa dela, e, além disso, o garoto não estava certo se queria mesmo que Bebê viesse. Ela chorava baixinho junto ao ouvido dele. "Era um irmãozinho. Um lindo menino."

Ela chorou durante todo aquele verão, ou assim Nick pensou na ocasião, mas agora ele percebia que haviam sido apenas alguns dias em que ela nem se importara de vestir uma roupa ou sair do sofá. Mas quando ele tinha sete anos, achava que a dor da mãe nunca acabaria e sofria tanto quanto ela. Ele ficava pela sala, entediado, vendo desenhos na televisão, mantendo-a sempre sob suas vistas. O filho observava enquanto seu pai, ao chegar do trabalho, enchia um copo de alguma bebida e bebia até que se lembrava de mandar Nick para a cama. Ele rodeava cuidadosamente a angústia deles, na ponta dos pés. Quando o mandavam brincar, ele se sentava em uma pedra e ficava olhando o oceano. Com muita frequência, ele era despachado para passar um tempo com Jack Peter, que nunca parecia se importar com o que Nick sentia, preocupado apenas com as próprias emoções.

Sua mãe melhorou, como disse que faria. Sua tristeza perdeu força, e às vezes todo o período da gravidez parecia não passar de um sonho. Lentamente, voltou a ser ela mesma e, no fim de agosto, estava bem o bastante para aceitar um convite para o churrasco de frutos do mar que os Keenan haviam planejado como encerramento de mais um verão. Nick esperava por isso com ansiedade, uma chance de voltar à normalidade, os Weller e os Keenan em seu cantinho do paraíso, bem em frente à casa dos sonhos na praia. Os dias ainda eram quentes o bastante para dar um mergulho, e os dois garotos pularam as ondas para entrar na água. Tudo ia bem entre eles naquele dia. Ele olhou para trás. Sua mãe conversava com o pai de Jack, a mão dele no ombro desnudo dela. A sra. Keenan estava sentada sozinha, lendo um livro, mas

ele não via o pai em lugar algum. Nick puxou Jack para uma parte mais funda, e eles quase foram derrubados pelas ondas. E então, lá no meio do oceano, Jack Peter tinha de perguntar sobre como eles haviam perdido o bebê. Por que aquele garoto não ficou quieto e fingiu que nada daquilo havia acontecido? Por que ele o havia irritado? Uma palavra de Jack Peter sobre Bebê era o bastante para que ele o matasse na hora.

Como uma sirene, o aparelho de som no andar de baixo retumbou com a trilha sonora do Natal, interrompendo suas lembranças. As mesmas músicas, todos os anos. Seus pais estavam acordados, andando para lá e para cá em seus roupões, provavelmente se perguntando onde Nick estava, e por que demorava tanto, e que espécie de garoto é essa que não corre no Natal para ver o que o Papai Noel trouxe, e por que ele é desse jeito. Sua mãe devia estar colocando bolinhos de canela no forno, faltando pouco para o primeiro cheirinho doce e quente. Seu pai devia estar brincando com o velho trenzinho elétrico de sua infância, toda uma cidade montada embaixo da árvore, com a locomotiva circulando nos trilhos sem parar. Um deles logo o chamaria, e o filho decidiu antecipar-se e surpreendê-los correndo escada abaixo com um sorriso estampado no rosto.

Eles o abraçaram e beijaram, e todos desejaram feliz Natal uns aos outros. Os bolinhos de canela saíram do forno em toda sua glória gosmenta, e o trenzinho circulava sem parar, com uma girafa erguendo e abaixando a cabeça, e então eles abriram os presentes, com muitos ohs, ahs e obrigados. Ele ficou olhando sua mãe mais atentamente que de costume, acompanhando cada um de seus movimentos, até que ela o olhou com um ar de reprovação, o que o levou a parar e fingir estar fascinado pelos patins de gelo ou por um livro novo, em vez de pelas expressões que se alternavam no rosto dela. Sob alguns aspectos, sua mãe estava como naquele horrível verão; de roupão e pijama, ela ecoava a mulher que ficara estirada no sofá, em luto por Bebê. Porém, em outros aspectos, ela parecia muito mais velha, um tanto desgastada, uma ruga surgindo em sua testa cada vez que ela ficava séria. Pés de galinha já se mostravam visíveis no canto de seus olhos. Uma fina mecha branca nascia na raiz dos cabelos. As veias nas costas de suas mãos eram grossas. E não eram apenas os traços físicos que a envelheciam, mas algo em seus modos. Agora era raro ela gargalhar copiosamente, não quando estava sóbria, aquela risada alta, com a cabeça jogada para trás. Nick observava a maneira como ela olhava para seu marido, de um jeito frio, como se ele tivesse feito algo de errado, que nunca poderia ser perdoado.

Bebê teria mudado tudo. Um garotinho pela casa, ainda acreditando em Papai Noel, na fada dos dentes e no bicho-papão. Nick seria um irmão mais velho, não o filho único, não o único para tomar conta deles. E talvez seus pais não bebessem tanto, talvez Nick pudesse brincar com Bebê em vez de ir para os Keenan toda hora. Depois de o último presente ter sido entregue e aberto, todos se acomodaram: na poltrona, no sofá, no chão. Durante a hora seguinte, eles se afastaram uns dos outros, indo para algum refúgio interior, e ao meio-dia a felicidade daquela manhã não passava de uma lembrança.

"Não se esqueça de arrumar suas coisas", disse a mãe mais tarde aquele dia. A luz lutava para atravessar os vidros sujos das janelas, e ele teve a sensação de que o dia estava acabando rápido demais. Sozinho em seu quarto, ele ajustava as últimas peças de um híbrido homem-máquina de plástico, um guerreiro pós-moderno que podia ser montado em quarenta e nove passos simples. Absorto na tarefa, Nick não percebeu de imediato sobre o que ela estava falando.

"Temos de sair cedo para pegar nosso voo e embarcarmos a tempo de fazer o cruzeiro. Deixaremos você lá às oito e meia da manhã, então se arrume."

Nick largou o brinquedo na cama e tentou não parecer muito desanimado. Se Bebê estivesse aqui, eles nunca partiriam em viagem.

"Você poderia ter ido para a Flórida, Nick. Teria ficado com seus avós por alguns dias. A decisão foi sua." Sua mãe pegou o soldado jogado de lado. "Qual é o problema, filhote?"

"Não posso ficar sozinho aqui? Sei tomar conta de mim."

"Já falamos sobre isso um milhão de vezes. São só alguns dias, e ele é o seu amigo mais antigo em todo o mundo. Você não vai morrer se for legal com ele por algum tempo. Ele não tem mais ninguém." Ela fez o soldado marchar pelas cobertas e fingiu que atacava o filho com ele. Ele lhe deu um tapinha de brincadeira.

"Você quer que eu o ajude a arrumar a mala?"

"Posso fazer isso sozinho."

Ela se levantou para sair. "Você é um rapazinho", brincou ela, parada na porta. "Sempre foi assim, todo independente. Cresceu antes que eu pudesse ver o que estava acontecendo com o meu bebê."

Ele abriu o armário, com cautela por causa dos corpos que vira ali antes e preocupado com seus pais em um navio no meio do oceano. Puxou a mala da prateleira e começou a contar meias e cuecas, uma para cada dia, juntando ali pijama, duas calças jeans e algumas camisas e alguns

suéteres. Por cima das roupas, ele colocou seu caderno de monstros e lápis. Sentindo uma pontada no estômago, ele desejou não ir. Jack Peter estava mais estranho que nunca. A sra. Keenan estava ouvindo vozes, e o sr. Keenan via coisas. O homem espreitando lá fora. Ele vestiu um pijama e ficou esperando seus pais avisarem que era hora de dormir.

Eles tinham sete anos e brincavam na arrebentação naquela tarde de agosto, deixando as ondas bater em seus corpos franzinos enquanto se mantinham de pé. Na praia, sua mãe estava sozinha com o pai de Jack, que parecia consolá-la, com a mão no ombro dela. Duas gaivotas fizeram um círculo lá em cima, no céu azul. Os garotos riam e se divertiam, desafiando o oceano a derrubá-los. Eles foram mais para o fundo.

Jack Peter limpou a água que respingara em sua boca. "Não vai ser mais divertido quando trouxermos seu irmão mais novo?"

Uma tristeza bateu contra o peito de Nick, então ele deu um pulinho, aterrissando de novo na areia fofa. "Bebê morreu!", gritou ele. "Minha mãe perdeu o bebê." Ele ainda não havia dito isso em voz alta para ninguém, e foi somente ao fazê-lo que sentiu ser realidade. Ele queria ir embora, partir naquele instante, ficar longe de Jack Peter e de todo mundo, para que não chorasse.

"Que espécie de idiota perde um bebê que ainda nem nasceu?" A pergunta irritou Nick, e sua mãe não era idiota. Jack Peter é que era. Idiota, idiota. Quando a onda seguinte começou a se formar, ameaçando submergi-los, Nick respirou fundo e puxou-o para baixo. A água escura passou por cima deles, revolvendo a areia e as conchas, fazendo com que elas raspassem a pele dos garotos, e o oceano os sacudiu como bonecos de pano, mas Nick afundou os pés na areia e pressionou com as mãos o peito do outro menino, com toda a força que podia reunir. Na escuridão verde, ele abriu os olhos e viu que Jack Peter o encarava, inexpressivo e imperturbável, pronto para ficar lá embaixo, como em uma brincadeira secreta. Nick queria machucá-lo por causa do que ele havia dito sobre sua mãe. Ele queria fazer com que Jack fosse embora e trazer de volta a criança que sua mãe perdera, e então Nick o manteve ali até que os dois começaram a se debater para respirar, e os adultos correram para a água atrás dos filhos desaparecidos.

iii.

Ele tinha dificuldades para entender a maneira correta de juntar os ossos. Esqueletos já eram difíceis o bastante para desenhar, mas, na sua mente, todos os ossos estavam misturados em uma pilha, como num jogo de pega-varetas. As pernas longas, os braços mais curtos, o ligue os pontos das vértebras. Os dedos dos pés e das mãos lembravam um quebra-cabeça quase impossível de montar. Até o crânio estava dividido, a mandíbula inferior separada do resto, e faltavam alguns dentes. Ele levou muito tempo para arrumar o esqueleto, mas Jack Peter não se importava, ele tinha o dia todo para levar os ossos que estavam na sua mente até o desenho que precisava fazer. O lápis se ajustava perfeitamente na sua mão, e o papel era limpo e branco como um lençol. Ele alisou a superfície limpa, sentindo o agradável toque em sua pele.

Quando o pacote que estava na árvore de Natal lhe foi entregue e ele rasgou o papel de embrulho, ficou tão surpreso quanto amedrontado. Surpreso pela diversidade do Estojo do Jovem Artista, as aquarelas, a variedade dos lápis de cor, o apontador, a borracha e a elegância formal do bloco de desenho, mas amedrontado pelo que faria com aquilo, pois sempre desenhara com tocos de lápis em pedaços de papel encontrados ao acaso, e seus desenhos invariavelmente ficavam como ele desejava.

"Mas eu já sei desenhar", disse aos pais.

"É claro que *sabe*", respondeu sua mãe. "Isso não é para ensinar você a desenhar melhor, mas ter as ferramentas certas é essencial para qualquer artista. Imagine o que você poderá fazer com isso."

Durante toda a manhã, ele aguardou para experimentar os novos papéis e lápis, esperando enquanto seus pais abriram os presentes que trocaram entre eles, e se livrar dos restos de sua montanha de presentes. Eles não tinham pressa: como eram apenas os três, faziam um estardalhaço a cada novo pacote. Ele teve de aguardar enquanto tomavam café e, depois, o enorme brunch de bacon e panquecas especiais de papai, "empilhadas até a altura dos olhos de um elefante". Ele esperou durante o telefonema obrigatório para seus avós, agradecendo à longa distância pelo suéter e desejando um feliz Natal. Por volta de meio-dia, não havia mais qualquer comemoração planejada.

Em sua poltrona, papai logo pegaria no sono. Ele não usava mais as ataduras, mas os três cortes em seu pescoço ainda estavam rosados e feios. Sua mãe sentou-se do outro lado, brincando com o novo tablet, o brilho da tela refletido no rosto dela.

"Há muita coisa on-line", ela disse. "Tudo se estende por um quilômetro, mas tem apenas um centímetro de profundidade. Aqui há uma base de dados sobre naufrágios ao longo da costa, desde 1710."

Seu marido abriu os olhos por alguns segundos e assentiu.

"Mas onde está o *Porthleven*?", Holly falou, deixando a pergunta no ar. De quando em quando, ela mencionava uma nova descoberta, perdendo-se por alguns instantes no vilarejo da Cornualha do qual haviam tirado o nome do navio, mas as notícias não lhe davam qualquer resposta. "Aqui", disse a mãe, sem se dirigir a ninguém em particular. "Registros do *Porthleven* no Museu Marítimo do Maine, em Bath." Ela continuou fuçando os arquivos digitais, lançando de vez em quando um olhar para a árvore de Natal e o fogo que dançava na lareira. Seu pai ficou por ali, de roupão e pantufas, gastando um bocado de energia para não fazer nada.

Por volta da uma da tarde, Jack Peter decidiu que a hora da família havia acabado. Sozinho na mesa da cozinha, ele usava seu suéter novo, com o azul e vermelho da Union Jack, a bandeira do Reino Unido e a sua favorita, e um par de meias grossas de lã, que haviam sido enfiadas no fundo de sua meia de Natal. No canto da boca, pendia, como um cigarro, uma bengala de açúcar e menta. Ele já havia testado os binóculos de alta definição pelos quais implorara, e já estivera examinando com eles os rochedos e o oceano, ainda que não tivesse dito a seus pais o que havia visto, porque eles não acreditariam. Eles nunca acreditavam nele.

Os ossos estavam dançando em sua imaginação desde a véspera do Natal. De onde vinham aquelas imagens insistentes, Jack Peter não

sabia. Às vezes, uma imagem surgia do nada, e ele se sentia obrigado a colocá-la no papel o mais rapidamente possível. Outras vezes, ele desenhava coisas apenas porque queria, e essas eram as imagens que ele controlava. Mas, nos últimos tempos, essas imagens surgiam sem ser convidadas. O esqueleto era um desses mistérios, que ele morria de vontade de terminar logo. O menino passou a hora seguinte na mesa da cozinha, cuidadosamente desenhando todos os ossos de memória. Ninguém o perturbou durante esse período.

Jack Peter desenhou os ossos, começando pelos que estavam mais próximos da superfície. Ele podia reproduzir em detalhes o antebraço que despontava da areia, mas os que estavam enterrados eram mais difíceis de ver e complicados de desenhar. A bengala de açúcar no canto da boca ficou mais fina, transformando-se em um fiapo. Ele complementou o desenho com algumas ondas arrebentando ao fundo e uma cabeça com um sorriso sinistro despontado em meio à espuma, uma piada que só ele seria capaz de entender.

O papel ficou um pouco enrolado nas bordas, e o desenho estava um pouco borrado no lugar que ele havia pressionado com o punho ensebado, mas, ao examinar o conjunto da obra, ficou bastante satisfeito. Enrolando o papel como se fosse um pergaminho, ele o levou para seu quarto, abrindo-o sobre a cama, de forma a poder comparar o que havia criado com a cena do lado de fora da janela. Um grupo de corvos parecia conspirar, reunido na cerca que ladeava o caminho para o oceano. Uma gaivota extraviada, excessivamente ao norte para aquela época do ano, havia visto os ossos e grasnava nas dunas. A passagem da maré alta apagara quaisquer vestígios de pegadas na praia, mas o grande buraco na areia continuava lá.

Entre o desenho e a paisagem, ele ia e voltava, comparando detalhadamente as diferenças. Absorto nesse processo, o menino não ouviu quando sua mãe entrou. Da porta, ela ficou observando o filho, primeiro pelo seu reflexo no espelho, enquadrado pelo mar, depois o garoto de verdade, na janela. Distraída pela ilusão de ótica das duas crianças, ela não percebeu nem o desenho, nem o que havia lá embaixo na praia. Ele se surpreendeu ao vê-la e ficou imaginando há quanto tempo a mãe estaria ali.

"O que você está aprontando, Jack? Sentimos sua falta lá embaixo. Não parece Natal com você fechado aqui."

"Eu estava desenhando", ele respondeu. "Com os meus papéis e os meus lápis novos."

"O dia inteiro? Então realmente gostou deles, que bom."

"O dia inteiro."

Ela foi até a escrivaninha do menino e se recostou, em uma pose casual. Tomando o cuidado de não encará-lo diretamente, ela se fixou, em vez disso, nos brinquedos na estante. O filho acompanhava cautelosamente os movimentos dela, imaginando o porquê de a mãe ter vindo. Nos últimos dias, ela parecia ter receio de entrar no quarto dele e mesmo de acordá-lo de manhã, só indo quando o menino não estava, para arrumar o lugar ou guardar suas roupas limpas.

"Posso fazer uma pergunta, Jack? Não quero assustá-lo, mas você sabe algo sobre as coisas estranhas que vêm acontecendo por aqui?"

"Você não me assusta."

"Fico feliz em saber." Ela riu. "Mas, falando sério, você por acaso viu algo fora do comum?"

Torcendo os braços por sobre a cabeça, ele tentou de alguma maneira se esquivar da pergunta.

Ela se aproximou mais dele e inclinou-se, de modo que seus rostos ficaram na mesma altura. "Ou vozes no meio da noite. Já ouviu vozes lá fora, no oceano, como se alguém estivesse pedindo ajuda?"

Ele a olhou como se ela fosse louca.

"E naquele dia em que seu pai deixou você e Nick sozinhos em casa?"

"Nós fomos bonzinhos. Não queríamos fazer bagunça."

Sua mãe sentou-se no banco junto à janela, a luz da tarde iluminando metade de seu rosto. Ela se aproximou dele com cautela, e o menino mais uma vez se sentiu arrependido por tê-la agredido, mas aquilo fora um acidente. Em um momento ela estava do outro lado do quarto e, no seguinte, ela podia tê-lo em seu colo. "Você chegou a ver o que o seu pai estava perseguindo?"

"O monstro." Ele ergueu as mãos, os dedos curvados como garras.

Ela riu de novo. "O sr. Weller acha que deve ser um coiote ou um cão selvagem."

"Ele não larga o osso."

"Há alguma coisa lá fora", ela disse. "Só não sei o quê."

Lá fora. Jack olhou pelo vidro. O Sol brilhava em um céu sem nuvens, e ele podia ver a grama seca e a rara vegetação da praia se moverem com a brisa. Seu pai havia perseguido aquela coisa pelas pedras e depois desaparecera. Era tão fácil se perder, lá no horizonte, lá no mar. Um instante aqui, no instante seguinte, desaparecido. Nada era certo.

"Às vezes, eu vejo coisas", disse ele a sua mãe. "E então elas vão embora. Mas nunca vi algo aqui dentro. Nem mesmo um camundongo."

"'Era véspera de Natal, e a casa dormia'", recitou sua mãe. "'Nem mesmo um camundongo por ela se movia.'"

O menino se lembrou de como ela costumava ler o poema "Véspera de Natal" para ele todos os anos. Sentado no colo dela, ele aprendeu o poema de cor e depois passou a ler por conta própria. Sua mãe o havia ensinado a ler e a escrever. Ela envolvia a sua mão que segurava o lápis com a dela, e juntos eles faziam as linhas, o círculo do *o* e o pente do *E*, além das ondas do *w*. A ortografia era difícil de aprender, e mesmo hoje ele não era lá essas coisas em redação, mas podia desenhar.

Ele sorriu para ela. "É mais seguro aqui dentro."

Holly não respondeu, divagando em seus pensamentos. O silêncio dela o enervava, então ele começou a tamborilar com os dedos no peitoril da janela, até que o ruído a alcançou. Despertando-a do seu devaneio, a mãe sorriu e colocou a mão sobre os dedos que batiam na janela. "Então, o que você andou desenhando? Mostre-me sua nova obra-prima."

Com um grande floreio, ele lhe deu os binóculos e pediu que ela olhasse na direção das pedras à esquerda. A mãe rapidamente encontrou o buraco na praia, com o estranho objeto branco que lembrava um graveto se erguendo na areia.

"O que é aquilo?", ela perguntou.

Ele abriu seu desenho junto à janela. Ela abafou um grito com as mãos. Dos ossos do desenho, seus olhos se lançaram para as pedras e o oceano.

"Como um braço", ela sussurrou, e no instante seguinte estava na porta, gritando para que Tim subisse ali imediatamente.

iv.

As luzes vermelhas e azuis da viatura policial atingiram as janelas e a parte lateral da casa, os reflexos pulsando no céu. Tim se perguntou se o jovem policial que estava ao volante havia deixado as luzes ligadas por exibicionismo, para garantir alguma emoção em uma sonolenta cidade turística em um pacífico dia de Natal. Os poucos vizinhos iriam sem dúvida especular sobre a presença de uma viatura da polícia ali, mas ele desconhecia o protocolo sobre as luzes do carro. Talvez pudesse pedir para que o policial as desligasse, mas ele nem ao menos tinha certeza de que chamar a polícia havia sido a melhor decisão naquele caso. Holly havia insistido para que ele fizesse algo sobre o osso que estava naquele buraco na praia. Ela havia surtado quando o vira, da janela do quarto de Jip, e acabara com seu cochilo na poltrona para que ele subisse e desse uma olhada.

Um moleque, o policial aparentava ser pouco mais velho que o filho deles. Ele saiu do carro com um passo rígido e colocou o chapéu, como se se tratasse de um problema no trânsito. Tim e Holly estavam aguardando sua chegada e quase pularam pela porta para recebê-lo.

"Vocês são as pessoas dos ossos?" Ele falava no ritmo cantado dos locais.

"Os Keenan", respondeu Tim. "É apenas um osso."

"O que aconteceu com você?" Ele ergueu o queixo. "Tem um talho bem feio no seu pescoço. Cortou-se fazendo a barba?"

Tim riu e tocou de leve a área em carne viva na sua garganta. "Para falar a verdade, sim, mas isso aqui aconteceu depois. Eu estava nas pedras outro dia e devo ter escorregado e batido a cabeça. Algum tipo de animal deve ter me atacado enquanto eu estava desmaiado."

O policial se inclinou para inspecionar o pescoço de Tim. Ele estendeu três dedos e fez um gesto com a mão. "Parece que isso foi feito por unhas. De um humano. Enlouquecido."

"A cena do crime é nos fundos", disse Tim.

"Vamos dar uma olhada." Ele se pôs de lado, de maneira a permitir que Tim e Holly o conduzissem pela passagem que atravessava as dunas. Os corvos que estavam pousados na cerca levantaram voo, crocitando furiosamente por terem sido perturbados.

Quando olhou de novo para o policial, Holly viu a plaqueta com o nome dele, presa na frente da jaqueta. "É esse seu nome? Agente Pollock? Aposto que fazem muita piada com você por aqui. Com tantos pescadores..."[1]

"Não, senhora. Primeira vez."

Do topo das dunas, eles podiam ver o buraco na areia, bem junto à marca deixada pela maré alta, e desceram correndo para olhar melhor. Com um metro e meio de largura e cerca de um metro e vinte centímetros de profundidade, estava vazio, exceto por uma poça rasa de água, bem no fundo. Uma laje de pedra no lado norte projetava uma sombra sobre a cratera. No lado que apontava para o mar, boa parte da areia se amontoava, e por toda a volta havia sinais de que o local fora remexido. Ainda que não tivesse pegadas, depressões em vários pontos eram indícios de que o que quer que houvesse escavado por ali havia mudado de posição para ter um ângulo melhor e cavar mais fundo. O vento havia soprado parte da areia que fora retirada na direção do oceano, deixando exposto um único osso, gasto pelo tempo como restos de um naufrágio. Mais ou menos na metade de seu comprimento, o osso mostrava uma ligeira curvatura, terminando em uma chanfradura que indicava o encaixe em outro osso. Tim já havia visto esse tipo de osso, em uma radiografia. No ensino médio, ele havia quebrado o braço direito jogando futebol americano, uma fratura do rádio. Eles se inclinaram para examinar o objeto, branco como uma nuvem.

"É um braço", disse Tim. "Um braço humano."

"É possível", disse Pollock. Ele o puxou, e a areia ocupou o espaço deixado pelo osso. "Pequeno, mas muito provavelmente humano. Uma criança ou talvez um adulto de baixa estatura."

"De onde veio?", perguntou Holly. "Como apareceu aqui?"

1 *Pollock*, ou *pollack* significa pescada-polaca, um peixe comumente usado como alternativa ao bacalhau.

"Não sei ao certo. Pode ter sido trazido pela maré. A senhora não faz ideia das coisas que o oceano cospe de volta. Encontrei um pé certa vez, ainda dentro da bota. Também pode estar aqui há muito tempo. Parece antigo. E teria sido escavado por seja lá o que for que esteve aqui na noite passada."

Estremecendo, Holly fechou mais o casaco. "E o que esteve aqui na noite passada?"

Com um grunhido, o policial se endireitou e deu umas pancadinhas na coxa com o osso, como se este fosse um chicote de equitação. "Talvez tenha sentido o cheiro ou percebido que havia um osso enterrado. Tem um enorme cão branco correndo solto por essa área. Cães podem farejar ossos a um quilômetro de distância. Mesmo ossos velhos. Viram algum outro buraco? Outros ossos por aí?"

Tim o olhou com reprovação. "Você não deveria estar tratando isso como a cena de um crime? Esse osso não é uma espécie de prova?"

Eles podiam perceber o aborrecimento através dos óculos escuros de Pollock quando este segurou o osso contra a luz do Sol e o examinou de perto. "Este braço se separou de um ser vivo há muito, muito tempo."

"Há quanto tempo, exatamente?", perguntou Holly. "Você consegue avaliar a idade do osso?"

Animando-se com a pergunta, ele se virou para ela, dando as costas para Tim. "Observe essas ranhuras aqui, a maneira como essa parte protuberante está desgastada, como uma velha bola de croqué. É claro que, com um exame apenas visual, não posso dar certeza, mas eu diria que este osso está aqui há anos, talvez décadas. O que eu posso fazer é mandar para o laboratório de análises em Augusta — eles devem poder afirmar com segurança."

"Só isso?", perguntou Tim. "Você não quer investigar? Chamar o CSI?"

Pollock colocou o osso de volta no monte de areia. "Eu poderia, se você desejar. Poderíamos cercar esse buraco com uma fita e chamar a polícia estadual, mas eles talvez tragam uma retroescavadeira, para vasculhar toda a área em frente ao mar. Como hoje é Natal, eu me sinto relutante em perturbar os rapazes. Arruinar o feriado deles só por causa de um osso velho. Mas se insiste, sr. Keenan, posso chamá-los pelo rádio. Ou posso fazer meu relatório e mandar para as autoridades estaduais. Se eu estiver errado, podemos voltar, com uma grande equipe. Se houver mais ossos, é pouco provável que eles saiam daqui por conta própria."

Passando a mão por baixo do braço de Tim, Holly chegou mais perto. "É Natal."

"Você poderia ao menos ver se há mais ossos no buraco?"

O coldre de couro rangeu quando Pollock pulou no buraco. Ele parecia um coveiro cujo trabalho estava pela metade, com a terra na altura do peito. Quando se agachou para examinar o fundo, desapareceu por completo. "A areia está bem firme aqui. Podem-se ver as marcas do que quer que tenha feito esse buraco. E não foi com uma pá."

"Algum sinal de mais ossos?", gritou Tim da beirada, como se falasse com um homem em um poço muito fundo.

Pollock se ergueu, espanando a areia do casaco. Ele colocou o osso na borda e esperou que Tim estendesse a mão para então voltar à superfície. "Não tem mais ninguém lá embaixo."

"O que faremos com o buraco?", perguntou Tim.

"Arrume umas pás que dá para enchê-lo rapidinho. Você não vai querer que alguém caia nele e se machuque. Talvez você e o garoto possam dar conta do serviço." Com o polegar, ele apontou a janela do segundo andar. Jip os ficara observando todo o tempo.

"Sem chance", disse Holly. "Ele nunca sai de casa."

"Nunca?"

Tim se apressou em responder. "Agorafobia. Ele tem medo de espaços abertos."

"Não é uma fobia", retrucou Holly. "Não é como se ele tivesse pavor do escuro ou medo de altura. É parte da sua doença, uma condição mental. É muito pior que isso."

As palavras de Holly pairaram no ar como uma sentença de morte. Pollock se abaixou para pegar o osso no chão, e um dos corvos que estavam na praia soltou um guincho agudo, como se tivessem roubado algo que lhe pertencia. Embrulhando-se mais no casaco, Tim sentiu um calafrio e pensou na vida deles juntos. Ele gostaria que ela não fosse tão franca ao dar sua opinião em público nem tão rígida em seu diagnóstico. Jip melhorava a cada dia. Houve um tempo em que, assim como não se aventurava a ir à praia, ele nem se aproximava da janela. Mas lá estava o menino agora, observando-os do alto.

"Você gostaria de conhecê-lo?", perguntou Holly. "Nosso filho, Jack. Ele não recebe muita gente, como você deve imaginar, e acho que nunca viu um policial de verdade. Ele ficaria impressionado."

Tim colocou a mão no ombro do agente. "Entre e se aqueça um pouco antes de ir. Há um bule de café quentinho, e ninguém resiste aos biscoitos de Natal da minha mulher."

"Vou fazer um chocolate quente para você", disse Holly. "Você parece do tipo que prefere chocolate. Ah, não se preocupe. Você está com

medo de perder uma cena de crime. Mas nunca acontece nada no Natal, principalmente aqui, e não vão dar falta de você. Não contaremos a ninguém." Ela enroscou o braço no dele e deixou que ele a conduzisse até a casa.

Lá dentro, o casal reavivou o fogo da lareira e aqueceu o leite no fogão, mimando o policial como se ele fosse um filho pródigo. O filho verdadeiro deles, Jack Peter, ficou no alto da escada enquanto os adultos se reuniam em torno da mesa da cozinha. Com o queixo pousado em uma das mãos, Tim olhava para o osso, agora embrulhado em um velho pano de prato. O vapor que saía das canecas fazia curvas no ar antes de evaporar.

"Tenho outro mistério para você", disse Holly. "Noite passada, depois da missa, eu estava voltando para casa, e a cerração era tão forte que achei que nunca conseguiria chegar. Na verdade, tive de parar no meio do caminho, era por volta de uma, uma e meia da manhã, e foi muito estranho. Primeiro, alguma criatura atravessou a estrada bem na minha frente, não próxima o bastante para que eu visse o que era, mas perto o suficiente para eu ver alguma coisa. E, como Tim tem visto coisas nas sombras, estávamos pensando se a polícia tem esbarrado em mais esquisitices que o habitual ultimamente."

Pollock limpou os farelos de biscoito dos cantos da boca. "Não diria que há nada fora do normal. Só as esquisitices de sempre."

"A questão é que", prosseguiu Holly, "também tenho escutado vozes. Pessoas em apuros. Ou brigando e gritando lá fora, no escuro. E fiquei me perguntando se a polícia recebeu algum chamado ontem à noite, se você puder me contar, sobre uma briga doméstica."

"Na noite passada? Não. Este foi o Natal mais sossegado dos últimos tempos."

Tim se endireitou na cadeira e perguntou educadamente. "Poderia ser outra coisa? Os barulhos. Alguma criatura vagando na neblina."

"Por aqui, nada me surpreenderia. Temos um par de raposas atrás da casa. Eu não os escuto muito, mas meus pais, sim. Fazem um barulho dos infernos, segundo meu pai, quando estão se acasalando."

"Poderiam ser coiotes?", perguntou Tim. "Um amigo meu disse que viram coiotes no vilarejo. Bem perto da praia."

Pollock correu os olhos pela cozinha, como para se certificar de que ninguém estava bisbilhotando. "Meu palpite é que vocês estão sendo perturbados por esse cachorrão branco que anda à solta por aí. Provavelmente foi essa criatura que escavou a areia. Eu tomaria cuidado à noite."

Quieto como um fantasma, Jip se materializou na cozinha. Ele provavelmente havia deslizado pelo chão de madeira em suas grossas meias de lã, para ter chegado assim sem fazer qualquer ruído, sem qualquer aviso. Sua expressão era tranquila, como se ele os estivesse escutando há algum tempo, e quando o olhar de Pollock encontrou o seu, Jip não mostrou qualquer sinal de aflição ou descontentamento; ele nem ao menos piscou. Sua mãe levantou-se a fim de apresentá-lo ao policial. "Há quanto tempo você está aqui, silencioso como a manhã?"

"Agente Pollock", disse Tim, "este é Jack Peter. J.P. Eu o chamo de Jip. Jip, este é o policial que mandaram."

Pollock estendeu a mão, mas o garoto ficou a uma distância segura do estranho. Eles se encararam como dois pistoleiros, e o impasse só terminou quando Jip notou a arma no coldre que ele trazia à cintura.

"Você é um policial de verdade?"

"Pode apostar que sim. Há dois anos, pelo menos."

"Essa arma é de verdade?"

Pollock colocou a mão na coronha da pistola. "Claro."

"Já atirou em alguém?"

"Só quando foi preciso, em último recurso."

"E se fosse um soldado alemão, ou piratas, ou monstros? Se eles estivessem tentando matar você, poderia atirar neles para impedi-los?"

Batendo na mesa com a ponta dos dedos, Holly chamou a atenção deles. "Já chega, Jack. Você viu a viatura policial parada aqui na frente?"

Ele fez que sim com a cabeça, mas não tirou os olhos da pistola.

"Viu as luzes, Jack?"

"É um padrão", ele disse. "Meu suéter é vermelho e azul."

"Vermelho e azul para que as pessoas percebam quando você está andando atrás delas. Mesma função da sirene."

"Você já viu um cadáver?", perguntou Jip.

O policial se levantou e deu alguns passos junto à janela voltada para o oceano. "Tenho de confessar que não."

"Eu vi meu amigo Nick quando ele estava morto."

Tim o interrompeu. "Ele não estava morto, Jip. Apenas desmaiado." Ele se voltou para o policial. "Quando tinham sete anos, Jip e seu amigo Nick quase se afogaram certa vez. Tivemos de puxá-los do mar e fazer respiração boca a boca."

"Eu desenhei Nick."

Holly apontou para o desenho na porta da geladeira. "Aquele ali é Nick."

Seu pai se levantou, pronto para socorrer o filho. "Sim, Jip, você o desenhou. Tudo bem, estamos vendo. Mas não há motivo para fazer um estardalhaço sobre isso."

"Mas os ossos", disse Jip.

O policial pegou o embrulho na mesa e puxou o pano de prato. "É um osso velho. A maré trouxe para a praia."

"Eu desenhei ossos." O garoto levantou a voz.

Holly se levantou da cadeira, colocando-se entre o menino e o policial. "Ele fez um desenho com ossos. Compramos para ele, de presente de Natal, um kit de arte. Da Sharon's. Superluxo. Lápis, canetas hidrográficas e um enorme bloco para desenho. Ele vem desenhando coisas. Você viu o retrato de Nick na geladeira. Jack, por que não pega o desenho que fez hoje? Pode mostrá-lo para o agente Pollock."

Como um personagem de desenho animado, o menino, em suas meias, fez um rodopio no chão, para depois tomar impulso e sair correndo escada acima.

Assim que o filho não pôde mais ouvi-los, Holly disse: "Veja bem, ele às vezes se torna prisioneiro da própria mente e precisa de uma válvula de escape, por isso estimulamos o desenho. Para quando ele não consegue verbalizar as coisas".

Depois de um gole de chocolate quente, o policial ficou com um leve bigodinho de leite. Seu rosto ficou vermelho, contrastando com a camisa azul-marinho.

O garoto voltou, colocou o rolo de papel sobre a mesa e deu três passos para trás. Com um leve ruído, o papel se abriu, revelando a pilha de ossos humanos, um esqueleto completo totalmente bagunçado.

"É realmente impressionante", disse Pollock. "Você copiou essa figura de algum livro?"

"Eu que fiz", gritou Jip. "Os ossos, o buraco."

"Calma aí, camaradinha", disse Tim.

A frustração tomou conta do menino. Ele balançava e se sacudia, sem sair do lugar, os punhos cerrados, e murmurou baixinho: "Assassinato". Ninguém percebeu que o agente Pollock estava colocando o casaco e pegando seu chapéu.

"Já fiquei tempo demais, e parece que vocês têm um problema aqui. É melhor que eu vá embora."

"Não, por favor", disse Holly. "Você nem acabou seu chocolate."

"Obrigado, de qualquer forma, mas estou de serviço. Desculpem se perturbei alguém. Você vai ficar bem, Jip?"

O garoto agora olhava para a sala e para a luz brilhante que vinha da lareira, e não respondeu.

Tim e Holly acompanharam o policial até a porta. "Obrigado por ter vindo", disse Tim. "E desculpe pela cena. Ele às vezes fica perturbado quando não consegue se fazer entender."

"Ou quando acha que os outros não acreditam nele", afirmou Holly.

O policial observou o garoto, enquadrado pela luz que vinha da lareira. Ele acenou alegremente com o osso. "Mandarei isso para Augusta, e logo teremos notícias. Mas pode ter certeza de que é muito velho. Lembre-se de tapar aquele buraco, sr. Keenan, antes que alguém caia e se machuque. Vou ligar as luzes quando partir. Para o garoto."

Na porta, eles lhe desejaram feliz Natal. De braços dados, foram até a janela para vê-lo partir em seu carro, com as luzes vermelhas e azuis piscando, um movimento ritmado que lembrava as ondas. Enquanto o sedã preto e branco ia embora, Holly virou-se em busca do filho, para ter certeza de que ele estava apreciando o espetáculo. Jack estava de pé junto à lareira, cuidadosamente atirando ao fogo tiras de papel, seu lindo desenho, osso a osso, transformando-se em fogo, pequenos quadrados negros escapando das chamas, subindo aos céus, o exato oposto da neve.

V.

Ela não conseguia dormir. No meio da madrugada, Holly perambulava como um fantasma pela casa dos sonhos. Durante a tarde, enquanto o peru assava e as batatas cozinhavam, ela passou horas na internet, fuçando link atrás de link, as ferramentas de busca executando seus algoritmos sem parar. Cadáveres no mar se decompõem rápido dependendo da temperatura e da profundidade, mas os ossos resistem mais à ruína. Nas circunstâncias certas, os ossos podem durar séculos. Ela viu fotos de um crânio oriundo de um naufrágio na costa do Texas em 1686 e dos esqueletos neolíticos de uma mãe com seu filho, encontrados no mar Mediterrâneo, perto de Israel. Ela logo estava se considerando uma especialista no que acontece com aqueles que se afogam, mas, em algum ponto desse processo, Holly se deu conta de que ficar horas na internet não era a maneira correta de passar um feriado em família. Com a vista turva, ela foi se reunir aos rapazes no sofá, pegando o finzinho de mais um jogo de futebol americano.

Havia ocorrido uma cena depois da partida do policial, uma prolongada negociação que ia do desentendimento a uma explosão de raiva para finalmente acabar em harmonia. Tim viu Jack atirando os pedaços de papel no fogo e perdeu a paciência, gritando com seu filho para que parasse. Apesar dos alertas do pai, o filho continuou rasgando o papel em tiras, que ele atirava às chamas, até que não restasse mais nenhuma prova da existência do desenho.

"O que deu em você?", perguntou Tim. "Afaste-se do fogo! Você vai acabar se queimando!"

Lágrimas começaram a correr pela face do garoto.

"Jip, já chega. Você sabe muito bem que não deve brincar com fogo. E por que foi queimar seu desenho?"

Holly tentou intervir, mas já era tarde.

"Qual é o seu problema?", gritou Tim. "Há semanas você vem se comportando mal. Primeiro, com a sua mãe. Depois, você deixa as janelas abertas. E como pôde ser tão rude com uma visita? Ele até ligou as luzes do carro da polícia só para você ver!"

Holly podia ver o rosto do filho refletido na proteção de vidro da lareira, uma cópia pálida do garoto, que parecia consumido pelo fogo. Ele estremeceu, ameaçando chorar de novo. "Vá com calma", disse.

"Já perdi a paciência." Tim deu-lhe as costas, voltando-se para o garoto. As cicatrizes vermelhas em seu pescoço reabriram, e linhas finas de um sangue aguado marejaram dos cortes. "Quero algumas respostas, rapazinho. Você tem de falar com as pessoas quando elas falam com você. Senão, elas não vão querer ligar as luzes do carro para você, ou conversar sobre o que é ser um policial, ou mesmo entrar aqui em casa. Entendeu? É isso que você quer?"

"Não", ele respondeu de forma simples e lenta, sem revelar quaisquer das emoções que, Holly sabia, se agitavam nele como um turbilhão. Ela estava absolutamente surpresa com o simples fato de o menino ter respondido, de ter reunido a coragem para fazê-lo em vez de apenas se retirar para a segurança da própria mente.

"Se é assim, Jip, se é assim, então você precisa se esforçar mais. Se quer que as pessoas sejam boazinhas com você, tem de ser bonzinho com elas. Ou pelo menos fingir. Não pode simplesmente ficar calado."

Sem nada a dizer, ele apenas tentava escapar da abordagem do pai.

"E por que rasgou seu desenho em pedacinhos e o jogou no fogo? Você trabalhou tanto tempo nele!"

O garoto piscou, ainda calado.

"Eu costumava pensar que podia ao menos contar que falaria comigo."

Tim agarrou o braço de Jack, dando-lhe uma sacudida, não com força, mas com uma brusquidão surpreendente. Ela observou o olhar do filho, percebeu que ele se retirava para sua profundeza impenetrável. Jack arrancou o braço esquerdo da mão de Tim, esticando-o, como se puxado por uma corda, então o segurou pelo cotovelo com a mão direita, como se para evitar que o braço saísse voando. Seu rosto ficou vermelho, e sua cabeça balançava de um lado para outro sob seus braços. Ele piava, um pássaro sem canção. Holly ficou junto dele, paralisada pela indecisão. Todas as vezes em que o via desse jeito, ela se sentia impotente. Uma péssima mãe. Tim, no entanto, tentava ultrapassar

a barreira que seu filho havia erguido. "Jip, Jip, fique aqui comigo, garoto. É o papai, e está tudo bem. Não precisamos falar sobre os desenhos."

Porém, o momento de resgatá-lo havia passado. Nada podia ser feito além de vigiar, cuidar para que ele não ferisse a si próprio ou a qualquer outra pessoa. Há três anos, quando os ataques começaram e eles não tinham como saber o que poderia acontecer, ele havia se soltado deles quando caminhavam na direção da porta da frente, jogando-se contra o pote de cerâmica que eles usavam para deixar os guarda-chuvas e partindo-o em pedacinhos. Jack, que estava descalço, pisou em um caco e sofreu um corte profundo no calcanhar, um talho brilhante como um sorriso vermelho, do qual brotava sangue. Holly não sabia o que era pior, o acidente em si ou tentar tirar aquela criança histérica de casa para levá-la à emergência do hospital. A volta também fora horrível, com os pontos e o curativo, os uivos agressivos contra o mundo que passava pela janela do carro. Por meio de dolorosas experiências, eles sabiam agora que deveriam deixá-lo em paz até que o episódio passasse. Por fim, Jack se cansaria.

Tim sentou no primeiro degrau da escada, e Holly se acomodou em uma banqueta da cozinha. Eles fingiam não perceber o garoto, porque ele normalmente respondia mais rapidamente se pensasse que estava sendo ignorado. Ela trocava olhares com o marido, tentando transmitir, pela dureza de sua expressão, sua irritação com a abordagem direta e grosseira que ele adotara. Os piados cessaram repentinamente, e Jack desfez o nó de seus braços. Seus olhos lentamente retomaram a expressão, como um pavio que se acende, e, tão rapidamente como havia se escondido por trás daquele véu, o menino voltou. Ele piscou, depois sorriu para a mãe. Quando perguntou se podia subir para desenhar, ela, com um suspiro, concordou.

O resto do Natal foi calmo, sem quaisquer acontecimentos. No jantar, um peru com a guarnição de sempre. Um bate-papo em vídeo pela internet com sua irmã, que morava longe. Uma longa e complicada partida de jogo de tabuleiro para três antes que Jack fosse mandado para a cama. Em apenas dez minutos ele já estava dormindo, inocente como um recém-nascido, quentinho sob as cobertas. Tim foi se deitar uma hora depois, e logo roncava levemente junto ao abajur da mesinha de cabeceira. Às onze horas, Holly deslizou na cama ao lado dele, mas não foi capaz de se desligar daquele dia tão facilmente.

Quando não pôde mais aguentar a insônia, ela deixou Tim na cama e atravessou o corredor. O quarto do seu filho estava fechado como ela o havia deixado, mas Holly não pôde resistir a virar com cuidado

a maçaneta e abrir a porta, cujas dobradiças rangeram levemente. Fazia frio no quarto, e, pela janela, até a Lua e as estrelas pareciam geladas. Sob a luz pálida, ela viu os papéis e lápis espalhados pela mesa, sinal de que ele estava ocupado com um novo projeto. Ela resistiu à tentação de dar uma espiada, decidida a, em vez disso, perguntar ao filho sobre os desenhos na manhã seguinte.

Sem qualquer ruído, ela desceu as escadas, passando de um aposento a outro sem qualquer objetivo além de combater sua inquietação. A internet acenava para ela. Ela tinha uma teoria sobre os ossos e o naufrágio do *Porthleven*, mas a ideia de buscar novas pistas on-line somente a deprimia. Ela tocou a tela do tablet, lisa como gelo.

Os ossos, pensou, quem junta os ossos? Uma tarefa macabra. Quem vinha recolher os afogados, como eles recuperavam aqueles cadáveres naufragados que iam dar na praia? Perto dela, a janela não parava de se sacudir com violência, ruidosamente, como se algo tentasse entrar à força na casa, e, nos aposentos superiores, parecia que alguém estava arrastando os móveis.

Ele não conseguia dormir. No meio da madrugada, Tim abriu os olhos e se deu conta de que estava sozinho na cama. Sua mulher havia levantado, sem dúvida também insone. Ultimamente, Holly andava apreensiva e agitada, vendo e ouvindo coisas, coisas estranhas que não existiam, mas quem era ele para julgar? Não com aquele homem pálido correndo nu por montes e vales. Ou seria apenas uma ilusão, a combinação de um cachorro branco com seus próprios nervos em frangalhos? Rolando na cama, ele virou o travesseiro, tentando retomar o sono. Inútil.

Irritado, Tim atirou para longe as cobertas e jogou as pernas para fora da cama. O quarto parecia mais sombrio sem ela ali. Como se fosse um menino, ele detestava ficar sozinho em um lugar escuro. Aonde ela teria ido, o que estaria aprontando agora? Ele caminhou sobre as tábuas de madeira, que rangeram, e vestiu o roupão. Passava um pouco da meia-noite, informava o despertador. Mais um Natal havia terminado. O menino Weller estaria lá pela manhã, em apenas algumas horas, ficando como hóspede deles na próxima semana. Ele invejava Fred e Nell, largando o filho e partindo para temperaturas mais amenas, uma semana no mar longe das trevas invernais do Maine. Em sua imaginação, ele os via passeando no convés do navio, Fred de smoking e Nell em um vestido longo. No mesmo instante ele riu do absurdo dessa visão, do fato de pensar que as pessoas hoje

viajavam como se fossem Fred Astaire e Ginger Rogers em algum filme preto e branco dos anos 1930, quando elas provavelmente ficavam de camisas polo e bermudas cáqui, talvez algum vestidinho leve, aquele cor de pêssego que dá a impressão de que ela não está usando nada. Ele a expulsou de seus pensamentos.

No instante em que colocou os pés no corredor, Tim pôde refazer o caminho de Holly. A porta do quarto do filho deles estava entreaberta, então ele refez os passos da mulher e empurrou a porta com os dedos dos pés, apenas o suficiente para que também pudesse dar uma espiada em Jip, adormecido. Um facho de luz ziguezagueou no rosto do menino, dando-lhe um aspecto meigo e sereno, em forte contraste com a criança insociável que, há apenas poucas horas, não podia ser controlada. Por que ele havia sacudido seu filho com tanta força? Por que Jip tinha de se afastar tanto às vezes? Amar de longe é muito mais difícil quando se trata do próprio filho. E Tim amava Jip com uma força que o surpreendia nesses momentos calmos. Ainda assim, amaldiçoava os médicos e terapeutas, desejando, um milhão de vezes, ter um filho diferente.

Talvez Holly tivesse razão, talvez o filho deles jamais fosse ser normal. Com certeza eles haviam passado por mais dificuldades recentemente, ao tentar fazer com que o menino obedecesse às ordens deles. Jip havia deliberadamente destruído o desenho, mesmo depois de terem lhe mandado parar, persistindo apesar dos apelos. Eles teriam de insistir ainda mais com Jip, pensou Tim, nos atos de ouvir e obedecer. Vá com calma, dissera Holly, mas o problema era exatamente este. Eles haviam ido com muita calma com o garoto, mimando-o demais, quando na verdade ele é esperto o bastante para saber quais são as consequências morais dos seus atos, para diferenciar entre o certo e o errado. Ele falaria com o dr. Wilson na próxima consulta. Ele encontraria uma maneira de fazer com que Jip obedecesse mais rapidamente quando estivesse claro que não havia escolha. Eles insistiriam para que houvesse um equilíbrio.

No início fora bem mais fácil, antes de eles saberem o que havia com Jip. Ele havia chegado à casa dos sonhos como uma resposta para suas velhas preces por um filho. Após anos de tentativas e fracassos, uma gravidez milagrosa, e, nove meses depois, o bebê nascia, puro e simples, um bebê que fazia coisas de bebê. Sem ter qualquer experiência em criar um filho, como saberiam o que esperar de cada fase do desenvolvimento da criança? Eles tomaram seu temperamento como normal, suas longas sonecas como uma bênção. *Como vocês têm sorte*, dissera Fred Weller,

em ter um que dorme a noite toda! A súbita falta de interesse do bebê em brincar ou comer foi atribuída ao tédio. Somente quando os períodos de retraimento se tornaram mais frequentes e preocupantes é que eles começaram a suspeitar que havia algo errado. Foram inúmeras visitas a médicos, mas resistiram a acreditar nos diagnósticos. *No espectro*, disse um deles. *Asperger*, afirmou outro. Tim levou mais tempo para acreditar, e mesmo agora evitava usar a fria linguagem técnica sempre que possível. Palavras, somente palavras, mas nenhuma explicação, nenhuma cura. Uma *anomalia* — um charlatão havia efetivamente usado esse termo. Como se fosse justo falar dessa maneira sobre um ser humano, discutir o futuro de uma criança com seus pais. Tim olhou para seu filho, dormindo como um bebê, e desejou poder trazer de volta aqueles dias, para segurá-lo de novo nos braços, ignorando a escuridão à frente. Devolvam-me meu bebê, meu garotinho.

Ao fechar a porta, a maçaneta fez um ruído leve. Ele ficou prestando atenção para ver se por acaso teria acordado seu filho, mas o que ouviu foi sua mulher caminhando pelos aposentos no andar de baixo, furtiva como um rato. Nos últimos dias ela se movia sorrateiramente, escondia segredos, fora à igreja pela primeira vez em anos, um sinal de sua profunda inquietação.

"Sinto falta", ela disse, quando a ideia de ir à missa do galo foi mencionada. "Não tanto pela religião, mas pela cerimônia, pelo ritual, pela ordem e a segurança que ela traz."

"Vá, então", ele retrucou. "Eu fico aqui com Jip. Mas espero que isso não seja um sinal de que você ficou de miolo mole e está interessada em toda aquela superstição..."

Ela o beijou, agora Tim se dava conta disso, para que ele calasse a boca.

E então, depois da missa, ela voltou mais perturbada que antes, com histórias sobre vozes que vinham do mar no meio da noite. Ela havia enlouquecido devido à pressão.

Uma rajada de vento atingiu a casa e sacudiu as janelas. A parede inteira parecia balançar. Do quarto de Jip veio o ruído de uma cama sendo arrastada pelo chão. No andar de baixo, Holly gritou ao ouvir o barulho, um grito involuntário de preocupação. Rapidamente correndo na direção dela, ele estava no pé da escada quando o estrondo se repetiu, desta vez com muito mais força nas janelas da cozinha, o vento mirando aquela parte da casa. Depois duas batidas, uma após a outra, contra o vidro. Holly percebeu o marido na escuridão e agarrou as mangas do roupão dele.

"Você ouviu isso?", ela perguntou. "Tem alguém tentando entrar."

“Não, é o vento.”

Como se aproveitassem a deixa, os vidros sacudiram até zumbir.

“Não, Tim, alguém lá fora está checando as janelas. Preste atenção.”

Os sons realmente se deslocaram até o vestíbulo, as janelas balançando, uma de cada vez, como se a coisa lá fora as estivesse testando enquanto ia dos fundos para a frente da casa. A porta balançou rapidamente, e a maçaneta estremeceu. Tim soltou-se de Holly e foi até o armário junto ao vestíbulo, onde pegou o bastão de beisebol que ele havia comprado no Natal para emergências como essa.

“Não faça isso, Tim.”

“Fique calma. Eu só quero estar protegido se houver alguém lá fora, mas tenho certeza de que é o vento.”

No escuro, eles se agacharam, juntos. Passou-se um minuto de silêncio completo, depois outro, e então respiraram com um certo alívio. Mais cinco minutos, e nada aconteceu.

“Podíamos acender a luz”, disse Tim.

“Ficou maluco? E deixar que o que quer que esteja lá fora nos veja?”

“Não há nada lá fora. É um vendaval. Uma frente fria se deslocando.”

“Como poderia ser o vento? O vento por acaso mexe em maçanetas? O vento dá batidinhas nas janelas da cozinha? Alguma coisa está tentando entrar, Tim. Entrar na casa, nas nossas vidas. Eu escuto isso o tempo todo.”

“As janelas dos fundos estão a quase quatro metros do chão. Ouça com atenção, ainda se pode escutar o vento à distância. Está apenas se afastando. É uma tormenta.”

“Não é a primeira vez”, ela disse. “Isso vem acontecendo há semanas. Barulhos do lado de fora da casa, ruídos estranhos à noite.”

Tim abriu os braços e ela se aninhou neles, sentindo a ponta do bastão de beisebol quando ele a abraçou. “Você está esgotada. É por causa de Jip, certo? Eu sei que ele tem sido difícil ultimamente, mas tenho um plano. Uma resolução de Ano-Novo, para me esforçar mais com ele.”

Ela suspirou, aninhando-se ainda mais nos braços dele. Eles ficaram juntos no meio da sala, à espera de algum outro ruído, mas os únicos sons vinham do vento soprando à distância e dos estalidos da velha casa.

“Você está cansada”, ele disse. “Tem feito muito por todos nós.”

“Estou cansada, mas minha cabeça não desliga.”

Ele colocou o bastão de beisebol no sofá. “Vou pegar um remédio para você dormir.”

“Talvez sonhar.”

Ele a enlaçou pela cintura e a conduziu ao pé da escada. Envolto pela escuridão no topo dos degraus, estava Jip, olhando para eles.

"Céus!", exclamou ela. "Você me assustou. Há quanto tempo está aí?"

"J.P., o que você está fazendo de pé?" Tim acendeu a luz, e todos piscaram e protegeram os olhos da súbita claridade.

"Eu tive um sonho", disse o garoto, esfregando os olhos. "Havia um monstro embaixo da minha cama."

Eles subiram a escada, parando a alguns degraus do garoto, de maneira a ficarem na mesma altura do seu olhar.

"Comeu muito peru e torta de maçã", disse seu pai. "Faz você ter pesadelos. Foi só o vento que você escutou. Balançou tudo. Não há monstros, lembra?"

"Foi um pesadelo", falou sua mãe. "Tudo vai ficar melhor à luz do dia." Ele avançou até ela e abriu os braços. Ela o tocou de leve no braço e depois afastou o cabelo dos olhos de Jack, e então, mais uma vez, ele era seu garotinho.

vi.

Sua mala à moda antiga lembrava um caixãozinho, ou pelo menos foi o que Nick pensou em meio à sua esmagadora ansiedade na manhã posterior ao Natal. Seus pais corriam de um lado para o outro, nos últimos preparativos para as grandes férias sem ele, deixando-o com os Keenan pelo resto da semana. Ele temia a situação só de pensar nela, assim como temia o último dia das férias e a perspectiva das aulas, ou a tortura semianual da cadeira do dentista, ou o beijo molhado da avó quando ela vinha visitá-los. Ele temia da mesma maneira que odiava macarrão com atum, o exercício de subir na corda das aulas de ginástica e ter de limpar seu quarto. O temor ficou instalado o tempo todo em seu estômago, como um monstrinho, enquanto ele esperava pelos pais. Eles haviam planejado a viagem há meses, mas ainda assim agora se perguntavam onde está o secador de cabelo — não, aquele pequeno, de viagem —, e você se lembrou de colocar as sandálias na mala? Ele ficou sentado no sofá, de casaco e chapéu, a mala aos pés, mas não se surpreendeu ao ouvir tanto seu pai como sua mãe perguntarem, um de cada vez, se ele já estava pronto para ir. Nunca estarei, pensou, mas vou, de qualquer forma.

No banco de trás do carro, com o cinto afivelado, Nick, o prisioneiro, estava sendo conduzido ao local de sua execução. O fato de ser ainda muito cedo e o céu encoberto ajudavam a prorrogar a melancolia noturna, e, pelas janelas do carro, ele via seu reflexo sobreposto à geada lá fora. Seu rosto tristonho estava respingado de branco. Nos bancos dianteiros, seus pais ainda discutiam sobre o que podiam ter esquecido, enquanto ele, secretamente, desejava que se esquecessem dele, como aquele garoto do filme *Esqueceram de Mim*, para se virar

por conta própria. Ele podia se ver passando a perna nos vilões, sendo mais esperto que qualquer um que tentasse invadir a casa.

A viagem até os Keenan era muito curta, e, quando eles pararam em frente à casa, Nick percebeu que simplesmente não suportava a ideia de passar uma semana com Jack Peter, que preferia ir para a casa de seus avós na Flórida, ou, se isso não fosse possível, será que eles não podiam levá-lo clandestinamente no navio? Ele sempre quis conhecer o Caribe e brincar de Jack Sparrow, mas era tarde demais. Seu pai havia desligado o motor. Sua mãe já tinha saído do carro e estava tocando a campainha.

A sra. Keenan abriu a porta ainda de roupão, e Nick teve a desagradável sensação de que eles haviam acordado todo mundo chegando tão cedo. Emaranhado em um dos lados, o cabelo dela estava despenteado, e ela ainda tinha uma marca de travesseiro em uma das bochechas. Quando a mulher se abaixou para pegar o jornal nos degraus da frente, o roupão e a camisola se escancararam, expondo os seios dela, pesados e cheios, com mamilos marrons, e ele se sentiu, ao mesmo tempo, estranhamente excitado e terrivelmente envergonhado. Ela não pareceu perceber nem sua exposição passageira nem o assombro apatetado dele, acenando para todos e fechando a gola do roupão por causa do frio. Nick não sabia se seu pai, que estava logo atrás, havia presenciado o mesmo show, mas, se viu, manteve a discrição.

O sr. Keenan não estava à vista, e Nick ficou imaginando se ele havia esquecido e ainda estaria dormindo. Jack Peter, claro, estava de pé e vestido, quicando de entusiasmo e expectativa. Sem que pedissem, ele pegou a mala de Nick, apoiando-a no corrimão da escada, e ficou pulando pela sala, aguardando os adultos terminarem suas conversas para que a brincadeira começasse.

"Espero não ter acordado vocês", disse a mãe de Nick. "Não era para ser tão cedo, mas tudo se complicou. Temos de estar no aeroporto uma hora mais cedo, apenas para passar pela segurança, ainda que eu não acredite que haja muitas pessoas em pleno Natal. E depois temos uma conexão em Atlanta, o pior dos lugares. Não tem voo direto daqui para lá. E somos obrigados a fazer isso, ou perdemos o horário do embarque. Ficarei feliz quando tudo acabar."

"Levantamos há um tempão", disse a sra. Keenan. "Querem café?"

O pai de Nick piscou para ela. "Só se já estiver pronto. Não podemos demorar. Nosso voo, assim como o tempo, não espera por ninguém."

"Não vai levar nem um segundo." Ela se dirigiu para a cozinha, e Nick, apesar da vontade de segui-la, ficou quieto no lugar. O sr. Keenan vinha descendo as escadas, ciente das visitas, o cabelo ainda bagunçado

da cama e uma sombra de costeleta nas bochechas. Ele acenou para os Weller, mas a saudação de verdade era guardada para Nick.

"Nicholas, você está de mudança para cá!" Ele se inclinou de maneira formal, como um mordomo em uma comédia. Sem saber o que fazer, o garoto também se inclinou, e, para não ficar para trás, Jack Peter fez o mesmo, de maneira rígida e formando um ângulo reto.

O sr. Keenan perguntou: "Veio por causa dos ossos, *Herr Veller?*". Eles faziam essas brincadeiras com Nick o tempo todo. O sr. Keenan fazia palhaçadas, buscando desesperadamente que ele se sentisse bem-vindo.

"*Ja*", respondeu Nick, assumindo seu papel. "Vim ver *ze skeleton*."

O pai de Nick queria entrar na brincadeira. "Que história é essa de esqueleto e ossos?"

A sra. Weller ignorou o marido e disse: "Tim, você parece melhor. Sua garganta". Ela levou os dedos ao pescoço, e o sr. Keenan imitou o gesto.

Nick virou-se para Jack Peter, a fim de ver se ele havia percebido a observação de sua mãe, mas o garoto tinha a expressão vazia de sempre e parecia envolvido em um jogo de trançar os dedos.

Com um impulso das ancas, a sra. Keenan abriu a porta da cozinha. Ela trazia uma bandeja com bolinhos de supermercado, um bule de café, creme, açúcar e canecas, e o sr. Keenan correu para ajudá-la. "Ah, você levantou. Venha me dar uma mão com essas coisas. Nell e Fred estão com pressa."

"Vamos dar só uma beliscadinha", disse o sr. Weller. "Mas que história é essa de ossos? Vocês têm um esqueleto no armário?"

"É isso aí, Fred", retrucou o sr. Keenan. "Só que não no armário. Em um buraco na praia."

"Não sei o que é pior. Um escândalo escondido ou um esqueleto onde todo mundo pode ver."

"Você não viu a polícia aqui ontem à tarde?", perguntou o sr. Keenan. "Foi um show e tanto, e os vizinhos devem estar se perguntando se algum crime foi cometido. Um cadáver no sótão ou um gatuno roubando as joias da família. Mas não foi nada disso."

Olhando para o teto, Nick ficou imaginando um cadáver apodrecendo nas vigas do telhado. O pânico de sempre perturbou de novo seu estômago gelado, alertando-o sobre os perigos que o rondavam assim que seus pais o deixassem sozinho com aquela gente.

"Bem", prosseguiu o sr. Keenan, "nós chamamos a polícia aqui. Não sabemos de qualquer crime. Mas alguma coisa cavou um buraco enorme em nosso terreno, e encontramos um osso nele."

"Um osso humano de verdade", disse a sra. Keenan. "Foi trazido pela maré."

O sr. Keenan parecia ansioso por ser o narrador da história. "Na verdade, o osso do braço de uma criança da idade de Nick, talvez um pouco mais jovem, ainda que a polícia pense que o osso é bem antigo, a julgar pela erosão. Mas o pior é que a coisa deve ter cavado o buraco na véspera do Natal, porque só vimos à tarde. Não sabíamos o que fazer."

Jack Peter deu um pulo no sofá. "Eu cavei um buraco..."

"Então chamamos a polícia, vocês devem ter visto a viatura estacionada aqui..."

"...cheio de ossos."

"Já chega, Jack", disse a sra. Keenan.

Com uma pancada surda, a sra. Weller rachou sua xícara vazia ao colocá-la na mesa com força demais, assustando todos. Uma onda de riso nervoso varreu os adultos. Envergonhada, ela ergueu de novo a xícara, para pousá-la com cuidado na mesa. "Então, todo esse trabalho por causa de um osso velho?"

"E por causa de um buraco, grande como uma cova", disse o sr. Keenan. "O policial disse que devia ter sido cavado por um cão selvagem que anda por aí. Esse é o seu coiote, Fred, um grande cachorro branco. Teremos de tapar o buraco para que ninguém caia nele e se machuque. Foi o que o agente falou. Você devia tê-lo visto, Nell. Estão cada vez mais jovens. Este era um bebê."

Jack Peter perguntou, com uma voz esganiçada: "O que aconteceu com o bebê?".

Sua mãe levou o dedo aos lábios, como em um beijo. Jack Peter ficou se balançando no sofá, sufocando seus impulsos, e ele se balançava com tanta força que quase deixou Nick tonto.

"O buraco ainda está lá", disse o sr. Keenan. "Venham dar uma olhada pela janela da cozinha."

"Só uma espiadela", disse a sra. Weller. "E então temos de ir, senão vamos perder nosso voo."

Em fila, eles seguiram o sr. Keenan até a cozinha, indo direto para a janela que dava para a praia. Como se fosse um apresentador de TV, ele mostrou com um gesto a cena lá embaixo.

A audiência se inclinou à frente e se esforçou para ver o que lhes havia sido prometido. Apertando os olhos e procurando, os Weller caminharam até a janela, seguidos pela sra. Keenan, que colocou as mãos nos ombros de Nick, à sua frente. A praia estava vazia, pedras e areia

indo até o mar, um pedaço de madeira trazido pela maré, mas nada além disso. Nenhum buraco, nenhuma cova, nem ao menos uma pequena reentrância na areia. O sr. Keenan, que ficara observando seus rostos, ao perceber que estavam intrigados, virou-se para a janela.

"Acho que alguém enterrou seu cadáver", disse o sr. Weller.

"Onde foi parar?", perguntou a sra. Keenan. Em seu rosto, via-se que ela estava analisando todas as possibilidades e rejeitava uma por uma.

"Não", falou o sr. Keenan. "Estou dizendo, estava bem aqui e tinha quase dois metros de profundidade. Holly, você viu. Jip, você desenhou o buraco. E o policial viu, fez um relatório. Agente Haddock."

"Pollock", corrigiu a sra. Keenan.

No entanto, seu marido já havido corrido para a porta. Segundos depois, ele reapareceu na praia, um soldadinho de brinquedo ensandecido, o casaco por cima do roupão, a bainha das calças do pijama enfiadas de qualquer jeito nas botas, que ele nem se dera ao trabalho de amarrar. Correndo de uma pedra para outra, Tim buscou nas areias o buraco desaparecido.

Jack Peter apoiou as mãos na janela. "Lá vai ele de novo."

"Ele vai acabar ficando doente", disse a sra. Keenan, afastando-se do grupo e indo para o vestíbulo pegar o casaco e as botas. Todos, exceto Jack Peter, foram atrás, precipitando-se no vento da manhã, chocados com o quão frio e vazio estava o mundo lá fora. Eles se espalharam, circulando de maneira errática, em busca dos ossos inexistentes e do buraco desaparecido, até que todos alcançaram o sr. Keenan, que estava no topo de uma rocha úmida junto à linha da maré alta. A parte inferior do seu roupão esvoaçava como uma bandeira. Seu casaco e seus cabelos estavam cobertos por borrifos d'água, e seus olhos estavam desvairados.

"Estava aqui até ontem", disse ele. "Como um buraco pode sumir? Vocês devem achar que sou louco, mas não é possível que tenha desaparecido..."

O grupo tentou convencer o sr. Keenan a descer da rocha, pedindo-lhe que voltasse para casa, porque os Weller não podiam perder seu voo, e inventando uma série de explicações plausíveis. Nick, porém, parou de escutar as histórias da carochinha que eles contavam e voltou seu olhar na direção da casa, do garoto na janela panorâmica, distante e indiferente, como um deus nas alturas.

Quatro

Amigos imaginários costumam partir sem se despedir. No outro travesseiro, à sua frente, jazia deitada a cabeça de Nicholas Weller. Jack Peter queria esticar a mão e cutucar a bochecha do amigo com o dedo, mas, se aquele fosse Nick de verdade, ele poderia ficar bravo. Por outro lado, até amigos imaginários podem perder a paciência. Red, por exemplo. Ele podia ficar tão furioso quanto um marimbondo. Ainda bem que ele estava morto.

Jack Peter tinha cinco anos quando sua mãe lhe mostrou como fazer um bonequinho de argila. Primeiro você pega um pouco de massa, aí faz um rolo, semelhante a um charuto, depois divide uma das pontas em duas partes para fazer as pernas e separa mais dois pedacinhos para os braços, deixando um volume na ponta para a cabeça. Todo dia de manhã Jack Peter tirava Red de sua caixinha de cartolina e desdobrava seus braços e pernas. Ele colocava o homenzinho de argila na prateleira, como um boneco de vodu. Assim que saía da caixa, o homem imaginário ganhava vida, não como Red, mas como um garoto igual a ele, da sua idade e da sua altura. Ele ficava lá o dia inteiro, alguém com quem falar, com quem brincar, alguém a quem contar seus segredos, e Red também lhe contava coisas. Histórias sobre o que ele fazia quando Jack Peter não estava por perto. Sobre seus pais, e sobre Nick e os outros garotos e garotas, sobre o mundo para além da porta da rua. Jack Peter havia fabricado o garoto, mas, uma vez concluído, Red estava fora do seu controle. Ele tinha uma vida própria, para além das horas que passavam juntos, indo a lugares aonde Jack Peter não podia ir, vendo coisas que Jack Peter nunca vira, pensando em coisas inimagináveis para

seu criador. Na maior parte do tempo, Jack Peter ficava contente por ter uma companhia e pela sorte de saber dos segredos que Red lhe contava. Mas, às vezes, Red se enfurecia com ele, chamava-o de palerma e ameaçava contar os pensamentos do garoto a mamãe e papai. Nessas horas Jack Peter desejava nunca ter feito o garoto de argila, sentia-se cheio dele e torcia para que Red fosse embora para nunca mais voltar, ou então que um gigante aparecesse e o esmagasse, como uma panqueca.

Até que uma noite ele se esqueceu de guardar o garoto de argila, e, na manhã seguinte, ele estava todo ressecado e se esfarelou todo. Red estava morto e nunca mais voltaria. Jack Peter pensou em fazer outro garoto, alguém para ser seu amigo, mas não o fez. Em vez disso, ele foi para a escola quando começou o outono, para o jardim de infância, e havia outras crianças lá, e se você fosse bonzinho com elas, elas seriam boazinhas com você, e então Nick vinha brincar depois da escola, e também nas férias de verão, e assim começou o primeiro ano do ensino fundamental, e havia uma nova turma, com muito mais crianças, depois o verão de novo, e ele quase morreu sob as ondas. Melhor ficar longe do oceano. Era melhor ficar em casa.

Isso foi há muito tempo. Agora Nick estava aqui, o Nick de verdade, por uma semana inteira. Mais alguns dias e tudo teria acabado. Ele queria que o amigo ficasse, mas os monstros já estavam aqui. Seus pais falaram o dia inteiro sobre os ossos no buraco. Ele poderia ter dito onde estava o resto do esqueleto. Poderia ter dito *cavem mais fundo*, mas isso não importava agora. O papel com os ossos do esqueleto estava no fogo.

Eles ficaram acordados até tarde, todos os quatro, com chocolate quente, pipoca e um filme na TV, e, ao longo das horas, os temores de seus pais se dissolveram. O pai riu de alguma bobagem na televisão. Sua mãe deixou de ficar com medo e começou a cochilar na frente da lareira antes mesmo de declarar a hora universal de ir para a cama, e todos obedecerem. Os ânimos, se ainda não eram festivos, certamente haviam melhorado depois dos momentos de angústia vividos mais cedo. Os garotos escovaram os dentes, colocaram seus pijamas e foram para a sua enorme e quente cama. A cama velha da mamãe e do papai, a primeira que eles tiveram, e que agora era sua. Eles ainda estavam acordados quando os adultos terminaram de se preparar para dormir e todas as luzes da casa se apagaram.

No escuro, eles sussurraram entre si.

"Você sente saudades deles?"

Nick deu um suspiro. "Dos meus pais? Não, acho que não. Talvez depois, mas não agora. Os pais sempre acham que a gente vai sentir

saudade deles, mas o que eles não sabem é que, às vezes, a gente quer ser deixado em paz."

"Eu queria que meus pais fossem embora", disse Jack Peter. "Em vez de mim."

"Você sentiria falta deles se eles se fossem para sempre."

"Assim como você sente falta do bebê."

Nick não respondeu, apenas virou-se na cama para não ter de olhar para o amigo. Como Jack Peter sabia que ele andara pensando em Bebê?

Chutando o edredom, Jack Peter desceu da cama, foi até a escrivaninha e acendeu o abajur. A luz parecia gritar em meio à escuridão, mas ele se sentou em silêncio e começou a desenhar. O menino trabalhava com rapidez e determinação.

"O que você está fazendo?", perguntou Nick, da cama. "Vamos levar uma bronca se seus pais virem a luz por baixo da porta."

"Preciso fazer uma coisa, antes que eu esqueça", respondeu Jack Peter. Ele rabiscou mais alguns minutos e depois correu para a cama. No quarto abafado, os dois rapidamente pegaram no sono, como se tivessem sido drogados.

Às três da manhã, o bebê começou a chorar. O som vinha do lado de fora, bem lá embaixo, persistente como o de um gato se esgoelando em uma cerca, mas Nick o ouvia claramente sobre o ruído constante do oceano. Profano como uma sereia, o choro do bebê era levado pelo vento e vinha parar no quarto deles. Ao seu lado, Jack Peter não se mexia, mesmo quando o clamor ficou mais próximo, e Nick sentiu-se tentado a acordá-lo ou a bater na porta do quarto onde dormiam o sr. e a sra. Keenan, para que eles ouvissem o que ele ouvia e viessem socorrê-lo. Mas ele não fez nada. Ficou na cama, embaixo do edredom, imóvel como um inseto preso por um alfinete.

O bebê não berrava de maneira contínua; ele parava e recomeçava, cada vez mais alto, de modo que parecia estar se aproximando cada vez mais. Nick se escondeu debaixo das cobertas e ficou aguardando no escuro, sentindo-se desamparado. Com o pé, ele cutucou o traseiro de Jack Peter, mas era como tentar acordar um cadáver. O corpo se mexeu ligeiramente e depois se reacomodou no vão macio do colchão. Não que o amigo fosse servir para alguma coisa. Apesar da presença de Jack Peter, ele se sentia desesperadamente só.

Um suave tamborilar o deixou apreensivo, então ele apertou as pálpebras para ouvir sem distrações. Nick imaginou que pudesse ser uma chuva de granizo ou neve batendo na lateral da casa. Ele podia estar delirando,

como sua mãe havia dito quando ele viu os corpos no armário, conjurando algo que só existia em sua imaginação, confundindo uma coisa inocente com uma sinistra. Descendo da cama, ele sentiu a calidez do tapete trançado dar lugar ao frio do piso de madeira. O choro havia parado, e o garoto achou que era seguro ir até a janela para investigar, contendo a respiração à medida que se aproximava. A sombra de uma mãozinha passou rapidamente pela parte de baixo do vidro. Ele ficou esperando para ver se aparecia de novo, convencido de que só podia ser uma ilusão de óptica. Impossível. O garoto pressionou o nariz contra o vidro, descansando a testa no caixilho. Não estava nevando aquela noite, e a Lua brilhava por cima do Atlântico, jogando uma luz fraca sobre as ondas, iluminando os rochedos na praia. Ele podia ver que não havia nada lá fora, nada a temer, e, por um instante, pensou se por acaso os ruídos não teriam sido fruto da sua imaginação. Porém, quando o menino estava prestes a se afastar da janela, um movimento fugaz acima de sua cabeça, uma momentânea alteração de luz, convenceu Nick a olhar de novo.

O vidro tiniu quando ele fez força para abrir a janela úmida, e algo raspou o beiral da casa, acima dele. Nick esticou a cabeça para a noite lá fora. O ar gélido o atingiu em cheio. Ele havia se esquecido de que o segundo andar ficava a uma boa distância do chão. A vertigem lhe deu a sensação de que ele se jogaria pela janela, mergulhando na areia lá embaixo, mas a tontura deu lugar ao choque quando Nick viu o que estava subindo pelo forro externo da casa. Bebês, subindo em disparada, engatinhando pela parede externa, em arrancadas e hesitações bruscas, um enxame de bebês, avançando pela superfície com a rapidez de traças em uma página de livro. Desafiando a gravidade, desafiando a razão. Eles eram familiares mas estranhos, quase alienígenas com suas carecas redondas, e não prestavam muita atenção nele, apenas passavam por ele, observando-o ao olharem casualmente para trás, de uma distância segura. Seus corpos macios estavam nus, seus rostos eram frios e inumanos, os olhos como buracos negros. Um deles abriu a boca banguela e dela saiu um estridente berro mecânico, e, ao ouvi-lo, Nick gritou de volta. A coisa rastejou diretamente para ele, e o garoto pulou para dentro, batendo a janela com força. A criatura pálida e doentia passou como um raio pelo vidro. Jack Peter estava sentado na cama, os olhos esbugalhados, extasiado com o que via, mas não deu qualquer sinal de ajuda ou consolo. Nick gritou de novo e saiu correndo do quarto.

Quando ouviu a janela bater e o garoto gritar no meio da noite, Holly já estava acordada, como se seu inconsciente já estivesse esperando por

problemas. Há semanas seu sono era irregular, e, ao abrir os olhos, a mulher teve a certeza de que não dormira nada aquela noite. Então ela não estava sonhando com aqueles ruídos lá fora, bebês chorando ao longe, ou talvez Nicholas também os havia escutado e estava agora em pânico. Como sempre, Tim parecia estar em coma, dormindo mais profundamente que nunca. Ele não ressuscitou quando ela se içou para fora da cama, e também não acordou quando Holly chegou ao corredor e acendeu a luz. A pobre criança estava agachada em um canto, tremendo.

"Nicholas, o que aconteceu? Teve um pesadelo?"

Como um gato resgatado, ele imediatamente se levantou e pulou nos braços dela, enlaçando sua cintura e apertando-a com tanta força que ela podia sentir os ossos dele contra os próprios. Memórias sensoriais a percorreram, a sensação de seu próprio filho em seus braços antes que ele se tornasse distante e reservado demais, e a potência da fé e da confiança de Nicholas quase a fizeram chorar. Seu corpo magro a esmagava, impedindo-a de respirar. Ela resistiu àquele surto de carência, mas depois entregou os pontos, embalando a criança junto ao seu peito, segurando-o com força.

"Meu Deus", ela disse. "O que deu em você?"

Soluçando, ele se enterrou ainda mais na segurança dos braços dela.

"Teve um pesadelo? Jack Peter fez alguma coisa com você? Ele machucou você?"

À menção do nome do amigo, Nick se soltou dela e cobriu os olhos com a mão. Ela o segurou, examinando seu rosto em busca de uma pista.

"Tem alguma coisa lá fora."

"O quê, Nicholas, o quê? Você pode me dizer."

"Eles estavam subindo como lagartixas pelas paredes. Bebês."

Uma risada involuntária imediatamente a encheu de pesar. Holly o puxou mais para si, como se pedisse desculpas.

"Eles estavam lá fora, por toda a casa, e fiquei com medo. A senhora não ouviu eles chorando?" Os olhos do menino estavam cheios d'água.

Holly passou a língua sobre os lábios secos antes de responder. "Você está dizendo que ouviu barulhos lá fora, vindo do oceano?"

"Chorando. Alto como um bebê. E aí fui até a janela ver o que era. Desculpe por abrir a janela e deixar o vento entrar, mas eu tinha de saber o que estava fazendo aquele barulho. Foi quando vi os bebês monstros. Eles viraram a cabeça, como insetos, e olharam para mim. E aí eles se afastaram por um momento. Pararam e pensaram no que fazer. Quando voltaram na minha direção, eu saí de lá."

"E o que Jack Peter estava fazendo esse tempo todo?"

Nick parou, pensando se devia dedurar o amigo. "Ficou apenas olhando para mim."

"Temos de ver se está tudo bem com ele", a mãe falou, e juntos abriram a porta do quarto.

A luz do corredor projetou um retângulo sobre o pé da cama. Esparramado sob as cobertas, Jack Peter dormia profundamente. As janelas estavam fechadas, e as cortinas, puxadas. Ao passar pela cama, Holly ficou pensando o que fazer se Nicholas estivesse certo, se tivesse alguma coisa lá fora rastejando pelas paredes. O garoto a seguia, alguns passos atrás, protegido pela camisola dela.

De frente para o mar, os velhos caixilhos de madeira eram empenados e difíceis de abrir. Ela ajeitou os ombros, de forma a dar um puxão firme, e perdeu o equilíbrio quando a janela abriu tão suavemente quanto uma porta. Uma rajada de ar frio deixou sua pele arrepiada, e entraram no quarto o cheiro de água salgada e o eterno som da arrebentação. Lá fora, na areia entre as pedras, havia uma cova cheia de ossos de marinheiros. Na cama, Jack Peter resmungou e se curvou embaixo das cobertas, e Nicholas chegou mais perto dela. Por um minuto, Holly pensou em lhe pedir que a segurasse pela cintura, mas depois se deu conta de que, assim, os dois poderiam cair se ela escorregasse. Agarrando a beirada da janela, a mulher abaixou a cabeça e colocou-a pela abertura.

Não havia bebês, nem monstros, nem lagartixas gigantes se arrastando pela parede externa da casa, não que ela esperasse encontrar algo, mas, mesmo assim, uma leve decepção turvou seus pensamentos. Holly sabia, porém, que tinha de dizer algo ao garoto, então ela olhou cuidadosamente em todas as direções, mudando de posição para ver melhor. O vento soprou o cabelo sobre seu rosto, e ela estava fria como uma pedra. Não havia nada, então a mulher voltou para dentro e fechou a janela, de maneira decidida.

"Eu também havia escutado alguma coisa lá fora, mas estou feliz em dizer, Nicholas, que seja lá o que você viu foi embora. Será que não foi um pesadelo?"

"Não, eles estavam lá, rastejando como lagostas."

O menino na cama grunhiu e se virou.

Holly colocou os braços em torno de Nick e o levou até o retângulo de luz da porta. "Você está chateado, eu sei, e um pouco assustado, mas não o culpo. Muitas coisas estranhas têm acontecido por aqui ultimamente. Que tal vir dormir no meu quarto? Posso improvisar uma cama no chão com alguns cobertores e um travesseiro, e você estará

seguro como um gatinho. Tenho certeza de que o sr. Keenan não vai se incomodar, e talvez assim todos nós possamos dormir um pouco. E tudo vai parecer diferente à luz da manhã."

"E Jack Peter?"

Qual foi a última vez em que seu filho havia ido até o quarto deles no meio da noite, em busca de segurança? Certamente isso não ocorria desde que ele havia se tornado um recluso. Mas talvez antes, ela não sabia exatamente quando, tivesse um tempo em que o medo e a solidão dele superavam sua aversão ao contato humano. Aos cinco anos? Quatro? Holly sentou na cama ao lado dele e pronunciou seu nome, baixinho de forma a não assustá-lo. Ele se agitou, então a mãe começou a duvidar se o filho estava dormindo ou apenas fingindo. Cobrindo os olhos com uma das mãos, por causa da luz do corredor, Jack Peter se sentou na cama. Do lado esquerdo de sua cabeça, seu cabelo estava de pé, como uma juba selvagem, e o menino bocejou como um leão, uma enorme extensão cravejada de dentes.

Sussurrando, ela perguntou: "Você não ouviu Nicholas gritar e sair correndo do quarto? Não ouviu o barulho lá fora? O que estava fazendo durante todo o tumulto?".

"Eu estava dormindo. Por que me acordou?"

Ela não cedeu à vontade de arrumar o cabelo bagunçado do filho. "Nicholas se assustou e vai dormir no meu quarto. Só queria avisar para o caso de você acordar no meio da noite e se perguntar onde ele estava."

"Não", disse Nick. "Está tudo bem agora. Vou ficar aqui."

Ele abaixou a cabeça quando a mulher tentou olhar em seus olhos, e Holly podia sentir a vergonha na voz dele. "Nicholas..."

"Está tudo bem, tudo bem, eu só preciso pegar no sono de novo. A senhora poderia deixar a porta do quarto entreaberta e a luz do corredor acesa?" Ele subiu na cama, ao lado de Jack Peter, e deu as costas a ela. Por alguns instantes, Holly permaneceu de pé, como uma estátua, no meio do quarto, observando e escutando enquanto os dois se ajeitavam na cama. Homens em miniatura, tentando desesperadamente mostrar coragem.

"O que aconteceu?", perguntou Jack Peter.

"Nada. Só um sonho, como sua mãe falou."

Ela torcia para que eles a pedissem para ficar, mas a mulher não tinha mais qualquer utilidade para os dois, então saiu do quarto e voltou para a cama. Nada mais de bebês chorando no escuro, nada mais de garotinhos se enroscando em seus braços.

ii.

Holly leu os nomes dos mortos. Nomes que há tempos não eram pronunciados, murmurando cada alma para si. O arquivista do Museu Marítimo havia lhe trazido uma caixa cinza cheia de velhas cartas e registros, relatórios sobre diversos naufrágios na costa do Maine, e ela por fim achou a lista, em uma folha de papel manchada, o rol escrito em uma linda letra cursiva de algum escriba anônimo do século XIX:

Afogados no *Porthleven*, 29 de dezembro de 1849
Reverendíssimo Thomas Vingoe, 51 anos, e esposa Mary
David, Thomas & Mary, filhos de T & M Vingoe
Corpos levados por Amigos
James Chenoweth, 28 anos, levado por Amigos
Edward Conklin, 18 anos
Menina Desconhecida, aprox. 9 anos
Mathew Jones, esposa & duas crianças
(esposa & 1 criança não encontradas)
Sr. Purcell (Capitão)

Corpos não encontrados
John Nance e seu filho, aprox. 7 anos
Sir Charles Arundell
James Mayhew
T. Clark
Marinheiro (desconhecido)
vindo de Helston, aprox. 30 anos

Corpos não encontrados. Eles poderiam ainda estar lá, bem atrás de nossa casa, e aquele osso talvez fosse de uma daquelas pobres crianças. O tique-taque do grande relógio da sala enchia seus ouvidos. Além de Holly, ninguém mais jazia na biblioteca naquela manhã. Ela se sentiu tentada a tirar a linda folha de papel antigo da pasta e colocá-la na bolsa, como prova de suas suspeitas, mas, em vez disso, simplesmente anotou cada nome em um bloquinho. *Corpos levados por Amigos.*

A biblioteca era fria, como se eles estivessem economizando no aquecimento já que havia tão poucos visitantes, e Holly soprou os dedos para levar um pouco de vida às mãos. Ela havia sido atraída para aqueles arquivos, pensou, a partir do momento em que viu a pintura na sala de jantar do padre, e imaginou que as vozes, os ossos, até os fantasmas noturnos de Tim apontavam para o *Porthleven.* E talvez aqueles fantasmas tivessem contaminado seu filho com aquela obsessão por monstros. Ela se lembrou do estranho olhar distante de Jack quando foi checar os gritos vindos do quarto dele. E em Nicholas, aquela pobre criança trêmula que ela abandonara na noite anterior. Tim que se danesse: Holly deveria ter insistido para que o garoto dormisse com eles, em vez de tê-lo feito passar aquelas longas horas sombrias com Jack e sabe-se lá que coisa que poderiam ter invocado em seus murmúrios noturnos, com aquela persistente conversa sobre monstros. Os dois haviam escondido com cuidado seus cadernos entulhados de criaturas, mas ela os havia encontrado. Páginas de horrores do cinema e da televisão, e o esqueleto queimado de Jack. Ela falaria com eles aquela tarde, para sugerir uma mudança em seus trabalhos artísticos. Natureza morta ou paisagens. Ou carros, afinal meninos de dez anos não adoravam desenhar carros, tanques e aviões? Eles haviam tomado um rumo estranho aquela semana, e ela estava decidida a corrigi-los, nem que fosse apenas para que o garoto Weller aceitasse voltar algum outro dia sem morrer de medo de ter de ficar para sempre, como um visitante em choque que foge correndo de uma casa mal-assombrada para nunca mais voltar. Isso seria uma catástrofe para Jack Peter.

Mas quem poderia culpar Nicholas? Os Weller eram bons amigos e vizinhos, praticamente insistindo para que os dois garotos continuassem amigos, sem se importar com o que acontecesse. Eles nunca falavam disso como uma obrigação, mas Holly desconfiava que eles tentavam provar a si mesmos o quão decentes e generosos podiam ser com o tempo do filho deles. Por uma semana, Nick estava sob sua responsabilidade, e ela estava prestes a devolvê-lo como mercadoria estragada. Quando Holly o segurou contra seu peito na noite passada,

pôde sentir o coração do menino batendo como o de um coelhinho. Agora, na biblioteca, ela ouvia aquele ritmo palpitante, constante e familiar, como a própria respiração. Como se houvesse alguém martelando seu cérebro. O que os espíritos queriam com ela? Por que estavam tentando contatar sua família?

Descendo a Rodovia 1 para ir para casa, Holly teve o impulso de analisar *O Naufrágio do Porthleven* de novo. Agora que ela tinha os nomes dos mortos, o naufrágio havia se tornado mais vívido em sua mente. O reverendo Vingoe e seus três filhos pequenos, o garoto de Nance, o marinheiro sem nome e a menina desconhecida. Talvez eles apenas quisessem ser nomeados e lembrados. O quadro lhe daria uma compreensão mais forte dos eventos que cercavam aquela noite terrível e do porquê de os fantasmas a estarem assombrando. O padre Bolden pareceu perplexo quando ela abordou o assunto na véspera de Natal, e ela agora ensaiava uma explicação para seu interesse no quadro, usando a desculpa da história local, não é interessante o que se pode encontrar nos arquivos? Quando ela chegou à Stella Maris, a história estava quase pronta.

A governanta abriu a porta, inclinando-se ligeiramente à guisa de cumprimento, e Holly estendeu-lhe a mão.

"Sra. Keenan, que bom vê-la." Com um aperto de mão firme, ela conduziu Holly ao saguão. "Sinto informar que o padre Bolden não está, mas, por favor, entre. Queria vê-la, e aqui está você."

"Andei fazendo algumas pesquisas", disse Holly. "Encontrei alguns detalhes sobre o *Porthleven* nos quais ele pode estar interessado."

A srta. Tiramaku pegou o casaco de Holly e depois levou-a até a sala de jantar, de maneira rápida e decidida, como se fosse ela a dona do lugar. "Eu ia levar uma coisinha até a sua casa quando o padre voltasse. Algo para os seus problemas. Espere um minuto..."

Dominando o ambiente, o *Porthleven* parecia balançar suavemente em sua moldura. Naqueles últimos instantes antes de o navio se arrebentar, os homens e as mulheres a bordo deviam ter se dado conta de seu destino. Purcell e o marinheiro haviam feito todo o possível para manter o barco na superfície, e o reverendo Vingoe conduzia os demais em uma oração, mas todos sabiam, certamente sabiam, que não havia esperança. *A água se lança sobre nós, e assim nos afogamos.* Não havia qualquer figura humana à vista no quadro, apenas o barco sacudido pela tempestade, as nuvens negras e o mar revolto. Eles teriam entrado em um estado de choque paralisante, respirado fundo, e então tudo estava acabado, esperava ela, sem mais lutas. Ou então teriam escutado

seus próprios corações batendo, um ruído abafado pelo mar, enquanto prendiam a respiração debaixo d'água, lutando para sobreviver.

A srta. Tiramaku entrou silenciosamente na sala e entregou-lhe um pequeno pacote embrulhado em papel de presente vermelho. "Feliz Natal."

"Obrigada", respondeu Holly, estupefata, sentando-se à mesa. Com a curiosidade de uma criança, ela rasgou o lindo embrulho, encontrando um pequeno pacote de folhas secas, envoltas em celofane. Um dos lados trazia um *kanji* — ideograma adquirido a partir de caracteres chineses, da época da Dinastia Han — incompreensível. Ela levou o pacote ao nariz e aspirou profundamente, percebendo um toque de anis, outro de folhas de chá.

"Você não vai me causar problemas com a polícia, certo? Não tem nenhuma substância controlada aqui?"

Escondendo o sorriso com a mão, a srta. Tiramaku deu uma risadinha. "Um chá especial. Um pouco de alcaçuz, gingko e outros ingredientes secretos. Para ansiedade. Totalmente inofensivo", disse ela. "Mas, nunca se sabe, pode ser que funcione. Ou talvez você queira tentar acupuntura. Conheço uma pessoa em Portland."

"Foi muito gentil da sua parte se lembrar de mim."

Com um gesto, a srta. Tiramaku fez que não era nada. "Para quando você estiver estressada. É possível até bebê-lo à noite. Não tem cafeína."

"Isso é ótimo. Não estou dormindo como deveria." Holly brincou com a fita do embrulho. "Tenho de pedir desculpas pelo outro dia, quando nos conhecemos. Eu estava perturbada antes mesmo de você aparecer. Desculpe se dei a impressão de que você me assustou. Foi muito grosseiro da minha parte."

"Mesmo a ostra esconde uma pérola."

"Ditado tradicional?"

"Não, é de um comercial", sorriu a srta. Tiramaku. "Estava pensando em ir até a sua casa. Para falar sobre o seu garoto."

"O que você sabe sobre meu filho?"

"Nada em particular, apenas o que escuto por aí. Trabalho na Stella Maris há quase vinte anos. O padre e eu somos como um casal de velhos. Sem segredos um para o outro. Não me leve a mal, ele não desrespeitou uma confidência. Eu deduzi a partir de sinais e fragmentos. Além disso, esta cidade é muito, muito pequena. Todo mundo sabe pelo menos o básico da vida dos outros, especialmente quando se trabalha em uma casa paroquial. É como a pracinha da cidade, apenas com a diferença de ser um lugar fechado e aquecido."

"O que você sabe? O que as pessoas falam dele?"

"Que ele é uma criança especial. Um garoto preso na própria mente."

Holly tirou a mão do colo e tamborilou na mesa com as unhas. Garoto recluso.

"Você não deve se preocupar com o que os outros comentam. Ele é o seu filho."

Uma lágrima brotou no olho de Holly. Ela a enxugou com um dedo, decidida a não chorar. As mulheres ficaram algum tempo sentadas, cada uma buscando retomar a serenidade.

"Tenho de confessar algo", disse a srta. Tiramaku. "Meus pais morreram quando eu era muito nova, e fui morar em um orfanato dirigido por freiras. Era velha demais para ser adotada, as pessoas só querem bebês. Mas também achavam que eu era um pouco estranha. Perdida em meio às nuvens da minha mente. Eles não falavam em síndrome de Asperger naquela época. Isso foi há quase sessenta anos, veja bem. O diagnóstico era muito mais exato, e o tratamento, severo, mas não fez a menor diferença para mim. Nenhum psiquiatra jamais foi ao orfanato. Eu era apenas um caso especial, um menininha distante de todas as outras menininhas. Eu me isolei, presa nos meus pensamentos. Verdade seja dita, eu era uma criança difícil, mas, graças a Deus, as freiras fizeram o que podiam por mim."

Holly embalou o presente que estava no colo.

"Não fique com pena, querida. Isso foi há muito tempo, e veja como estou agora. Encontrei meu lugar no mundo. Aqui com o padre."

"Ninguém compreende Jack", disse Holly. "Ele é o que chamam de altamente funcional, mas isso pode enganar, não acha? Já era muito difícil antes de ele desenvolver seu medo do exterior. E, ultimamente, é mais difícil ainda estabelecer uma conexão com ele. Outro dia, de manhã, fui acordá-lo, mal coloquei a mão em seu ombro, e ele acordou em pânico e me atingiu com um soco."

"Você pode ter batido em uma porta que ele acreditava estar trancada."

"Ninguém entende como é."

"Eu entendo", disse a srta. Tiramaku. "Talvez tenha sido isso o que a trouxe aqui. Eu gostaria de conhecê-lo. Seu filho. O presente do chá faz parte disso. Um pequeno estratagema. O padre Bolden me levaria até lá esta noite."

O pacote de chá por sobre o papel de embrulho lembrava um altar. Holly sorriu com a imagem. "Posso levá-la agora se você quiser, para que conheça Jack. Depois posso trazê-la de volta, não é longe."

Imediatamente, a srta. Tiramaku se pôs de pé. "Então vamos."

No caminho, elas conversaram sobre a vida na casa paroquial, sobre as particularidades e excentricidades do padre, e sobre como ambos haviam vindo de lugares distantes e acabado no Maine. Sobre como ele a havia acolhido, dando-lhe um emprego e um lugar para ficar, e sobre como eles haviam se tornado próximos com o passar dos anos. Quando o oceano surgiu no horizonte, ao longo da estrada Costeira, a srta. Tiramaku perguntou se elas podiam parar um segundo. Holly encostou o carro, deixando-o com o motor ligado. Do ponto onde estavam, elas podiam ver uma larga faixa do Atlântico, as ondas formando rolos de algodão branco pelo mar.

"Nunca vou me cansar dessa vista", disse a srta. Tiramaku. "Às vezes, penso que as pessoas que nasceram em ilhas nunca estão totalmente satisfeitas sem o cheiro e o barulho do oceano."

"Eu amo isso", disse Holly. "Nós nos estabelecemos aqui — na nossa casa dos sonhos — pouco antes de Jack nascer. Mesmo assim, ainda me sinto, de certa forma, uma forasteira, jamais totalmente aceita pelo pessoal local."

"Não somos *de acá*. Somos de longe."

Holly riu com a imitação do sotaque local. "Forasteiros. Poderíamos viver aqui uma centena de anos e continuaríamos sendo de longe. É como uma sociedade secreta."

Nas águas prateadas, o navio de madeira balançava, velas enfunadas, os marujos no deque com suas roupas antigas manejando os cabos e saltando sobre os cordames, o capitão Purcell gritando ordens por trás do timão. Uma mulher atravessou o deque da popa à proa, segurando-se na grade para não cair e puxando um garotinho. Condenados, todos prosseguiam em seus afazeres, inconscientes do seu destino. Holly os salvaria se pudesse, mesmo sabendo que o navio, a tripulação, a mulher e seu filho e todos os demais passageiros eram apenas uma alucinação transitória. Ela se sentia atraída por eles, puxada pelo vácuo do naufrágio. No assento ao lado, a srta. Tiramaku observava com um olhar vago o mesmo ponto distante.

Holly pegou sua bolsa em busca das anotações que havia feito. "Na primeira vez em que conversei com o padre Bolden, ele me contou a história daquele quadro na sala de jantar. *O Naufrágio do Porthleven*. Desde então, não consigo tirar da cabeça a imagem daqueles pobres coitados se afogando. Eles eram forasteiros também, em busca de um novo começo, só que encontraram um horrível final. Então, esta manhã, fui ao Museu Marítimo para pesquisar o assunto e encontrei uma lista dos mortos."

Folheando as páginas, ela passou o caderno de anotações com a relação de passageiros do navio. "Pessoas na praia foram buscar os corpos trazidos pela corrente. No entanto, alguns nunca foram encontrados." Holly apontou na direção da qual ela havia imaginado o navio fantasma. "Acho que os ouvi aqui. Vozes na véspera de Natal. E tenho escutado outras coisas socando e batendo, além de gritos vindo do mar, tarde da noite."

"Pobrezinha", a srta. Tiramaku voltou-se para ela. "Você deve ter ouvido os *funa-yurei*."

"Conte-me mais sobre esses fantasmas", disse Holly. "Esses *yurei*."

"O padre não gostaria de que eu falasse sobre isso."

"O padre não tem que saber."

Quase sussurrando, a srta. Tiramaku contou a história. "Eu os vi pela primeira vez quando era uma menininha, no orfanato. Ficávamos em um dormitório, acho que éramos doze, e as freiras nos diziam para não sair da cama depois que as luzes se apagavam, mas, no meio da madrugada, eu precisei ir ao banheiro. Molhar a cama era algo muito vergonhoso, então levantei no escuro, com cuidado para não acordar minhas irmãs órfãs, e fui me guiando pelo tato, junto à parede. Notei que havia uma estranha luz na outra ponta do corredor, e a curiosidade me atraiu. Flutuando no ar, naquele canto, havia duas meninas gêmeas de uns cinco ou seis anos, com rostos vermelhos e cabelos pretos e curtos, como os meus. 'O que está fazendo fora da cama, princesinha?', perguntou uma delas, e eu percebi quem eram na mesma hora."

Uma rajada de vento sacudiu o carro, causando-lhes um riso nervoso.

"Elas eram as filhas da dona da casa, antes que esta fosse comprada pela igreja para se transformar um orfanato, que haviam sido assassinadas. A mãe as havia estrangulado enquanto dormiam e depois se afogado em um riacho que passava junto à propriedade. Todas as órfãs conheciam a lenda, mas, até onde sei, fui a única a ter visto as crianças fantasmas."

"O que você fez?", perguntou Holly.

"Saí correndo e me escondi embaixo das cobertas, porque estava apavorada. Mas depois eu as via o tempo todo, e elas falavam comigo em meus sonhos, e às vezes eu via suas pegadas nas cinzas da lareira. Tive a ideia de fazer um funeral. Preparei duas bonecas parecidas com elas e as queimei junto com seis moedas, para despachá-las em sua viagem. E as *yurei* sumiram."

"Seis moedas?", perguntou Holly.

"Para o Rio das Três Encruzilhadas, que liga este mundo e o outro. No entanto, há muitos tipos de *yurei*, Holly." Ela tinha o olhar vago que Jack exibia algumas vezes, inexpressivo e distante. "Os *funa-yurei* são os fantasmas daqueles que morreram no mar, e são criaturas horríveis, que querem arrastar os vivos para debaixo d'água com eles. Às vezes, eles surgem como chamas; às vezes, eles são homens com rostos pavorosos, flutuando no ar sobre as ondas dizendo 'traga-me uma *hishaku*', e, quando lhes dão a concha, eles enchem o barco da vítima com água do mar."

"Meu Deus", disse Holly, e a srta. Tiramaku a repreendeu, sacudindo o dedo.

"Você não deve falar com o padre sobre os espíritos", disse. "Ele não acredita neles."

Holly colocou o carro em movimento, segurou o volante e entrou lentamente na estrada. "Precisamos ir. Talvez eu possa tomar uma xícara do seu chá, e você finalmente conhece o meu filho. E o amigo dele."

"Ele tem um amigo?"

"Nicholas Weller. É o filho dos vizinhos. Estamos cuidando do menino. Seus pais foram fazer um cruzeiro de uma semana. Segunda lua de mel, uma chance para recomeçar. Nicholas é, na verdade, o único amigo de Jack, e é muita sorte nossa tê-lo. Eles se conhecem desde que eram bebês."

"Um amigo", disse a srta. Tiramaku, e o assombro em sua voz ecoou pelo restante do caminho.

iii.

Na manhã seguinte à sua visão dos bebês rastejando pela parede, Nick se assegurou de levantar antes de Jack Peter. Gemendo baixinho, ele foi até a escrivaninha na ponta dos pés, para olhar os desenhos feitos na véspera. Só que, na luz azulada das primeiras horas da manhã, todas as folhas na mesa estavam brancas como a neve. Nada vezes nada. Nick, porém, se lembrava claramente de Jack Peter curvado sobre o papel, um lápis furioso na mão. Os desenhos ainda deveriam estar no quarto. Escondidos em algum lugar. Com cuidado, ele abriu a gaveta da escrivaninha, mas lá só havia algumas folhas em branco.

Havia um cestinho de lixo no chão, junto à caixa de brinquedos, e dentro dele, enroladas como cobras, tiras de papel rasgado. Ele juntou os pedaços e procurou um lugar para esconder as provas até que tivesse tempo e luz suficiente para examinar o que Jack Peter havia desenhado e destruído. Na cama, seu amigo resmungou em seu sono. Nick enfiou os pedaços de papel no bolso do seu roupão, que estava pendurado atrás da porta, depois voltou para debaixo das cobertas, à espera de um horário mais normal para levantar.

Às nove da manhã, o sr. Keenan entrou e abriu as cortinas. A brilhante luz do Sol entrou e atingiu o espelho, que duplicou a claridade interior. Desorientados, os garotos despertaram lentamente. "Bom dia, luz do dia", disse ele, para estimular os garotos. "Não deixem o dia passar em brancas nuvens." Assim que eles deixaram a cama, o homem tirou os lençóis e as fronhas para lavar. Ele já ia jogar o roupão de Nick no cesto de roupa suja quando o garoto gritou que precisava dele porque estava muito frio.

"Você está ficando muito molenga para a idade, Nick."

"É porque fiquei o dia todo dentro de casa." Ele se embrulhou no tecido felpudo e amarrou o cinto. "Tudo bem se eu sair um pouco hoje, se der uma caminhada depois do café da manhã?"

O sr. Keenan foi até a janela para checar o tempo lá fora. A manhã estava brilhante e luminosa, e não havia nada à espreita na praia. Ele colocou a mão no vidro frio. "Agasalhe-se bem, se você sair, e não fique fora muito tempo. Mas primeiro tome seu café. Temos waffles de abóbora."

Pouco depois, um Nick Weller de barriga cheia pediu licença da mesa, deixando Jack Peter em meio a uma pequena pilha de waffles, e subiu correndo as escadas para trocar de roupa na privacidade do quarto. Ele resgatou os pedaços de papel do roupão, enfiando-os no bolso da frente de seu jeans. Andando com cuidado, para que aqueles papéis todos não fizessem barulho, ele desceu para pegar o casaco, as luvas e o gorro. O sr. Keenan estava na pia da cozinha, lavando os pratos pegajosos, e Jack Peter cortava seu último waffle, enquanto observava Nick se preparando para sair. Com o dedo mindinho, ele caçou e cercou uma gota de xarope de bordo, enfiando-a na boca, de modo que suas palavras saíram quase ininteligíveis. "Oncê tá indo?"

"Só vou lá fora", respondeu Nick. "Tomar um pouco de ar. Talvez eu caminhe até o Cabo da Piedade e volte."

"Talfez eu vá cocê."

"Ha-ha, muito engraçado", ele disse. "Não vou demorar. Quando eu voltar, talvez a gente possa fazer algo diferente hoje."

"Sempre podemos desenhar."

"Estou cansado de monstros."

Jack Peter pegou uma tira de bacon e começou a roê-la como se fosse um osso.

No vestíbulo, Nick ouviu o cachorro dos Quigley latindo, então rapidamente deu a volta por trás da casa para subir a pequena colina até a segurança da praia e do oceano. O vento que vinha do mar era mais frio, o que o levou a pensar se não seria melhor se agachar ali mesmo para examinar os papéis, mas o garoto ficou com medo de o sr. Keenan sair e encontrá-lo ali. Enquanto se afastava da casa, Nick olhava para trás, para a fachada agora banhada em Sol. As janelas do quarto de Jack Peter brilhavam como uns óculos enormes, e ele podia se ver com a cabeça para fora enquanto aqueles bebês horríveis escalavam a parede. Essa lembrança o deixou arrepiado, e Nick decidiu afastar-se da casa.

Não havia vivalma na praia, até onde sua vista alcançava, então ele inspirou fundo e saboreou aquele momento de solidão. Desde que

havia chegado à casa dos Keenan, ele não havia ficado sozinho, exceto pelas rápidas escapulidas ao banheiro; para todo lugar que ia, havia sempre alguém por perto. Na sua casa, ele podia ficar horas sem ver sua mãe e seu pai. O sr. e a sra. Keenan, ao contrário, pareciam estar sempre por perto, prontos para a próxima refeição ou oferecendo pipoca quando eles estavam na frente da TV. E Jack Peter o seguia o tempo todo, como um cachorrinho do qual era impossível se livrar. Ele podia até não ser muito exigente, mas acabava aborrecendo com sua atenção boba. Seu amigo parecia incapaz de suportar ficar sozinho, como se tivesse acumulado anos de solidão e agora precisasse descontar esse período na companhia de Nick. Mesmo quando eles não estavam fazendo nada, dormindo ou desenhando aquelas criaturas idiotas, Jack Peter o sufocava. Era bom ficar um pouco longe daquele fardo.

Envolto em seus pensamentos, Nick não percebeu o quanto já havia se afastado, até que olhou para trás e viu apenas o telhado inclinado da casa dos Keenan. E concluiu, com razão, que, se ele não podia vê-los, então eles também não podiam vê-lo. Em busca de um abrigo contra o vento, o garoto caminhou mais um pouco, até encontrar três pinheiros enraizados em uma fenda. Ele se agachou sob os galhos e pescou os pedaços de papel do bolso. O vento não batia ali, mas, mesmo assim, Nick teve o cuidado de prender cada tira com um graveto, pinha ou concha. Levou cerca de vinte minutos para montar o quebra-cabeça. Teria sido mais rápido se as imagens não o incomodassem tanto.

Jack Peter havia desenhado os bebês.

Eles eram tão horríveis quanto Nick se lembrava, os rostos e membros distorcidos, os pálidos corpos disformes, a maneira de se agarrarem à parede, como lagartixas. O papel rasgado dividia ao meio algumas das figuras, enquanto outras escapavam por completo da folha. Ele os havia desenhado antes que aparecessem, para picotar o desenho em pedacinhos depois de eles sumirem. Por quê? Quando será que ele os havia visto? Por que Jack Peter não acordou quando os bebês tentaram entrar no quarto?

Nick juntou as tiras de papel e enfiou-as novamente no bolso. Não vou voltar, disse a si mesmo. Não posso. Se continuasse andando, acabaria chegando à própria casa, poderia quebrar uma janela e se esconder lá até seus pais voltarem. Mas seria o primeiro lugar em que os Keenan procurariam. Ele poderia se esconder em outro lugar, não ao ar livre, ele nunca sobreviveria naquele frio, mas em alguma das casas de veraneio fechadas durante o inverno, não seria difícil fazer isso por alguns dias.

A casa dos Mackintosh era ali perto, e ele poderia chegar lá antes que começassem a procurá-lo. Se esbarrasse em alguém pelo caminho, poderia dizer que estava fugindo de uma casa assombrada. Mas ele sabia que os Keenan sairiam à sua procura ou chamariam a polícia. Ele podia imaginar a sra. Keenan preocupada, desesperada na cozinha, e se lembrava de como havia se sentido seguro quando ela o abraçou. Ela saberia o que fazer, concluiu. Ela entenderia o significado do desenho. Puxando as calças, Nick tomou o caminho de volta.

Quando subia as últimas pedras antes de chegar à área da praia onde ficava a casa dos Keenan, ele viu um trecho de areia fofa, um montinho grande o bastante para esconder um ou dois cadáveres. O menino adivinhou que era ali que haviam encontrado o osso e pôde imaginar o esqueleto completo no fundo da cova. A caveira sorridente, as costelas, os longos ossos da perna e o braço sem o rádio. Nick correu pelos últimos trinta metros, até um ponto seguro sob o deque. Emborcado e descansando na areia, um pequeno bote de madeira trouxe-lhe a tentação de uma fuga, mas ele não conseguiu mover o casco. O garoto tomou coragem e entrou na casa. Pelo resto da manhã, eles ficaram se analisando, cautelosos como dois ursos, Jack Peter desconfiado e ressentido porque seu amigo o havia largado sozinho, e Nick paranoico com o que ele estaria aprontando. O sr. Keenan circulava em torno, arrumando a casa e tomando conta dos garotos, vagamente consciente da tensão entre os dois.

Ninguém as recebeu quando as mulheres entraram. Ela pendurou seus casacos junto à porta e avisou que estava em casa, mas ninguém respondeu. As duas atravessaram a sala de estar e foram até a cozinha, onde Holly colocou a chaleira para ferver. A srta. Tiramaku deu uma volta no aposento, parando junto à geladeira para apreciar o desenho de Jack, preso à porta com quatro ímãs.

"Seu filho?", perguntou.

"Não", riu Holly. "O retrato é de Nicholas, mas foi Jack quem desenhou. É a sua mania mais recente. Esse é só um entre muitos retratos, sabe-se lá quanto tempo isso vai durar. Começou recentemente e se tornou uma espécie de vício para ele. Comprei um estojo de arte no Natal, e Jack já quase acabou com o bloco. E o pobre Nicholas. Não sei se ele gosta muito, mas é só o que os dois fazem. Desenhar, desenhar, desenhar."

"Ele tem um bom olho."

"Você acha mesmo? Uma mãe não consegue ser isenta."

"Sua casa é linda", ela disse.

"Obrigada. Ainda não está finalizada, mesmo depois de tanto tempo. Vou mostrá-la para você depois que o chá ficar pronto. Não sei onde meu marido foi parar."

Lá em cima, uma pisada forte no chão as informou que, afinal, não estavam sozinhas. Holly chamou de novo, e os garotos desceram correndo a escada, Nick primeiro, com Jack logo atrás. Eles pararam na soleira ao ver a srta. Tiramaku, desconfiados de sua estranha presença. Da oficina, no andar de baixo, surgiu Tim, carregando a roupa lavada, pronta para dobrar e guardar, em um cesto de plástico verde.

"Onde vocês estavam se escondendo?", perguntou Holly. "Esta é uma amiga minha. Srta. Tiramaku, este é o meu marido, Tim. O garoto sem meias é nosso filho, e o ajuizado é Nicholas Weller."

Os homens acenaram, em seu acanhamento apatetado. Recobrando os modos, Tim se aproximou para cumprimentá-la devidamente, mas, em vez de estender-lhe a mão, ela se inclinou um pouco, o que o confundiu, levando a uma desajeitada troca de cumprimentos.

"Onde vocês se conheceram?", perguntou Tim.

"Por aí", respondeu Holly.

"Eu trabalho para o padre Bolden", emendou a srta. Tiramaku. "Na Igreja Stella Maris, que foi onde conheci sua esposa. Por que você não estava na missa do galo?"

Por um breve segundo ele fechou a cara, o que não passou despercebido aos demais. "Eu não vou à igreja. Não acredito nessas coisas. Só acredito no que meus sentidos me dizem, no que é real."

"*Spiritus est qui vivificat*, sr. Keenan. 'É o Espírito que nos dá a vida'."

Holly percebeu que ele estava ficando irritado, então mudou de assunto. "Meninos, a srta. Tiramaku veio lá do Japão, do outro lado do mundo."

"Como você veio parar aqui no Maine?", perguntou Tim. "E ainda por cima em uma igreja católica?"

"Fui uma órfã criada por freiras", respondeu. "Anos depois vim para cá, com a intenção de entrar na vida religiosa, mas Deus tinha outros planos. Cuido da casa do padre."

A chaleira apitou, e Holly perguntou se eles gostariam de tomar um chá. Tim cruzou os braços e se curvou contra as costas da cadeira.

"Chama-se chá do tigre", explicou a srta. Tiramaku ao se juntar aos garotos na mesa. "O ingrediente secreto são as listras do tigre."

Jack deu uma risadinha, mas Nick revirou os olhos. Os garotos colocaram açúcar e uma boa dose de leite em suas xícaras. Todos se sentaram retos em suas cadeiras, na postura correta, e Holly não pôde

deixar de sorrir ao perceber Jack imitando a maneira como a srta. Tiramaku segurava sua xícara, com o mindinho esticado para fora. Tim ficou na ponta da mesa, amuado, sem tirar os olhos da xícara.

"O Natal de vocês foi bom, meninos?", perguntou a srta. Tiramaku. "Papai Noel foi generoso este ano?"

Eles fizeram que sim com a cabeça. Nick ficou vermelho de vergonha.

"Vocês têm muita sorte", ela disse. "No Natal, não havia muita coisa para as crianças do orfanato. Todas nós ganhávamos uma refeição especial, uma fatia de panetone e um pouco de peru, mas apenas um presente, vejam bem — não havia muito dinheiro. Todas as garotas queriam uma boneca, ou talvez um ursinho de pelúcia, algo que elas pudessem segurar e levar por todo lado, como se fossem mães. Mas eu não. Sabem o que eu queria?"

Os garotos olharam para suas xícaras, sem resposta.

"Eu vi em uma revista uma foto de um peixe movido a corda. Era um *koi*, com uma chavinha minúscula, escamas douradas e olhos cor de jade. A coisa mais linda do mundo. Então rezei por ele, falei com as freiras, e, imaginem só, lá estava o peixinho de corda de presente de Natal, e ele era tão lindo quanto eu havia imaginado. O que ele tinha de mais especial era que, se você desse corda e o colocasse na água, ele nadava de verdade. Durante todo aquele inverno, brinquei com o meu peixe de corda em uma bacia, ou, quando nos davam banho, ele passeava na banheira, e eu nunca me cansava dele. Frequentemente sonhava com o *koi* à noite, nadando nos meus sonhos. Quando chegou a primavera, eu o levei para fora. Havia um riachinho atrás do orfanato, e um dia, dei corda e coloquei o *koi* na água, para que ele nadasse como um peixe de verdade. Era surpreendente. Só que o peixe continuou descendo o riacho. Eu corri atrás dele, pela margem, mas não fui rápida o bastante. Ele alcançou o rio e daí o oceano, que atravessou até a América, e, ainda que eu estivesse de coração partido, foi assim que fiquei sabendo que um dia eu viria para este país."

Ao terminar sua história, a srta. Tiramaku cruzou as mãos sobre a mesa. Os meninos se mexeram em suas cadeiras, livres do feitiço.

"Eu gosto de desenhar", disse Jack.

"Foi o que me disseram", retrucou ela. "O que você gosta de desenhar?"

"O que está na minha cabeça." Sua mão direita começou a se contorcer, como se ele, mesmo naquele instante, não pudesse controlar o impulso de desenhar.

Tim bateu na xícara com uma colher. "Acho que já basta, Jip."

A srta. Tiramaku descruzou as mãos, colocando uma de cada lado da xícara de Jack, e, quase sussurrando, perguntou: "E o que se passa nessa sua cabecinha?".

"Monstros", disse Nick. "Ele desenha monstros."

Ela segurou as mãos de Jack, e o menino nem estremeceu.

"Você se importaria se eu falasse a sós com seu filho?", perguntou a srta. Tiramaku. "Em algum lugar onde nós dois pudéssemos ter uma conversa particular. Deem-nos a chance de falar com franqueza. Aviso quando terminarmos. Não vai demorar, mas estou segura de que Jack quer dizer algumas coisas, se ele confiar em mim." Ela ergueu uma sobrancelha, e Holly entendeu a deixa, empurrando Tim e Nick para a sala de estar e fechando a porta da cozinha com firmeza.

"O que *ela* está fazendo aqui?" O marido visivelmente estava fervendo de raiva. "O que você tem feito na igreja, Holly? Quer dizer que não foi lá só no Natal?"

Holly franziu a cara. "Eu precisava falar com alguém. Sobre Jack."

"Então você foi ver um padre sem me contar nada, e ele mandou a... assecla dele até aqui para plantar ideias na cabeça do nosso filho. Ela me expulsou da cozinha, da minha própria cozinha!"

"Você pode baixar o tom da voz? Eles estão logo ali."

Ele falou mais alto ainda. "Não! Que raio de artimanha é essa, Holly? Eu não concordo com isso..."

"Por favor, não grite."

"Não estou gritando!", ele berrou.

Pelo canto do olho, ela podia ver Nick fingindo examinar a decoração da árvore de Natal, como se alheio à discussão deles, mas esses garotos escutavam tudo, prestavam atenção a cada detalhe. Dando as costas ao marido, Holly foi até o aparelho de som e pegou um disco da coleção, colocando-o na vitrola antiga. O aparelho havia pertencido aos seus pais e era seu último elo com a infância e a família. O braço da vitrola pôs-se em movimento, e a agulha caiu certeira no início da primeira faixa. "Jingle Bells", com Frank Sinatra. A música era alta o bastante para abafar a conversa deles.

"Não gosto disso", disse Tim. O tom da sua voz havia mudado, estava bem mais calmo. "Que espécie de criatura é aquela? Aquele olho. Não há necessidade de trazer uma pessoa estranha para falar com nosso filho. Especialmente sem a minha permissão."

"Não preciso da sua permissão, Tim."

"Ele também é meu filho."

"Eu estou enlouquecendo, e, já que você não faz nada, eu faço."

Tim se sentou no braço do sofá. "Há quanto tempo você está assim?"

"Há anos", disse Holly. "Um dia ele vai ficar fora de controle. E, apesar do que você pensa, Jack está piorando. Não piorando, mas mais difícil."

"Não estava falando de Jip. Eu quero saber há quanto tempo você vem encontrando o padre e essa mulher vodu? Ela me dá arrepios."

"Isso é recente, e você não deveria julgar as pessoas pela aparência. Mesmo a ostra esconde uma pérola." Ela descruzou os braços e se apoiou no outro lado do sofá. "Essa situação está me deixando maluca, Tim. Tudo começou quando surpreendi Jack em seu sono. Minha cabeça fica martelando o tempo todo. Ruídos, toc-toc-toc, e um dia você aparece todo ensanguentado, e o pobre Nicholas começa a chorar no meio da noite."

Nick desviou o olhar, como se envergonhado pela lembrança.

"Estamos todos no limite, e você precisa admitir que Jack está com problemas..."

"É uma fase", cortou ele.

"Não é uma fase, Tim. Não é só mais um maldito capítulo, é todo o resto da história."

Ele desviou do olhar dela, e ela virou o rosto na direção oposta. Imóveis, cada um em seu canto, como Nick havia visto seus próprios pais tantas vezes, e ficou pensando se isso não fazia parte do significado de crescer: atingir um impasse em uma discussão que era profunda demais para qualquer palavra. Até mesmo para um adulto. Sinatra continuava cantando, e quando as músicas acabaram, Holly virou o disco, e eles ouviram o outro lado, presos na sala pelas circunstâncias daquele dia.

Quando a porta se abriu, a mulher, curvada de cansaço, entrou conduzindo o garoto, com a mão no ombro dele. O rosto dela estava murcho, mas a srta. Tiramaku estava visivelmente satisfeita com a conversa. Jack Peter parecia o mesmo de sempre, talvez um pouco mais dócil, ou pelo menos calmo o suficiente para suportar o peso do contato humano. O sr. e a sra. Keenan se levantaram, como se esperassem alguma notícia do outro mundo, e ambos pareceram surpresos com a simples presença do filho.

"Tivemos uma boa conversa", disse a srta. Tiramaku. "Não foi, Jack?"

Jack Peter sorriu e assentiu com a cabeça.

"Teremos de conversar de novo, se vocês concordarem com isso."

"Você acha que pode ajudá-lo?", perguntou a sra. Keenan.

Houve um momento de hesitação, que se prolongou e sorveu a esperança. "Sim", disse por fim a srta. Tiramaku. "Vou ajudar."

Ao lado dela, com movimentos ágeis dos dedos, Jack Peter desenhava figuras no ar.

iv.

Tim não lembrava mais com clareza o momento em que havia percebido a verdade sobre seu filho. Na condição de pais de primeira viagem vivendo por conta própria longe de todos os familiares, como poderiam perceber os sintomas? O pediatra havia dito que não se preocupassem — cada criança tem seu próprio ritmo de desenvolvimento, não há uma escala rígida para rolar, sentar ou falar, não importa o que digam os livros. O único bebê na esfera de convivência deles era o filho de Nell, Nick, e ele não era exatamente um prodígio, e sim mais ou menos igual, então como Tim poderia saber? Eles comem, choram e dormem. Precisam ter a fralda trocada. Um dia parecem reconhecer você, reagir ao som da sua voz. Fazem barulhos bonitinhos, babam e sorriem. Eles agem como previsto. Da maneira como deveriam agir. Até que um dia tudo muda.

E aí os especialistas lhe contam a verdade. Os médicos, todos extremamente hesitantes mesmo quando querem transmitir empatia e jeito ao tratar os doentes, dizem que algo não está bem com o seu filho, e sua esposa tem um colapso nervoso, e você diz a si mesmo que o garoto pode ser consertado. Tudo que se quebra pode ser arrumado. Pedacinho a pedacinho, dia após dia, com o progresso medido por pequenas vitórias, Jip pode ser reparado. Fé e trabalho duro vão fazer isso, e então ela de repente diz que não, que ele está piorando, como se isso fosse possível. Ela não sabe, ela não sabe do que um pai é capaz. Não há necessidade de padres ou de bruxas caolhas e seus truques de mágica.

Sempre bancando o anfitrião perfeito, Tim levou a srta. Tiramaku até a porta, pronunciou o obrigatório "foi ótimo conhecê-la" e depois viu com alívio Holly levá-la de carro até a casa paroquial. Os garotos também pareciam satisfeitos com a partida dela e por ter ao menos parte da velha ordem restabelecida. Da janela da frente, eles observaram o carro partir, mas Tim não conseguia detectar qualquer sinal no rosto deles, qualquer indício de que tivessem sido enfeitiçados.

Holly devia ter cruzado com o carro da polícia na estrada, pois, cerca de cinco minutos depois de ela ter partido, a viatura apareceu na frente da casa dos Keenan. Do outro lado da rua, o cachorro dos Quigley latia enlouquecidamente para o homem de uniforme. Os garotos pararam tudo ao ver o policial sair do carro, fechando a jaqueta por causa do frio e, por hábito, olhando para todos os lados para checar se havia algum perigo. No tom cinzento daquele dia de inverno, seus óculos escuros pareciam completamente ridículos, uma tentativa de mostrar autoridade e um ar ameaçador, deslocados em um rosto tão jovem. Alguns passos rápidos e ele já estava na porta. Os garotos marcharam tão diligentemente quantos soldados e se colocaram em posição de sentido. O agente Pollock prestou continência para eles e deixou escapar um sorriso com seus dentes de leite quando prestaram continência de volta. Ele apertou a mão de Tim e tirou seu chapéu, que ficou segurando.

"Minha esposa acabou de sair, vai lamentar não tê-lo encontrado. Mas se veio por causa dos ossos, chegou tarde", disse Tim. "Perdemos o buraco também, sinto informar."

"Ah, sim. O osso." O jovem policial parecia perplexo. "Como assim, perderam o buraco?"

"Apenas perdemos. Ele sumiu na manhã seguinte. Desapareceu por completo."

"Muito estranho. Talvez o vento tenha enchido o buraco, ou quem sabe a maré subiu mais do que o esperado. Mas não vim por causa do osso. Ainda não tive tempo de enviá-lo para o laboratório. Vim por causa do seu monstro. O presunto está na mala da minha carruagem."

"Presunto?", indagou Tim.

"Cadáver."

Os garotos correram até a janela, para tentar espiar o que havia no carro do policial.

"Você tem um monstro ali?", perguntou Jack Peter.

Empertigando-se um pouco, Pollock enfiou o polegar em seu cinto. "Lembra-se de que comentamos que deveria haver alguma coisa selvagem rondando por essa área? Bem, sr. Keenan, acho que acertamos. Encontrei a coisa. Está na mala. Se os garotos quiserem vir com o senhor para ver, tudo bem."

"Meu filho nunca sai de casa."

"Ah, claro. Às vezes, sou meio esquecido. Então o senhor e o outro garoto podem vir dar uma espiada."

Embrulhados em seus casacos, Tim e Nick seguiram o agente Pollock até o jardim, deixando Jip para trás, como um prisioneiro em uma jaula de vidro. Nuvens escuras se reuniam a oeste, carregadas de uma neve há muito prometida, e as juntas e a coluna de Tim doeram com a ameaça úmida. Em frente à casa, o carro lembrava um frio sarcófago de metal, e, enquanto caminhavam na direção do porta-malas, Tim não pôde evitar a sensação de medo. E se o policial tivesse encontrado o homem branco, e agora a criatura estivesse amarrada e acondicionada ali atrás, sob custódia? Uma imagem da coisa que o havia atacado na praia relampejou em sua mente. Ele podia visualizar sua própria selvageria reprimida, rosnando e resistindo sem esperança àqueles punhos e pés, a pavorosa nudez da criatura, seu cheiro de peixe morto, seus cabelos e barba emaranhados, os dentes podres e as unhas imundas. Mas a perspectiva temível de vê-lo de novo também o excitava, pois ele poderia, finalmente, provar que não era uma alucinação à qual havia desejado dar vida. Ele ainda estava duplamente satisfeito em ter Nick ao seu lado como testemunha.

"Estava congelado quando o encontrei", disse Pollock. "Provavelmente morreu durante a noite." Ele procurou no bolso as chaves do porta-malas, depois fez um sinal para que os dois se afastassem, como se não acreditasse nas próprias palavras. Eles deram um passo para trás e esticaram o pescoço para ver o que estaria lá dentro.

O vislumbre do branco quase fez o coração de Tim parar, mas, quando a totalidade da cor e sua natureza se tornaram visíveis, ele teve de sufocar uma gargalhada involuntária. Era um cão morto, um enorme pastor-alemão branco, enroscado como se estivesse dormindo, as unhas negras das patas irregulares e quebradas, sua enorme língua rosa pendendo por entre duas fileiras de dentes afiados. Deitado sobre um pedaço de lona velha, o cadáver ocupava praticamente todo o espaço. Não fossem os olhos abertos, seria fácil pensar que ele estava simplesmente dormindo. Nick se aproximou e estendeu seus dedos hesitantes, preso entre o desejo de tocar o cachorro e a repulsa pela morte.

"Aqui está o seu monstro, sr. Keenan. Encontrei-o na estrada perto do arvoredo do Cabo da Piedade." Ele pegou o focinho do cão e virou sua cabeça, para mostrar uma grande equimose vermelha. "Objeto contundente, na minha opinião. O para-choque de um carro, coitadinho, depois ficou perambulando por aí até morrer. Mas dê uma boa olhada, sr. Keenan, ele é maior que um coiote, grande como um lobo. Um grande lobo branco — isso explica muita coisa, acho."

"O senhor tem certeza de que ele está morto?", perguntou Nick.

"Certeza absoluta", ele respondeu. "Tive de dobrá-lo para pôr no porta-malas, e, acredite, ele teria me mordido se ainda respirasse. Nenhuma identificação, nenhuma coleira, sabe-se lá há quanto tempo ele andava por aí aterrorizando as pessoas. Acredito que foi isso que o senhor viu. O que cavou aquele buraco e desenterrou o osso. Acho que era ele que estava rondando por essa região."

Nick passou as mãos no cachorro morto. Os pelos se eriçaram de um jeito estranho, e o corpo estava gelado como uma lápide.

"Não foi ele", disse o sr. Keenan. O homem se virou e passou a mão nos cortes em seu pescoço. "Não foi ele que eu vi, sinto muito. Ou, pelo menos, acho que não. Eu vi um homem grande. Esse cão é enorme, mas ainda assim..."

"Não quer dar outra olhada? Se as provas apontam uma direção, é difícil não acreditar no que está bem diante do seu nariz. O senhor falou que havia alguma coisa selvagem vagando por aí, e eu encontrei uma coisa selvagem. Isso encerra o caso, não?"

Eles ficaram de pé ali por um tempo, observando o animal morto, como se estivessem incertos do seu luto. Nick cutucou o cadáver, e parecia que tentava fazê-lo se mexer, latir ou rosnar.

"Um homem", começou o sr. Keenan, para logo depois se interromper, sorrindo para o policial. "Pode ser", disse por fim. "Você pode estar certo. Talvez tenha sido apenas um enorme cão-lobo branco o tempo todo. Muito obrigado por trazê-lo até aqui."

"Eu sabia que o senhor e sua esposa estavam preocupados."

"Ela vai lamentar não ter encontrado você."

O agente foi fechar o porta-malas e surpreendeu-se ao ver Nick pendurado ali, examinando o bagageiro. "Você precisa me dar licença. Tenho de ir a alguns lugares e pegar uns criminosos."

Escorregando para fora, Nick se aprumou, protegendo os olhos com as mãos para dirigir-se ao policial. "Você é um super-herói."

"Agente Pollock", disse ele, "ao resgate." Com um sorriso orgulhoso, ele fechou o porta-malas, entrou no carro e partiu.

"Aiôô, Silver", disse Tim, colocando o braço em torno dos ombros do garoto e levando para dentro de casa.

Impaciente como um passarinho querendo voar, Jip começou a azucriná-los assim que entraram. "O que havia no carro? Eu não vi, eu não vi."

"Um monstro", disse Nick. "Uma besta branca e peluda, saída dos seus pesadelos."

Jogando seu casaco nas costas de uma cadeira, Tim fez cara feia para o garoto. "Não ligue para ele. Era apenas um cachorro. Um pobre e infeliz pastor-alemão, branco como o inverno. Deve ter sido um animal lindo, até que esbarrou em algo maior e mais perigoso. Agora é apenas um corpo destruído na mala de uma viatura policial."

"É isso mesmo", fungou Nick. "Só um cachorro."

Holly não se lembrava de quando, nas últimas semanas, ela havia tido um período ininterrupto de paz tão longo, sem o constante martelar na cabeça. Com certeza, a conversa com a srta. Tiramaku lhe havia feito bem, e, no caminho de volta à casa paroquial, elas conversaram mais sobre o histórico de Jack, desde o princípio. Holly falou da primeira vez em que percebera o estranho sentimento do filho. Ela o embalava no colo, ele estava deitado ao longo de suas pernas, e ela se curvava para beijá-lo sem parar, beijinhos barulhentos na barriguinha e nas bochechas dele, mas Jack não havia reagido como ela esperava, não reagira como os outros bebês, com um risinho de alegria ou gargalhadas, nem mesmo respirava fundo. Não, ele parecia se ofender com o afeto que ela demonstrava. Suas suspeitas se comprovaram nos meses seguintes, Tim brigando sem parar enquanto ela ia atrás de especialistas. Os pediatras não percebiam. Ela sabia. Uma mãe conhece seu filho.

"Às vezes, um pai está perto demais para perceber", disse a srta. Tiramaku. "Ou talvez seu marido não queira admitir que o filho é diferente. Eu consigo estabelecer uma conexão com Jack e gostaria de conversar com ele de novo. Talvez, na próxima oportunidade, com Nicholas também. Você acha que ele está bravo com Nick?"

"Bravo?"

"Ou talvez ressentido. Você acha que ele se ressente da diferença que ele percebe haver?"

"Não, Nick é um bom garoto. É como um irmão."

"Um irmão", repetiu a srta. Tiramaku, olhando pela janela e mastigando a palavra.

Ao chegar à casa paroquial, elas ficaram sentadas no carro, maquinando os próximos passos. Para se assegurar de que a srta. Tiramaku

não ficasse presa do lado de fora, Holly ficou esperando que ela atravessasse a porta, passando de ágil a titubeante, como se fosse um brinquedinho que precisa de mais corda. O padre Bolden a recebeu no alpendre, segurando a porta externa para ela, em um gesto familiar de boas-vindas. Holly não se deu ao trabalho de acenar um adeus; em vez disso, engatou a ré e tomou o caminho de casa.

Nos últimos momentos de céu azul do dia, ela estacionou em frente à casa. As luzes de Natal estavam acesas, e, quando ela entrou, um aroma suculento de guisado de carne a fez se sentir tonta de fome. Os garotos estavam ocupados colocando a mesa, e Tim mexia na panela com uma grande colher de pau. Uma taça de vinho tinto respirava no lugar da mesa destinado a ela, e ela sentiu uma onda de tranquilidade invadindo suas veias no primeiro gole.

Depois de um rápido beijo de boas-vindas, Tim compartilhou as novidades. "Você nunca vai adivinhar quem esteve aqui, menos de dez minutos depois de você sair."

"Papai Noel", ela retrucou. "Veio entregar aquele cruzeiro no Caribe que havia esquecido?"

"Engraçadinha." Tim pegou a garrafa de vinho para encher a taça dela. "Haddock. Aquele policial que esteve aqui no dia de Natal."

"Pollock", ela corrigiu. "Para checar o caso do osso misterioso? Eu tenho uma teoria sobre de onde ele veio."

"Foi o que também pensei, mas não. Nada disso. Você nunca vai imaginar o que ele tinha na mala do carro."

Jack Peter gritou: "Um monstro!".

"Vamos, Jip, deixe sua mãe adivinhar."

"Um monstro?", perguntou Holly.

"Quase", respondeu Tim. "Você se lembra daquela coisa que eu vi nas pedras, aquela coisa que atacou minha garganta? Bem, não era um coiote, era um enorme cão branco, do tamanho de um lobo. Foi encontrado morto no Cabo da Piedade. Pollock teve de enfiá-lo no porta-malas. Estava vagando por aí há semanas. Não é ótimo?"

"É horrível", disse Holly. "Coitadinho."

"Já estava morto, claro, mas você não percebe? Isso prova que havia algo lá fora, como eu pensava, e explica tudo — os barulhos, o cachorro do vizinho enlouquecendo, a sensação de que você estava sendo vigiada o tempo todo lá fora."

Ela esvaziou a taça de vinho. "Se você diz, querido."

"Como assim? Você não entende, isso resolve tudo."

"Um enorme cão branco?"

"Exatamente."

"Exatamente." Ela mesma pegou a garrafa e encheu de novo sua taça, erguendo um brinde ao marido. "Caso encerrado."

Os garotos já haviam se sentado à mesa, silenciosamente esperando o jantar. O *timer* do forno apitou, e Tim tirou de lá uma assadeira com torradas e deu início ao processo de tilintar de pratos e talheres, de pegar o leite na geladeira e de colocar o jantar na mesa. Todos se acomodaram, e, nos primeiros momentos, o apetite se sobrepôs à conversa, e os quatro comeram como se há muito não fizessem uma refeição decente.

Tim espetou um pedaço grande de batata com o garfo e soprou para que esfriasse. "Parecia estar dormindo, todo enroscado como os cães costumam fazer, no fundo da mala."

"Se você cortar para sair o vapor, não teria de ficar soprando", disse Holly. "As batatas demoram para esfriar."

"É por isso que eu gosto de viver em uma cidade pequena. Muita gentileza daquele policial nos manter informados." Ele abanou a boca aberta com a outra mão.

Jack Peter soprou sua batata.

"Isso também se aplica a você", ela falou. "Deixe sair o vapor, assim dá para comer mais rápido."

"No início não acreditei nele", disse Tim. "Sobre o cachorrão, mas, quanto mais eu penso, mais faz sentido."

Ela passou manteiga em uma torrada, ignorando-o. "Jack, a srta. Tiramaku disse que vocês tiveram uma ótima conversa. Você também achou?"

Ao ouvir seu nome, Jack Peter parou de perseguir uma cebolinha no fundo do prato e olhou para a mãe.

"Ela disse que quer conversar mais com você. Você concorda, filho?" Holly mordeu a torrada, e Jack fez que sim com a cabeça e retomou seu jogo.

Tim balançou um garfo vazio na direção dela. "Eu não sei se concordo com isso."

"Sua aprovação não é necessária, Tim. Ele precisa de alguém. Não vejo qualquer mal em ela falar com o garoto."

"Cambada de supersticiosos."

A colher fez barulho quando ela a deixou cair no prato. Nos instantes seguintes, a refeição foi em silêncio.

"Logo de cara, não parecia de verdade", disse Nick. "Parecia um cachorro de mentirinha. Como alguma coisa que Jack Peter sonharia."

Todos fizeram as pazes depois do jantar, conseguindo jogar cartas antes de irem para a cama. No calendário do quarto dos meninos, Nick marcou outro enorme x preto em mais um dia e calculou quanto tempo faltava para seus pais voltarem. Apenas mais alguns dias. Enquanto Jack Peter estava no banheiro escovando os dentes, Nick trocou de roupa. Ele tirou a camisa e, ao abrir o cinto, sentiu o volume no bolso da calça jeans. Puxou o bolo de papéis, as tiras rasgadas do desenho unidas em uma bola, esfarrapadas e emaranhadas. O desenho. Os bebês. Olhando agora, parecia ter sido há muito tempo, e, por causa da estranha visita, Nick se esquecera de falar com a sra. Keenan sobre aquilo e não ousaria perguntar sobre o desenho a Jack Peter. Do corredor veio o som da porta do banheiro se abrindo abruptamente. Ele voltaria logo, então Nick enfiou o bolo de papéis embaixo do seu lado do colchão.

Ele estava cansado, ah, tão cansado.

Quando as luzes se apagaram, ele esperava dormir logo, mas, em vez disso, Jack Peter rolou na cama e o encarou no escuro, querendo conversar. Nick podia sentir o cheiro de hortelã da pasta de dentes e o cheiro de sabonete na pele dele. Vá embora, o garoto queria gritar, mas ficou em silêncio, desejando que seu amigo pegasse no sono.

"O que você quer, Jack Peter?"

Apoiado em um braço, o menino estava ansioso para falar. "Eu não tive medo da mulher de um olho só."

"Ela tem os dois olhos. Um deles tem catarata. Minha vó na Flórida teve isso. Ela já fez cirurgia para cortar fora."

"Eles cortaram o olho dela?"

"Com uma faca. Um bisturi."

"Eu não ia gostar de uma faca no meu olho."

"Eu também não. Que bom que você não ficou com medo dela."

"Ela era boazinha." Uma atmosfera se formou em torno da frase de Jack Peter, uma espécie de melancolia que Nick associava à escola, quando um menino ou uma menina se apaixonava por um professor. Um queridinho da professora.

"Você deveria conversar mais com ela", disse Nick. "Contar tudo, todos os seus segredos."

Nenhuma resposta. Tudo ficou quieto por um momento, silencioso o bastante para que ele acreditasse que a conversa havia acabado e que podia dormir. O garoto já estava quase apagando quando outra pergunta o importunou.

"E aquele cachorro?"

"Era um cachorro branco enorme, grande como um lobo. Meio apavorante de olhar, já que estava morto."

"Queria saber como é se sentir morto."

Nick não retrucou. A frase ficou pairando sobre a cama, palpável como uma nuvem grossa e pesada. Não havia resposta para aquilo, e, pouco depois, os dois pegaram no sono.

Algumas horas mais tarde, quando a casa estava silenciosa no meio da noite, o ruído de alguma coisa arranhando a porta acordou Nick. Ele já havia escutado aquele som antes. Na casa de seus avós, o pequeno yorkshire deles ficava arranhando a porta quando queria sair ou entrar na casa. Unhas raspavam a madeira, com mais desespero agora, como se algo estivesse tentando escavar um buraco para entrar no quarto, e o som de um cão ganindo entrou pelo vão entre a porta e o piso. Nick podia ouvi-lo fungar e respirar, até sair um rosnado grave do peito dele. Na mala da viatura policial, a boca do cão morto havia sido puxada para trás, exibindo duas fileiras de dentes afiados. Ele podia vê-los claramente agora, as longas presas tentando mordê-lo. Podia sentir os caninos rasgando seu pijama, ouvir seu latido selvagem e perverso. Choramingando, o garoto se virou e sacudiu Jack Peter pelos ombros. Nick sabia que ele estivera desenhando de novo. "Faça ele ir embora", sussurrou, repetindo sem parar até que o menino despertou de seus sonhos e o que quer que estivesse atrás da porta saiu caminhando pelo corredor e voltou para aquele inferno especial de onde nascem os pesadelos.

V.

A casa dos sonhos estava agora no fundo do mar. As ondas arrebentavam a dois metros acima do telhado, enquanto bolhas escapavam da chaminé e subiam, uma de cada vez, até a superfície. Por entre as folhas da floresta de algas, nadava o peixe de brinquedo, exibindo seu brilho ao passar pelas colunas de luz criadas pelo Sol. Um polvo se escondia na caixa de correio, e dois de seus tentáculos serpenteavam pela abertura. Estrelas-do-mar se prendiam à balaustrada do alpendre. Um peixe, dois peixes, peixe vermelho, peixe azul. Ele cuidadosamente desenhou as nadadeiras dorsais, os olhos opacos, as escamas e a pequena barbicha embaixo da boca, aberta para respirar embaixo d'água. Jack Peter custou a terminar o bacalhau, mas não se importava, ele tinha toda a manhã, perdera a noção do tempo. O lápis se ajustava perfeitamente à sua mão, as linhas eram claras e firmes, e o bloco de desenho era macio e solícito.

Um peixe, dois peixes, peixe vermelho, peixe azul. Ele se lembrava das palavras do livro do Dr. Seuss, a música que os sons formavam em sua mente enquanto desenhava, e o menino podia ver as ilustrações e sobre como a obra tratava de contar objetos e observar detalhes. Veja, existem muitos peixes por aí. O peixe de brinquedo atravessa o oceano a nado desde o Japão, e a senhora com o olho nublado sabe como ele funciona. Dentro da sua mente. Todos esses peixes precisam de águas profundas, e se o oceano viesse e engolisse a casa até o telhado, papai morreria, e também mamãe e Nick, os corpos flutuando nas profundezas. Seus amigos viriam recolher os mortos e afogados, pendurando-os

para secar. Fim. Nada mais de desenhos, nada mais de segredos. Ele sentiu cãibra na mão, e o lápis se tornou pesado como uma pá.

Ele estudou a casa, vagamente insatisfeito com a maneira como a havia desenhado, vendo diferenças entre a imagem perfeita construída em sua mente e aquela exibida no papel. Ele se sentiu um pouco enjoado e colocou a folha embaixo da pilha de papéis que estava em sua escrivaninha. Apagou a luz e ficou ali sentado, observando o amanhecer. Os outros dormiam, sonolentos no país dos sonhos. Nick havia se esparramado no colchão, e os lençóis enrolados embrulhavam seu corpo como uma rede de pesca. Durante a madrugada, ele havia chorado de novo. Sempre choramingando. Sempre querendo mais alguma coisa. Nick podia ser um fardo; havia um limite para a paciência de Jack Peter. Na outra ponta do corredor, seus pais flutuavam à deriva, duas pessoas em uma jangada. Logo eles estariam de pé, sua mãe iria trabalhar, seu pai ficaria vagando sem parar por todos os cômodos. Se eles se afogassem ou morressem, quem cuidaria dele? "Tenha cuidado", o menino sussurrou, e, de repente, a casa toda despertou para a vida.

"Acorde", disse ele a Nick, que obedeceu de imediato, sentando na cama e esfregando os olhos cheios de sono. Um vislumbre de ressentimento subsistia, mas Nick não disse nada; respeitosamente, levantou-se e foi ao banheiro. Jack Peter ouviu os outros avançarem, os tranquilos bons-dias trocados na mistura de calma e alvoroço de mais um amanhecer. Seu pai colocou a cabeça pela porta, e, da cadeira da escrivaninha, Jack Peter acenou para ele.

"Você já está acordado. Hoje somos só nós, os garotos", disse Tim. "Sua mãe vai voltar ao trabalho. Venha tomar café conosco e dar tchau para ela."

Tchau, pensou ele depois que seu pai saiu. Tchau, mãe; tchau, pai. Tchau, sr. e sra. Weller. Tchau, Nick no fundo do mar.

Na mesa do café, Jack Peter observou seus pais se prepararem para mais um dia. Eles se moviam como abelhas, de flor em flor. Café no fogo, bolinhos no forno elétrico. Tigelas de cereal e colheres, uma garrafa de leite, sucrilhos, uma banana madura cortada em rodelas. O jornal resgatado do alpendre, perdendo sua pele de plástico. Ela tentava contar uma história para seu pai, mas não estava conseguindo atrair a atenção dele. Uma pasta de cartolina no balcão guardava as provas dela, e toda hora a mãe tirava dali uma nova folha de papel.

"Há um quadro na casa paroquial da Stella Maris", disse. "Foi onde ouvi falar dessa história pela primeira vez. Todos esses anos, e eu nunca soube, um naufrágio bem na nossa porta."

Arrastando os pés descalços pelo chão, Nick entrou na cozinha. Seu cabelo estava arrepiado, como o de um personagem de desenho animado que acabou de levar um baita susto. Aposto que levou mesmo, pensou Jack Peter. Não posso me esquecer do cachorro.

Seu pai bagunçou ainda mais o cabelo de Nick. "Suco de laranja?"

Os garotos fizeram que sim, e Tim pegou dois copos no armário.

"Então ontem eu fui ao Museu Marítimo", ela continuou. "Você sabia que eles têm um arquivo com os registros sobre todos os navios que bateram nas pedras, daqui até Machias?"

Seu pai serviu o suco. "Avise quando estiver bom."

Ela passou manteiga em um bolinho e tirou um pedaço em forma de meia-lua na ponta. "E aqui está uma lista de todos os passageiros. Não houve sobreviventes, dá para imaginar? E alguns dos afogados vieram parar na praia. Ouça isso: 'corpos levados por amigos'. E os demais nunca foram encontrados. Você entende o que isso significa? Tim, você está me ouvindo?"

"Corpos levados", ele falou.

"Não isso. Alguns corpos nunca foram encontrados. E fui procurar na internet o que acontece com os cadáveres deixados no mar."

Com cuidado, ele esfregou as marcas vermelhas no pescoço. "Francamente, Holly. Na frente dos garotos?"

Ela deu mais uma mordida. "Garotos, vocês aguentam isso, certo? Não é como se tivesse acontecido ontem. Corpos desaparecem depressa, mas, nas condições ideais, os ossos podem durar anos, até séculos. O osso, Tim, o osso do braço."

Na cadeira ao lado, Nick enfiou uma colherada de sucrilhos na boca e começou a mastigar.

"Aposto qualquer coisa com você", ela falou, "que quando os testes ficarem prontos vão mostrar como o osso é velho e há quanto tempo ele estava na água: desde 1849."

Seu pai pegou a seção de esportes do jornal. "E o cachorro simplesmente encontrou aquilo na praia?"

"Você não percebe? O osso, o naufrágio, as vozes estranhas durante a noite. A srta. Tiramaku diz que devem ser fantasmas. *Funa-yurei*, ela falou."

Limpando a garganta, Tim se recostou no balcão, olhando-a com espanto. "Tiramaku", disse, por fim, fazendo o nome soar como um sonoro palavrão.

Seus pais olharam um para o outro, cada qual em seu canto, uma trégua antes que fossem disparados novos tiros. Sua mãe foi quem

a rompeu, olhando para o relógio. "Estou atrasada. Vocês, meninos, se comportem."

Eles balbuciaram suas promessas em meio aos sucrilhos.

Os garotos desapareceram depois do café, para brincar seus jogos secretos. Tim deixou-os partir com um sorriso. Às vezes, eles eram próximos como irmãos. No balcão, repousava a desordem dos papéis de Holly, que ele arrumou cuidadosamente na pasta, suspirando com a mais recente obsessão de sua esposa. Ossos velhos, navios fantasmas. Aquela japonesa ridícula com suas ideias malucas. Ele lavou os pratos e fechou o saco de lixo para levá-lo até os latões lá fora. Tim tremeu de frio ao olhar para as nuvens no céu, carregadas de neve, reunindo-se a oeste. Ele havia acabado de levantar a tampa da lata de metal quando um borrão branco no quintal o assustou.

Surpreendido em seu esconderijo, o homem branco arrepiou-se em alerta, para então disparar entre os pinheiros e atravessar a rua. Com cotovelos e joelhos dobrados, ele galopou ao longo da casa dos Quigley e sumiu de vista. Foi tudo tão rápido que Tim nem conseguiu acreditar no que estava vendo. Ele enfiou o saco de lixo no latão e pensou em segui-lo, mas sua experiência lhe dizia que era inútil como perseguir um coelho. A alça fria machucava sua mão, então colocou a tampa de volta ao lugar.

Branco como um fantasma, branco como papel. Tim pensara que ele estava morto, se é que aquilo podia ter sido chamado de vivo. Ou que havia sido provado que era um grande cão branco. Ou fruto da sua imaginação, mas lá estava, mais uma vez, o homem branco, correndo a menos de seis metros da sua casa. Nos galhos onde o homem havia esbarrado, as agulhas dos pinheiros ainda balançavam. Por um bom tempo, Tim ficou olhando para o caminho que a coisa havia tomado, como um veado surpreendido ao ar livre, fugindo em busca de abrigo. Ele imaginou que, se esperasse por tempo suficiente, a coisa poderia reaparecer.

Do outro lado da rua, na janela da sala de estar dos Quigley, as cortinas subitamente se abriram e se fecharam. Era estranho ter alguém em casa no meio do dia, mas, claro, as crianças estavam nas férias de Natal. Talvez elas também tivessem visto o homem branco. Tim levantou a gola do casaco por causa do vento e foi direto para a casa dos vizinhos. Atrás da porta da frente, o cachorro latia feito louco. Ele ouviu alguém se aproximar para tranquilizá-lo. Bem em frente a Tim havia uma aldrava de latão, no formato de uma cauda de jubarte, coberta de pátina

verde e corroída pelo sal. Três batidas, até que uma das gêmeas abriu, deixando uma fresta na qual mal era possível ver seu rosto. Ela mantinha o cão afastado com uma perna, apoiada firme contra o peito dele.

"Oiê", disse ele à menina.

"Não tem ninguém em casa", ela retrucou. "Minha mãe saiu."

"Tudo bem." Elas eram idênticas; ele nunca sabia com qual das gêmeas estava falando. Elas eram duas metades da mesma laranja. Sem qualquer expressão no rosto, a menina simplesmente ficou esperando que Tim continuasse. "Você viu passar alguma coisa estranha agora há pouco? Alguma coisa grande como um homem?"

Ela fez que não com a cabeça e começou a fechar a porta. Com a habilidade de um vendedor ambulante, ele enfiou o pé na abertura. "Espere, deixe eu ao menos adivinhar desta vez. Edie, não é?"

"Não", respondeu a garota. "Janie."

"Ah, claro. Eu devia ter percebido, pelos evidentes charme e inteligência. Diga, Janie, era você espiando agorinha mesmo pela cortina?"

Um sorriso culpado se estendeu de orelha a orelha. "Não."

"Nesse caso, é melhor você chamar a srta. Edie."

A cabeça sumiu, e o collie se enfiou pelo espaço vazio, farejando a virilha de Tim. Ele empurrou o focinho afilado, e então as duas gêmeas surgiram, lado a lado, na porta. "Oi, Edie, eu só vim fazer uma pergunta para vocês."

Elas ficaram olhando para ele, à espera.

"Alguma de vocês viu um homem correndo aqui pelas redondezas? Um homem alto, sem roupa, com a pele muito branca, cabelos compridos e uma barba emaranhada? Achei que talvez uma de vocês tenha dado uma espiada por trás da cortina."

As garotas se empertigaram e chegaram mais perto uma da outra.

"Não quis assustar vocês. Posso estar enganado, pode ter sido apenas minha imaginação."

As gêmeas balançaram a cabeça, no mesmo ritmo.

"Nada fora do normal?"

Edie esfregou o nariz com as costas da mão. "Vimos a polícia na sua casa durante o Natal."

"Aquilo? Foi por causa de uma coisa que achamos na praia em frente à nossa casa, só isso."

Janie também esfregou o nariz. "A polícia prendeu e levou ele embora?"

Tim curvou-se, de modo que seu rosto ficou na mesma altura dos rostos das meninas. "Prenderam quem?"

"Jack Peter", responderam, e a convicção na voz delas o surpreendeu.

"O que fez vocês pensarem que a polícia viria pegar meu filho?"

As duas meninas morderam as bochechas por dentro, uma a do lado esquerdo, a outra do lado direito, espelhando a gêmea. Elas olharam por sobre o ombro dele para a casa, onde os dois garotos brincavam.

"Nossa mãe não está em casa", disse Edie. "E não devemos abrir a porta para ninguém, não importa o que aconteça." Janie fechou a porta na cara dele.

Bastava um pontapé forte, e a fechadura quebraria. Ou ele podia ao menos socar a porta até que elas abrissem de novo e respondessem às perguntas. Em vez disso, Tim se retirou sem reclamar, imaginando o tempo inteiro o que elas deveriam pensar sobre Jip. "Garotas esquisitas", resmungou, exalando cada palavra em uma nuvenzinha de vapor. Nos poucos minutos em que ficara ali fora, a temperatura havia caído vários graus. O ar frio do Canadá havia se precipitado, e, se os caras do serviço meteorológico estivessem certos, estavam dadas as condições para uma tempestade de neve. Hora de fechar as escotilhas, e, Cristo, estava um frio de rachar. Ele foi até o quintal, pensando se deveria seguir a pista do homem branco. O machucado no seu pescoço latejou, e ele se lembrou da última perseguição. Além disso, a coisa já devia estar longe, sem dúvida correndo pelo promontório ou em algum lugar rochoso, em busca de abrigo. Que espécie de criatura havia saído se arrastando dos seus pesadelos? Triturador de ossos, cortador de garganta, visão do inferno.

De volta à casa, Tim chamou os garotos, que estavam no andar de cima, e Jip respondeu como se nada tivesse acontecido. A salvo, pelo menos. Ele folheou as páginas que estavam na pasta de Holly sobre fantasmas. *Corpos não encontrados. Marinheiro (desconhecido).* Talvez ela tivesse razão, no fim das contas. Será que alguns fantasmas haviam se erguido dos restos de um navio? Impossível.

O aquecedor central desarmou, e as ventoinhas pararam; dentro de instantes, estava frio o suficiente lá dentro para que ele precisasse colocar uma manta sobre os ombros. Com uma caneca de café nas mãos, o homem se aninhou na poltrona, olhando pela janela em busca de sinais do homem branco perambulando lá fora. Ficou ruminando sobre as gêmeas Quigley e suas estranhas suspeitas. Crianças sempre achavam Jip esquisito, e elas podiam ser verdadeiras bandidas emocionais. Mesmo quando era novinho, os outros batiam nele ou o evitavam, e Tim ainda se lembrava da primeira vez que o havia pego na creche, encontrando-o de cara amarrada e sozinho em um canto. À medida que ele crescia, os garotos o xingavam de retardado, idiota

ou maluco. Não era de admirar que ele se afastasse, que ele se irritasse com tanta facilidade.

Os adultos não eram melhores; em certos aspectos, eram até piores. Ao menos as crianças tinham uma desculpa para olhar e apontar o dedo descaradamente, mas, quando se pega um adulto vendo seu filho de boca aberta, ele vai fingir que nunca olhou naquela direção. Mas Tim sabia. As perguntas estavam na ponta das línguas delas: *O que há com esse garoto? Por que ele age assim?* Desconhecidos podiam ser maus, e os amigos podiam ser nocivos sem querer. Em alguns verões, Jip acompanhava Tim nas rondas das casas alugadas, na época em que ele ainda suportava sair. A maior parte dos veranistas ou dos proprietários das casas estava ocupada demais se divertindo para prestar atenção em um garoto tão calado. Mas alguns se lembravam dele, mesmo quando o menino não o acompanhava mais. Os Schroder, que sempre lhe ofereciam limonada, davam um jeito de dizer: "Mande um oi para o seu filho". Jeff Hook, da barbearia, costumava perguntar: "O que aconteceu com o seu garoto?".

O que aconteceu, o que aconteceu?

Ele enrolou a manta grossa em seus ombros e apoiou a cabeça contra a orelha da poltrona. No pleno frio da sala, ele se sentia aquecido e sonolento. Por apenas um minuto, fechou os olhos. Só uma soneca. Seu café esfriou.

Novamente jovens, todos os quatro, antes dos filhos, antes dos anos de pesadelo. O último setembro antes de elas engravidarem, imediatamente antes de começar a vigília de nove meses. Os veranistas já haviam partido, as fileiras de carros colados uns aos outros na estradinha que levava à praia, os franco-canadenses com seus carrinhos de feira e guarda-sóis haviam levado suas sandálias e chapéus de volta para Montreal e Quebec. Os milionários haviam retornado para Nova York e Boston, e já estavam ganhando dinheiro de novo. Partiram também os universitários em suas férias intermináveis, as hordas dos trabalhadores temporários dos barzinhos de praia e das barracas de lagosta. Tudo estava limpo. Um sábado de veranico para eles, um setembro brilhante e claro, e estavam apenas os quatro na casa dos Weller: Tim e Holly, Fred e Nell. Ainda novos e frescos uns para os outros, com vinte e muitos e sem preocupações.

As cascas vermelhas e as pinças quebradas foram despejadas em pratos sujos, como ossadas em um cemitério. Restos de uma salada murchavam em uma travessa de madeira. Taças de vinho vazias se

empertigavam em fileiras de tinto e branco, algumas com um restinho no fundo, uma deitada de lado, a mancha de merlot se espalhando como sangue pela toalha da mesa. Uma guimba de baseado havia sido apagada em um pires com manteiga derretida. Eles haviam começado cedo aquela tarde, tendo fumado uma dupla de baseados no deque ensolarado, o glorioso banquete no crepúsculo, e, depois da comida e do vinho, um mergulho gelado no oceano à luz da Lua cheia. E então, de volta para mais vinho, outro baseado, e Fred pegou no sono em uma espreguiçadeira, embrulhado em uma toalha de praia para se proteger do frio. Por volta da meia-noite, Holly se aconchegou em um sofá na sala de estar dos Weller e, pouco depois, também dormia profundamente. As janelas abertas deixavam entrar o som do barulho das ondas. Mais uma garrafa de vinho aberta, mais um par de taças na luz baixa da sala de jantar. Da sua cadeira, Tim olhava Nell deslizando pelo chão, sua transparente saída de praia entreaberta, revelando uma coxa bronzeada.

"Feliz?", ela perguntou. Seu sorriso já antevia a resposta.

"Esfuziante", ele respondeu. "Exultante, maravilhoso."

"O que o faz se sentir tão maravilhoso, sr. Keenan?"

Ele fez um amplo movimento com o braço, que abrangia toda a casa e ainda o mundo lá fora. "Boa comida, boa bebida, boa companhia. Um esplêndido final de verão."

Ela parou na frente dele, o vinho em sua taça inclinada oscilando como uma onda. "Achei que era eu, sr. Keenan, que o estava fazendo feliz esta noite."

Na cadeira, olhando para cima, Tim analisou o rosto dela e finalmente se deu conta de que ela estava jogando, flertando com ele. "Sim, você também. Sempre fico feliz quando você está por perto."

Ela desamarrou a saída de praia, deixando expostos o vermelho e o azul de seu biquíni. A mulher riu. "Você passou a noite olhando para os meus peitos, sr. Keenan."

"São magníficos", retrucou, esvaziando sua taça. "Você é magnífica."

No mesmo instante a expressão dela mudou de sorridente para sóbria, seus olhos refletindo a luz da lâmpada do teto à medida que se aproximava. Ficando perto o suficiente para que ele sentisse o cheiro do mar em sua pele, Nell colocou-se sobre ele e se inclinou à frente, prendendo-o ao segurar com as mãos os braços da cadeira. Tim não fez qualquer movimento para se libertar; ficou ali quieto, sua respiração no mesmo ritmo da dela.

"Havia um homem sinistro", ela falou, "que teve uma ideia sinistra." Ela colocou a mão no peito nu dele e deslizou a unha sobre seu esterno. Quando o beijou, sua boca tinha gosto de cigarro e manteiga, e ele passou as mãos por baixo do tecido da saída de praia dela. Ela virou o punho e enfiou a mão no calção dele, e, com a base do polegar, esfregou a ponta do pênis ereto. As mãos de Tim foram até a parte de baixo do biquíni, empurrando-a para o chão, e ela a chutou com os pés enquanto o beijava profundamente. Com uma manobra hábil, ela tirou o calção e cavalgou sobre ele. Foi tudo muito rápido, pontuado pelos fracos gemidos de Nell, e ele se deleitou com ela, com a maciez da pele de sua nuca, com a maneira pela qual seu cabelo caía, cobrindo seu rosto.

"Mas Fred. E Holly..."

Com um dedo sobre os lábios dele, ela o fez se calar. "Nosso segredinho", disse, cada sílaba acompanhada pelo movimento de seus quadris. Quando terminaram, ela o beijou na testa, e o homem fechou os olhos. Ao abri-los, Nell já estava vestida. Com uma última olhada para o homem esgotado na cadeira, ela caminhou lentamente, de pés descalços, até o pátio externo, para dar uma olhada em seu marido que dormia à luz das estrelas. Do lado de dentro, Tim observou-os pela porta de vidro, corpos de frente para o mar, aprisionados em seu reflexo escuro.

vi.

Ao sair de casa cedo naquela manhã, Holly sentiu um imenso alívio, já que ir ao escritório representaria uma distração das esquisitices dos últimos dias. A bomba-relógio na sua cabeça, os nervos abalados. Padres, fantasmas e navios assombrados, as vozes no meio da noite. Ela estava contente pelos prazeres mundanos do trabalho na semana de Natal. Tudo estava calmo, e era apenas ela e Becker, na recepção. No entanto, até o tédio tem seus limites. Às três horas, ela resolveu ir para casa, vagabundear na internet, em busca de navios fantasmas. A tarde estava quase no fim quando ela arrumou a pasta e pôs os pés na rua deserta.

O vento fustigava o carro, e ela teve de se inclinar para a frente e segurar o volante com as duas mãos para manter o controle. O céu estava cinza e pesado, com nuvens baixas, e o mar tinha a cor baça do zinco. No ventre de madeira do *Porthleven*, Fred e Nell viram a água romper a junção entre as tábuas. No início, a água entrava aos poucos, um gotejamento pelas frestas, depois, um de cada vez, os jatos jorraram livremente e molharam o aposento. Então, como se fosse uma represa arrebentada, um enorme buraco se abriu, pelo qual irrompeu o oceano, encharcando o piso, e eles começaram a entrar em pânico, patinhando na água fria e escura, que logo atingiu seus tornozelos, chegando depois aos joelhos. Bem feito para ela, por seduzir Tim e quase arruinar seu casamento. E o pobre, pobre Fred. Mas Nell e Fred não estavam lá. Eles estavam no convés de um gigantesco navio de cruzeiro, lagarteando ao Sol, bebericando coquetéis ultracoloridos enfeitados com minúsculos guarda-sóis de papel. Longe de tudo isso. O que Holly não daria para estar longe de tudo isso.

A diabólica casa dos sonhos avultou ameaçadoramente quando Holly virou a esquina. Ela estacionou e ficou à espera, descansando a cabeça contra o volante e fechando os olhos por alguns minutos. Sua pulsação tinha a regularidade de um relógio. Se o vento não estivesse castigando o carro, ela poderia até ter tirado uma soneca, mas, do jeito que as coisas estavam, o frio logo entrou no veículo, deixando-a congelada demais para aproveitar um minuto extra de tranquilidade.

Ao sair do automóvel, ela primeiro pensou que não havia ninguém em casa, pois o lugar estava um frigorífico, como se os garotos tivessem deixado a janela aberta de novo. Escondido ao lado da árvore de Natal, Tim dormia sentado em sua poltrona. A mulher se inclinou o tocou o joelho dele. Os olhos do marido se escancaram em terror, e ele se encolheu sob a manta.

"Desculpe", ela falou. "Não quis assustar você."

Tim ainda estava piscando e tentando se orientar quando os garotos surgiram, correndo escada abaixo. Eles estavam encharcados. O cabelo de Jack Peter estava grudado na cabeça, e Nick parecia um gatinho afogado. As mangas de suas blusas estavam úmidas até o cotovelo, e as calças, ensopadas das meias até os joelhos. "Tim, o que aconteceu com os meninos?"

"O que aconteceu, o que aconteceu?"

"A casa está um gelo, e os garotos provavelmente pegaram uma pneumonia." Holly foi até o armário dos casacos e pegou dois cobertores. "Venha cá, querido", disse ela a Nick. "Como vocês ficaram tão molhados?"

Ele estremeceu. "As paredes."

"Que paredes?", perguntou Tim.

"Era como se elas estivessem sangrando água. As paredes do quarto de Jack Peter."

Para um homem ainda meio adormecido, Tim subiu as escadas com uma rapidez surpreendente, falando um monte de palavrões.

"Vamos tirar essas roupas molhadas", disse Holly, dando as costas aos garotos para que eles tivessem um pouco de privacidade.

Os meninos lutaram para se livrar das blusas e calças, pois o tecido molhado aderia à pele deles. Ambos eram pálidos e magros, as escápulas finas lembrando barbatanas. Eles se embrulharam nos cobertores e subiram as escadas à frente dela. Lamentando-se por causa do frio, entraram no quarto de Jack Peter e encontraram Tim de pé, olhando para a parede, estupefato com o que via.

Não havia qualquer inundação no segundo andar, nenhuma poça de água parada, nenhum cano arrebentado no banheiro do fim do

corredor que pudesse ter vazado para os quartos. A princípio, Holly não viu nada de diferente no quarto, exceto sua irrefutável frieza. Os garotos pularam para a relativa quentura da cama e se enfiaram embaixo do edredom. A respiração da mulher formava nuvenzinhas, que se dissipavam em finos tufos. Havia se formado gelo pelo lado de dentro das janelas, desenhando padrões fractais no vidro. Com a unha do polegar, ela raspou a superfície do gelo, para avaliar sua espessura: parecia tão profundo quanto uma cobertura de bolo. Ao examinar minuciosamente o quarto, ela não encontrou nenhuma abertura que pudesse ter deixado entrar aquele frio, e a janela com gelo a fez pensar na casa de sua infância e nos invernos de lá, nos quartos sem aquecimento. Durante a noite, tudo em que havia umidade congelava, até que papai colocasse o forno a lenha da cozinha para funcionar. Porém, durante todos os anos em que haviam vivido na casa dos sonhos, ela nunca vira gelo se formar na parte interna das janelas.

Tim analisou as paredes, correndo seus dedos pela superfície como se traçasse linhas em um desenho, e somente quando ela ficou do seu lado e imitou a inclinação de sua cabeça é que percebeu o que o marido havia descoberto. Na pintura havia um desenho em relevo, uma mancha de água, mas seca ao toque. Eles esfregaram as palmas das mãos na parede, e um resíduo poeirento grudou em suas peles.

"Parece areia", disse Tim.

"Sal." Ela lambeu as pontas dos dedos. "Água salgada."

Ele alisou um fragmento da mancha e depois examinou a poeira na mão. A marca d'água se espalhava em todas as direções, do teto ao piso. Na borda do rodapé e no chão de madeira, no espaço entre a escrivaninha e a cômoda, a estante e a caixa de brinquedos, ainda havia vestígios de sal. Ele cutucou o tapete com o pé, e flocos secos se elevaram e se dissiparam. "Como é possível ter entrado água salgada neste quarto?"

"Garotos, coloquem roupas secas e contem o que aconteceu."

Quando foram atingidos pelo choque do frio, eles berraram e pularam pelo chão, a pele nua sarapintada de vermelho e azul, e imediatamente colocaram roupas limpas, deleitando-se com o calor das meias grossas, do veludo cotelê e dos suéteres de lã. Tim mensurou a amplidão do estrago, apalpando a parede. Ele estalou a língua contra o céu da boca enquanto calculava as escassas probabilidades de causa e reparação. Depois de ajudar seu filho a se vestir, Holly sentou na cama e puxou os garotos para si, um em cada braço. "Agora me contem."

"Ainda parece que foi um sonho", disse Nick. "Jack Peter estava ali junto à janela, e eu estava no chão. De repente, eu estava sentado no molhado. Minhas pernas ficaram frias como quando você senta na grama e não sabe que ali está molhado, e a umidade avança sobre você e atravessa suas calças, e você só percebe o que está acontecendo quando é tarde demais."

"Não se preocupe", disse Jack Peter. "Eu rasguei o desenho."

"Por favor, não interrompa. Pode deixar Nicholas terminar a história?"

"Foi quando levantei e percebi que Jack Peter estava olhando para as paredes. A água estava entrando, não esguichando, mas..."

"Como uma infiltração", disse Jack Peter.

"Devagar, como quando você se corta e o sangue fica saindo sem parar, mas não tão rápido que ele se espalhe por todos os lados. Tentamos impedir, mas a água continuava surgindo, aí acabamos encharcados."

Aproximando-se mais da mãe, Jack Peter disse: "Dentro de uma onda. Como se o oceano viesse e tentasse afogar a casa inteira".

Holly e Tim olharam para o teto. O sal havia deixado uma linha espiralada tão nítida quanto a marca que as ondas deixam na areia.

"Eu fiquei com medo", disse Nick.

"De se afogar", emendou Jack Peter.

"Mas, do nada, a água parou. Que nem na maré vazante, quando tudo fica seco de novo. Só que o quarto ficou frio e escuro. O gelo cobriu as janelas tão rápido quanto tinta, e foi aí que pensamos em gritar pelo sr. Keenan, mas ele não respondeu."

Ao ouvir seu nome, Tim parou de examinar o espiral de sal no teto e olhou para eles com uma expressão vazia. Holly ergueu as sobrancelhas. "E o que você estava fazendo esse tempo todo? Onde estava?"

"Não ouvi nada..."

Nick correu para defendê-lo. "Não conseguimos acordá-lo. Tentamos, mas no início ele nem se movia, parecia morto, e quando eu o sacudi pelos ombros, ele gemeu de uma maneira horrível, como se estivesse passando mal."

"Não me lembro de nada disso", afirmou Tim. "Fechei meus olhos por um minuto, e depois você estava me acordando. De um sonho."

"Para um pesadelo", disse ela. Lá embaixo, no porão, a fornalha rugiu e as ventoinhas recobraram a vida. Lentamente, o calor voltou à casa. Pelo restante do dia, Tim ficou checando o degelo. Eles passaram a noite acampados na sala de estar, junto ao fogo da lareira, aconchegados sob os cobertores e com a televisão ligada, sentindo medo da própria casa.

Cinco

Ao amanhecer, Tim despertou antes dos outros, mas percebeu que não conseguia se mover sob o cobertor no sofá. Sentia um cansaço incapacitante. A luz do Sol nascente traçou um arco no teto, e ele ficou olhando para a superfície que se tornava branca, pensando, pensando no homem que tinha visto, o homem branco selvagem, primeiro naquela noite, em que levou Nick para casa, o assombroso corpo da criatura agachada na estrada. E, na praia, de novo a criatura curvada espiando pela janela. Ao persegui-la, Tim havia tropeçado e caído, despertando com sangue na garganta. Ele esfregou o ferimento e estremeceu. Assim que encontrou uma explicação lógica — o cão branco, morto, no porta-malas do carro do policial —, viu a coisa mais uma vez. O homem branco correndo, mas e se aquilo fosse uma alucinação? Ele nunca havia tido alucinações. Ele vivia no mundo real. Trabalho a ser feito, problemas para resolver.

Pelas janelas, ele viu as nuvens se acumulando a oeste, com o céu se enchendo de promessas. Ele carregou a ideia da neve em sua mente enquanto começava as tarefas do dia. Lá em cima, o quarto dos meninos secara completamente e estava quente e aconchegante. Os resíduos de sal nas paredes tinham desaparecido. Não havia mais vestígios de gelo nas janelas. Ele verificou se havia qualquer fresta pela qual o inverno pudesse entrar e calafetou todas as janelas com fita adesiva, espiando de vez em quando a praia lá embaixo, em busca de algum sinal do bicho-papão. Junto às pedras, ele viu um trecho de areia escura que pensou ser o local onde acharam o osso, mas poderia estar enganado. Ele trabalhou de forma cuidadosa e tranquila, o peso dos últimos dias aliviado

pela tarefa cotidiana. Quando terminou, Tim desceu silenciosamente as escadas, encontrando os corpos adormecidos, como os havia deixado. Holly e os meninos lembravam pessoas que passam o Réveillon na farra e acabam desabando no sofá e no chão pela manhã, completamente apagadas. Ele se sentiu agradecido pela pausa em suas preocupações.

Assim que Holly falou, ele percebeu que ela já estava acordada há algum tempo, olhando para Tim à luz do amanhecer. O marido foi até o seu lado e curvou-se para encará-la quando ela abriu a boca. "No que você está pensando?"

"Nesses dias estranhos. Em fantasmas e nos garotos."

"Você também pensa assim, então?"

Arqueando as sobrancelhas, ele transmitiu ceticismo. "O quarto de Jip está como sempre foi. Nenhum vestígio de gelo ou sal. É estranho."

Ela sentou devagar, esticando os braços para se espreguiçar e curvou os ombros com a fluidez de um gato. "Como se coisas assim nunca tivessem acontecido."

Os garotos dormiam lado a lado no chão, no espaço entre a lareira e a árvore de Natal. Seus peitos subiam e desciam, a respiração sincronizada. Gêmeos. Na obscuridade, eles se pareciam muito, despenteados, enrolados nas cobertas da mesma maneira. Duas versões de um mesmo garoto.

"Que bom que ele tem Nick", disse Tim.

"Ele não vai estar sempre por perto", sussurrou Holly. "Precisamos de ajuda com Jack."

"Acho que você tem razão." Ele colocou as mãos nos ombros da esposa.

"Então está tudo bem para você? Encontrar alguém para conversar com Jack?"

Ele se curvou, beijando-a na testa.

Holly o afastou. "Estou falando sério, Tim. Eu me preocupo com ele o tempo todo, penso em como está ficando forte e em como já tenho medo dele. O que vai acontecer quando não estivermos mais por aqui para cuidar do nosso filho?"

"Ei, calma, uma coisa de cada vez", retrucou Tim.

"Não precisa ser a srta. Tiramaku, mas eles parecem já ter estabelecido uma conexão", disse ela. "Estão na mesma sintonia, aquela que nunca alcançamos."

Sorrindo, ele entregou os pontos. "Está bem, está bem. Que mal pode haver em Jip conversar com ela?"

Holly se esgueirou das mãos dele e se levantou. Livre, ela o beijou e foi para o banheiro. Cantou no chuveiro, cumprindo com entusiasmo

suas abluções matinais. No café da manhã, Tim se surpreendia olhando para a esposa, admirando sua vitalidade recém-encontrada e o fato de, em seus momentos de graça e beleza, ela repor as energias dele.

"Largue esse lápis", disse Nick. Jack Peter não obedeceu, talvez nem tivesse escutado. Em vez disso, lançou-se com mais afinco ao trabalho, curvado sobre o papel, o lápis movendo-se em uma série de hachuras cruzadas para mostrar as olheiras, uma fúria delicada em sua rapidez e seus gestos. Seguindo o fluxo de seus pensamentos mais íntimos, ele desenhava sem qualquer hesitação, as linhas surgindo como se por destino, nenhuma consciência por trás delas, a imagem existindo ali na página em branco desde o início, necessitando apenas do instrumento na mão de Jack Peter para existir.

"Pare", insistiu Nick. "Vou ficar aqui até você parar. Em algum momento você vai desistir."

Jack Peter ignorou o pedido do amigo e começou a desenhar a barba do homem, fio por fio, o rosto completo assumindo vida, hipnotizante e totalmente ameaçador.

As opções eram claras: Nick podia ficar parado ali, olhando por cima do ombro de Jack Peter até que ele acabasse, ou podia deliberadamente interromper o ato. Tirando o desenho reconstruído de sob o colchão, ele alisou as dobras e colocou-o sobre a mesa, bem em frente a Jack Peter, a prova do crime. Mais fita adesiva que papel, Nick levou uma eternidade para recompor o desenho a partir dos pedacinhos rasgados. O quebra-cabeça era tudo o que restava do desenho dos bebês. O artista largou o lápis.

"Eu quero saber", disse Nick, "se você desenhou essas coisas antes ou depois de vê-las."

Bufando de raiva, Jack Peter começou a bater com a ponta do lápis na mesa, como uma britadeira.

"De onde vêm essas criaturas?", perguntou Nick.

Jack Peter bateu na têmpora com a borracha do lápis. Ele parecia estar martelando algum código telegráfico que só ele entendia. Havia uma pilha de desenhos à sua esquerda, e Nick pegou as folhas, examinando-as em busca de uma imagem específica.

"Você precisa me contar. Onde está o desenho do oceano invadindo a casa? Eu sei que você fez aquilo acontecer."

Nada podia impedir Jack Peter de criar um monstro à mão.

"Onde está o cachorro? Aquele que escutei há duas noites." Nick jogou os papéis em cima da mesa. "No lixo? Rasgado em pedacinhos?"

Jack Peter se recusava a responder e não admitia mais ser distraído da tarefa que tinha à sua frente. Ele se inclinou, concentrando-se no homem inacabado, passando o olhar por cada linha, imaginando como terminar. Não havia qualquer expressão, apenas um olhar intenso, uma ruga profunda dividindo ao meio sua testa. O lápis quebrou em sua mão. Eles podiam ficar nesse jogo o dia inteiro, concluiu Nick, e Jack Peter não cederia um milímetro. Ele era mais forte. Mais cabeça-dura.

"Você colocou os cadáveres no armário?"

"Você ficou com medo?", indagou Jack Peter, pegando outro lápis. "Teve vontade de fugir? Por que você não vai embora, aí eu posso ficar aqui?"

Não havia outra saída além da rendição. Com um suspiro que vinha do fundo da alma, Nick afastou-se e desabou na cama. Ele ficou olhando para o reflexo do mar e do céu cinzentos no espelho da cômoda, dando-se conta, aos poucos, de que os pontinhos brancos não eram manchas no espelho, mas o movimento dos flocos de neve caindo. O pessoal do tempo na TV havia passado a semana inteira alertando sobre uma tempestade de neve, e ela finalmente estava aqui. A ideia de fazer bonecos de neve e andar de trenó deixou Nick animado, por ser uma chance de ir lá fora, e ele então pulou da cama e correu para a janela, para ver a neve.

"Está nevando", disse ele alegremente, mas Jack Peter nem virou a cabeça para olhar.

Tim passou o que restava da manhã enfurnado em sua pequena oficina embaixo da cozinha, mexendo em uma montoeira de armadilhas para lagostas, que há muito tempo ele planejava consertar e vender no verão seguinte para os turistas. Consertar as armadilhas mostrou ser uma ótima distração para sua mente, arrumando o emaranhado da rede, cortando sarrafos na serra para substituir as peças quebradas. Ele calculou que, se as pendurasse ao relento, em junho elas estariam totalmente envelhecidas pelo tempo. Enfiada embaixo da casa, em um pequeno vão atrás da duna, a oficina era seu santuário. Não havia janelas para a luz do Sol entrar, então ele trabalhava ali completamente isolado do mundo. Em sua oficina, ele com frequência pensava nas pessoas da cidade, que passavam o ano enfurnadas nos cubículos sem janelas de seus escritórios, sonhando com aquelas duas semanas, três se tivessem sorte, nas praias de verão. Elas chegavam, toupeiras piscando sob a luz forte, descoloridas por seus dias artificiais, apenas

para sentir o gostinho do Sol, do sal e do vento em seus rostos. Ele, por sua vez, passava o ano inteiro ao ar livre, e, no auge da estação turística, era do amanhecer até depois de o Sol se pôr. Um homem de espaços abertos com um filho que vivia trancado em casa.

Tim bateu um prego na madeira, decidido, mais uma vez, a consertar seu filho. Assim que aqueles dias estranhos passassem, ele pensaria em novas táticas para acabar com a fobia de Jip. Reintroduzi-lo ao ar livre, dar-lhe algo com que ocupar as mãos. Ela estava errada em relação a Jip, completamente errada. Ele podia ser compreendido, podia ser reparado. O filho que Tim sempre quis. O filho que ele teria.

Quando terminou com as armadilhas, subiu a escada que levava à cozinha e viu, ao abrir a porta, como a luz havia mudado. Na mesma hora se deu conta de que nevava e se sentiu como uma criança de novo, acordando, em um dia de aula, em meio a uma nevasca espetacular. Ele gritou a novidade para os garotos lá em cima. "Está nevando!"

"Já vimos!", gritou Nick do alto da escada.

Tim pensou, na mesma hora, que Nick adoraria ir lá para fora. Talvez, mais tarde, depois que Holly voltasse e pudesse ficar com Jip, ele poderia aproveitar um verdadeiro dia de inverno, levando Nick para passear de trenó ou fazer um boneco de neve. A esse prazer logo se juntou a angústia de saber que Jip não aceitaria se juntar a eles. Nick veio pulando os degraus e deslizou pelo assoalho de madeira em suas meias. Juntos, os dois correram para a janela grande, a fim de assistir à primeira grande tempestade de neve da estação. O chão estava coberto por uma fina camada de branco, e a neve agora caía em cascatas, os flocos sibilando ao atingir o mar, pintando as rochas frias e derretendo nas faixas de areia.

"Talvez possamos ir lá fora depois", disse Tim. "Só nós dois, quando a sra. Keenan voltar para casa."

O garoto ao seu lado assentiu, com alegria.

"Não há nada melhor", disse Tim, "que um dia de neve."

Os primeiros flocos úmidos e gordos começaram a cair no momento exato em que Holly escapuliu do escritório para ir de carro até a casa paroquial da Stella Maris. No caminho, parou para comprar um strudel de cereja na Schroeder's Bakery, pois queria cair nas graças do padre Bolden, já que ele teria de concordar em ceder o tempo de sua governanta para que ela conversasse com o filho. Holly estava certa de que poderia contar com a ajuda dela, agora que Tim não era mais o principal obstáculo.

Os meninos também pareciam diferentes. Durante o café da manhã, eles ficaram tagarelando, na linguagem secreta deles, sobre seus planos para o dia. Ela analisara Nicholas com atenção, a fim de ver se ele havia repousado o suficiente depois de seus pesadelos. Francamente, bebês subindo pelas paredes, uma inundação que ia e vinha, como a maré. Ele parecia parcialmente recuperado, ainda que, quando os Weller voltassem, a mãe dele com certeza notaria os círculos escuros sob seus olhos e seu aspecto pálido, devido ao fato de o garoto não sair de casa desde o Natal. Nick teria muitas histórias para contar, sobre cães, ossos e quartos que gotejavam. Eles talvez nunca mais o deixassem voltar lá.

A neve batia freneticamente contra o para-brisa, tornando a tempestade mais ameaçadora, o bastante para que ela considerasse a hipótese de ir direto para casa. Porém, quando entrou com seu velho carro no estacionamento, deslizando levemente para a esquerda, o ritmo perdeu força, e, ao sair na neve, ela ficou surpresa em ver o quão suave, inofensiva e linda ela era. Em dias assim, quando Jack era pequeno, ela o vestia com um macacão azul de matelassê, um grosso avental com suspensórios e um casacão combinando, que praticamente não o deixavam se mexer. Com as pernas rígidas, andando como um pato em suas botas de borracha, ele saía naquele dia maravilhoso, e em minutos suas bochechas adquiriam um vivo tom vermelho e seu nariz parecia um botão de cerejeira. Holly o jogava no trenó e o puxava até o topo de uma colina pequena, e lá ele se deixava ficar no colo dela para a descida. Até hoje a mãe podia sentir o peso dele nesses momentos, as costas pressionadas contra seu peito enquanto os dois deslizavam, neve respingando em seus rostos, e a gargalhada que irrompia bem do fundo de Jack, tão forte que ela podia senti-la em seus ossos. Ela faria qualquer coisa para ouvir aquela risada de novo.

Ao atender a porta, o padre Bolden usava uma camisa puída e o colarinho clerical, seu imenso cardigã cinza jogado nos ombros, como um velho amigo. A velha raposa, fingiu surpresa ao vê-la e um certo embaraço pela visita inesperada, mas seu estratagema se desmontou no momento em que ele viu a caixa da padaria, pendurada nos dedos dela por um cordão. Ela estendeu o embrulho para ele. "Strudel", disse. "Soube que o seu sabor predileto é cereja."

"Como ficou sabendo disso?"

Com o queixo, Holly indicou a direção da cozinha.

Ele franziu o rosto e balançou a cabeça. "Um homem pode esconder um segredo da esposa, mas nunca da governanta. Não deixe a neve entrar. Venha, venha. Vou fazer um café."

Batendo nos ombros para tirar a neve, Holly entrou na casa paroquial e foi até a sala de jantar. Pedindo licença para procurar a srta. Tiramaku, o padre Bolden a deixou sozinha. Holly ficou olhando para o quadro com o navio naufragando, tentando se convencer de que fantasmas não existem.

O padre Bolden tocou em seu ombro, e ela deu um pulo que foi quase até o teto. Ele havia entrado silenciosamente no aposento com o doce, pratos e uma faca de aparência sinistra, enquanto, na cozinha, a srta. Tiramaku pegava xícaras e pires no armário. Holly não havia escutado nada disso. Ela pressionou o peito com a mão para tentar desacelerar o coração.

"Não quis assustá-la", disse o padre. "Mas você estava em uma espécie de transe."

"É esse quadro", disse Holly. "Eu não sei bem por quê, mas ele me parece tão vívido, tão real. Descobri mais coisas a respeito dele."

"A srta. Tiramaku contou que você foi até os arquivos para fazer uma pesquisa."

"Droga!", ela exclamou. "Deixei todos os papéis lá em casa."

Trazendo uma bandeja com três xícaras e o bule de café, a srta. Tiramaku parecia estar em dificuldades, então Holly se ofereceu para pegar o bule a fim de que ela colocasse as xícaras na mesa. Quando suas mãos ficaram livres, a srta. Tiramaku a cumprimentou com um rápido abraço, rígido como os de Jack. Ela, mais uma vez, parecia envelhecida, como se ficar na casa paroquial na companhia do padre a tornasse mais sisuda, porém, mesmo assim, era bom vê-la.

O padre começou a servir o café. "A sra. Keenan estava..."

"Holly", ela disse. "Por favor, pode me chamar de Holly."

O sacerdote sorriu, indo para a xícara seguinte. "Holly estava absorta no *Naufrágio*, e acho que lhe dei um baita susto."

"É apenas que, desde a última vez em que vi esse quadro, comecei a sonhar com o naufrágio e a ouvir e imaginar coisas. Alguém socando as paredes da casa. Algo martelando dentro da minha cabeça." Ela desviou o rosto, abaixando os olhos. "Diga-me, padre, qual é a posição da Igreja em relação a fantasmas?"

"Fantasmas?" Ele olhou para ela por sobre seus óculos. "Você, pelo visto, anda preocupada com fantasmas. É a segunda vez que os menciona."

"Na véspera de Natal, depois da meia-noite, eu estava dirigindo para casa e parei quando o nevoeiro ficou cerrado demais. Comecei a ouvir vozes vindo do mar. Achei que era uma festa, ou um casal brigando, mas hoje posso jurar que eram a tripulação e os passageiros do

navio. Eu precisava descobrir. Fui até o museu e pesquisei os registros do *Porthleven*. Havia uma lista manuscrita dos passageiros. O senhor sabia que os moradores daqui foram até a praia e reivindicaram os corpos dos náufragos? E que alguns corpos nunca foram encontrados, permanecendo no fundo do mar? Então apareceu esse osso, um osso humano, do braço de uma criança, bem no nosso quintal. O senhor não percebe que tudo se encaixa? Fantasmas."

Colocando uma xícara à frente dela, o padre pegou a faca para atacar o strudel. "Em geral, é não para fantasmas ou almas penadas. Diga-me, Holly, você esteve conversando com a minha governanta aqui? Sobre os *yurei*? Não tem vergonha, srta. Tiramaku?"

A srta. Tiramaku colocou um pouco de creme na xícara, e este rodopiou como uma nuvem.

A neve o fez lembrar-se da mulher que estivera na sua casa na véspera. Em um de seus olhos, a neve rodava como em um globo de vidro. Jack Peter sabia que não devia ficar olhando, mas não conseguia resistir à estranheza dos flocos brancos no negro dos olhos dela. Ela estava falando com ele, contando uma história, mas Jack Peter não ouvia, porque observava a neve cair no olho dela. Seus pais e Nick estavam na sala, ouvindo Frank Sinatra. Ela já estava falando há algum tempo, e ele não tinha a menor ideia sobre o quê, então buscou uma saída para não se perder.

"Sua mãe me contou que você gosta de desenhar."

"Ganhei um estojo de arte no Natal. E papel."

Ela fingiu desviar o olhar, da maneira que os adultos às vezes fazem, para mostrar que não estão muito interessados na conversa ou para tentar afastar suspeitas. "O que você desenha? Coisas que vê ou que imagina?"

Ele virou a cabeça na direção oposta e começou a tamborilar na mesa com a ponta dos dedos.

"Talvez algum dia eu possa ver seus desenhos?", ela perguntou. "Até os secretos."

Ele fez que sim com a cabeça. Não seria um problema.

"Sei que você gosta de monstros. Você também desenha monstros?"

"Sim", ele respondeu. "E Nick."

A mulher pareceu confusa. "Você gosta de fazer desenhos de Nick, ou gosta de desenhar com Nick?"

Ele não entendeu a pergunta e não respondeu.

"Nick parece ser um bom garoto", ela disse. "Ele é um bom amigo?"

Jack Peter fez que sim com a cabeça. "Ele vem até aqui brincar. Fica aqui dentro comigo."

Ela chegou mais perto dele, tão perto que os dois quase se tocavam, e perguntou: "Isso deixa você feliz?".

"Às vezes", ele respondeu. "E, às vezes, fico furioso. Eles disseram que podem me mandar embora."

"Seu pai e sua mãe?"

Jack Peter fez que sim. "E Nick", acrescentou. "Ele me segurou embaixo d'água. Queria se livrar de mim."

Ela se assustou. "E isso o deixou com raiva?"

"Eles deviam mandar ele embora. Não eu."

"Você é um garoto especial", disse a srta. Tiramaku. "Eu compreendo, porque também fui uma garota especial, assim como você e outras pessoas, mas eles não entendem, não é? Eles acham que não estamos ouvindo, mas escutamos tudo. Acham que não estamos prestando atenção, mas vemos tudo. Acham que nossas cabeças estão repletas de coisas imaginárias, mas nós sabemos a diferença entre o que é real e o que não é."

"Estou cansado de desenhar o tempo todo, todos os dias, para tomar conta de tudo. Ninguém me escuta, ninguém me entende."

"Eu sei qual é o seu segredo", ela falou, e seu olho foi assolado por uma tempestade.

"Está nevando", disse Nick na janela, arrancando Jack Peter das suas lembranças da conversa com a mulher que podia ver as imagens na cabeça dele. Ela sumiu de sua mente tão rápido quanto havia aparecido.

Lá embaixo, seu pai os chamou, também para avisá-los de que estava nevando. Jack Peter largou o lápis. Ele queria sair dessa situação.

ii.

No início, a tempestade de neve deixou os três hipnotizados, e eles ficaram um bom tempo olhando, entorpecidos pelos cambiantes padrões de branco. Um a um, eles se desgarraram, indo fazer outras coisas enquanto a neve caía ao fundo, lentamente se acumulando sem que eles tomassem conhecimento disso, um centímetro se esgueirando por sobre outro centímetro. Tim adorava a sensação da primeira nevasca do inverno, a maneira como ela cobria o chão e branqueava a casa. Ele havia ligado um abajur na sala de estar, mas o restante da casa adquirira uma luz suavemente acinzentada. A neve amortecia os sons externos, tornando-os quase murmúrios, enquanto a velha casa rangia e gemia como um casco de madeira balançando sobre as ondas. Essa sensação o deixou sonolento, e ele teria se instalado na poltrona para tirar uma soneca, não fosse uma indefinível ansiedade provocada pela ausência de Holly. Ela havia saído de manhã com o carro, em vez de com o jipe dele, e, se a tempestade piorasse, sua raposa poderia ter problemas na estrada.

À uma da tarde, Tim subiu as escadas obscuras em busca dos garotos. Parado em frente à porta, ele os escutou brigando.

"Onde você o viu?", perguntou Nick. "Você não pode ter visto, porque ele só apareceu lá fora."

"Eu vi pela janela."

"Sim, mas só de longe. Você nunca o viu de perto."

"Eu vi e ouvi ele."

"Como foi que você o ouviu?"

"Ele esteve dentro de casa", disse Jip. "Várias vezes."

"De qualquer jeito, ele não é dessa forma. Os braços dele não são tão compridos."

"Como é que você pode saber? Você não sabe o que eu..."

Com o nó do dedo, Tim bateu na porta, e os garotos se calaram imediatamente. Como um monstro em um filme de terror, ele abriu a porta o mais lentamente possível, de modo a fazer as dobradiças rangerem, e entrou no quarto com passos rígidos. Eles haviam furtivamente se deslocado para a cama; barulho de papéis sob as cobertas. Os moleques se sentiam culpados. "O que significa tudo isso?"

"Nada", disse Jip. Para silenciar seu conspirador, tudo que ele precisava fazer era olhar na direção de Nick.

"É segredo", disse Nick.

"Esconder segredos do seu pai não é bacana." Tim cruzou os braços na frente do peito, mas, como não houve qualquer confissão, ele relaxou e sorriu. "Meninos serão sempre meninos, e todos eles são uns malandros."

A colcha se mexeu para cima e para baixo, como se houvesse um camundongo pulando na cama, e Jip rapidamente tirou um pé descalço de debaixo das cobertas.

"Vocês estão tentando me assustar, garotos? Que tal um pouco de feijão e torradas para o almoço, e um par de ovos fritos?"

Animados com a perspectiva de seu prato predileto, os garotos pularam da cama. Em seu rastro, deixaram uma trilha de papéis nas dobras da colcha, e Tim chegou a pensar em chamá-los de volta para limpar a bagunça. Desenhos pelo chão, lápis nos travesseiros. Ou, considerou, ele mesmo podia arrumar as folhas soltas, mas acabou deixando para lá.

Eles ainda eram bebês quando ele preparou feijões com torrada para os dois pela primeira vez, mas, mesmo naquela época, Tim já era um expert em fazer o prato à moda do Maine, com um vigoroso bocado de xarope de bordo misturado na panela, para adocicar. Ao fim da refeição, as caras deles estavam ensebadas de molho marrom, e os dedos estavam grudentos. Ele molhou a ponta de um guardanapo com água morna e esfregou-os até ficarem limpos. Nick foi dócil, ficou rindo e pressionando a boca contra o guardanapo. Em contraste, limpar Jip foi como lidar com um boneco de plástico rígido. Contraindo-se ao toque do pai, ele não lutou, mas não ofereceu ajuda nem riu de alegria. A diferença entre as duas crianças o entristeceu, e ele não podia evitar, ao sentir cheiro doce de feijões cozidos e xarope de bordo, de ser tomado por essa dolorosa lembrança.

Mais crescidos agora, e um pouco mais higiênicos, os garotos não precisavam da ajuda dele para se limparem após as refeições. Como dois pescadores de lagosta que acabam de voltar do Atlântico Norte, eles engoliram a comida e limparam os pratos com as torradas cortadas em triângulos. Tim ficou sentado ao lado deles, mostrando-se rabugento, mas em vão, pois eles comeram em silêncio, satisfeitos com a companhia e com o fato de não haver conversa. Ele se deu conta, pela enésima vez, de como Nick se parecia com a mãe, mas seu ponto de observação oferecia uma perspectiva nova, era como olhar um dos desenhos distorcidos de Jip: aquilo que era familiar se transformava em novidade.

O rosto da mãe no rosto da criança. Ela estava em alguma praia do Caribe, em uma escala, olhando para o mesmo oceano que eles, aquecendo-se ao Sol, e ele se lembrou do cheiro da pele dela no verão. Do lado de fora, flocos de neve caíam como penas arrancadas do céu cinza. Ele imaginou Nell em seu biquíni na praia, durante o verão, e pensou em como sua vida teria sido diferente com ela, com Nick como filho. Um momento muda tudo. Ele poderia ter voltado a estudar, ter se tornado alguém diferente. Ter uma casa boa como a dos Rothman. Ter uma linda esposa, um filho encantador. Mas as imagens eram fugazes como a neve que caía. Ele imaginou Holly observando a tempestade pela janela do escritório, pensando se deveria ir para casa.

Ele empilhou os pratos na pia e fez um mar de espuma com o detergente. Enquanto esfregava os pratos, não tirava o olho da nevasca lá fora, em parte na expectativa de que Holly chegasse em casa a qualquer momento. Quando terminou a panela do feijão e os talheres, foi até o telefone na parede e ligou para o celular dela, mas este tocou na mesa da sala de estar. Ela andava tão esquecida esses últimos dias, com tantas preocupações.

Tim balançou a cabeça e tentou lembrar-se do telefone do escritório dela. Depois do décimo quinto toque, concluiu que ela devia estar a caminho, então desligou. Ela não se saía bem na neve, por não ter crescido na Nova Inglaterra, e, além disso, estava com o veículo sem tração dianteira e correntes para os pneus. O marido desejou que ela aparecesse logo. Os garotos haviam sumido em mais uma de suas brincadeiras, e ele não tinha ninguém com quem conversar e ainda sofria com um excesso de energia nervosa. Ligou mais uma vez para o escritório de Holly, o fone cheirando a detergente, mas ninguém atendeu.

O nervosismo ameaçava tomar conta dele, mas Tim felizmente se lembrou das sete armadilhas para lagostas em sua oficina. Mais cedo, quando estava consertando os sarrafos e as redes, ele se deu conta do

quanto o novo material se destacava do antigo, ficando com uma aparência estranha. Todas as armadilhas teriam de ser levadas para fora, a fim de, submetidas ao frio e à umidade, envelhecerem e desbotarem. Ele subiu carregando duas de cada vez e, na terceira volta, decidiu poupar tempo levando as três restantes. No último degrau, tropeçou e deixou tudo cair no chão da cozinha, fazendo um barulho enorme. Nick e Jip desceram correndo para ver o que havia acontecido.

"Mão-furada", disse Tim. "Quando você tenta evitar trabalho, acaba tendo mais trabalho ainda."

"Para onde você vai com essas armadilhas?", perguntou Jip.

"Eu as arrumei e pensei em vendê-las aos turistas no verão como antiguidades, Deus sabe que elas são velhas como o pecado. Mas dá para ver onde eu coloquei as partes novas, elas fazem contraste com o resto. As pessoas vão perceber. Então preciso deixá-las expostas às intempéries por um tempo. Querem me dar uma mão, garotos?"

Eles levaram as armadilhas até o vestíbulo, colocando-as junto à porta externa. Tim enfiou as patas em um par de botas e tirou uma parca do cabide. "Vista um casaco, Nick, e as botas. Você pode me ajudar a levar isso tudo para os fundos. Um bom gelo e uns dois meses no ar marinho vão deixar essas armadilhas como novas. Ou melhor, como velhas."

Tim pisou na neve espessa, andando rápido e com firmeza, seguido pelo garoto, fiel como um cão de caça, sob o volume da armadilha para lagostas. Eles marcharam até o alto da colina e colocaram as armadilhas na grade que circundava a casa. As pequenas boias coloridas lá penduradas já estavam parcialmente cobertas de neve. Ao terminarem a terceira viagem, eles pararam para admirar o serviço e observar a tempestade, a geada fina se acumulando nos cabelos e ombros. Haviam caído uns dez centímetros de neve, criando uma camada macia e uniforme, intocada por homem ou animal, exceto pelas próprias pegadas deles em torno dos alicerces da casa e de uma trilha muito recente e definida que ia dali até o mar. As pegadas haviam sido cobertas, mas as depressões na neve ainda eram visíveis. Traços de alguém que estivera caminhando no local nas últimas horas. A trilha começava na linha da água e serpenteava pelas pedras, para depois desaparecer do outro lado da casa. Tim pisou na pegada mais próxima e mediu seu tamanho. Grande como o pé de um homem.

O garoto tirou a neve da cabeça com as mãos e puxou para trás o cabelo molhado. Quase no mesmo instante, uma nova camada de gelo se depositou sobre ele. Eles não disseram nada, mas, em um acordo tácito, caminharam em direção ao mar, seguindo as pegadas

até sua fonte, avançando com cuidado pelas pedras, até que a trilha chegou ao fim junto ao mar. Não havia qualquer outro rastro, nem à esquerda nem à direita. A coisa que havia deixado aquelas pegadas saíra do mar.

No décimo toque, Jack Peter atendeu ao telefone. Graças à janela da cozinha, ele podia ver o caminho feito por seu pai e Nick, os pesados flocos cobrindo-os como bonecos de neve, sombras brancas em um mundo branco. Eles praticamente não apareciam mais. Como odiava falar ao telefone, o menino quase nunca atendia, mas o toque insistente conseguia ser pior que sua aversão ao aparelho. Ele não disse alô ou qualquer outra palavra, esperando, em vez disso, que a pessoa do outro lado começasse. No início, apenas o som de uma respiração ocupou o vazio, até que surgiu a voz desencarnada de sua mãe.

"Tem alguém aí?"

"Sou eu."

"Jack? Oi. Onde está seu pai? Deixei o telefone tocar um bocado de tempo."

"Ele não está aqui. Não tem ninguém aqui."

Um bufo de irritação escapou da garganta dela. "Como assim? Onde está Nicholas? Cadê o seu pai?"

"Eles estão na água."

"Como assim?"

"Eles foram andando até o mar."

"No meio dessa tempestade? E o que estão fazendo junto ao mar?"

Ele largou o fone, foi até a janela para olhar os dois e voltou. "Seguindo pegadas."

"Jack, aonde você foi? Fique no telefone, entendeu? Que pegadas?"

"As de um monstro."

"Quantas vezes já falei com você?"

"Umas cem", ele respondeu, mas a mãe não riu. "Eles saíram para levar as armadilhas de lagosta, porque papai quer que elas fiquem velhas."

"Esse homem, francamente... Por que ele achou que precisava fazer isso no meio de uma nevasca?"

"Para vender para os turistas."

Desta vez, ela riu. "Escute, Jack, quando seu pai voltar, você tem de pedir para ele vir me buscar. No jipe. Meu carro está preso, você entendeu?"

Ele fez que sim.

"Você está balançando a cabeça? Sabe que não dá para ver isso pelo telefone? Jack, por favor, preste atenção, eu não estou no trabalho.

Estou na igreja, onde a srta. Tiramaku mora. Stella Maris. Você pode memorizar ou escrever isso? Fale com o seu pai assim que ele entrar."

"Peraí." O garoto largou o fone de novo e foi até a mesa da cozinha, onde abandonara seus lápis e papéis. No verso de um desenho do homem do mar, escreveu o nome da igreja em caprichosas letras maiúsculas. Quando voltou para o telefone, pôde ouvi-la falando com alguma outra pessoa na sala, então esperou que a mãe terminasse.

"Jack, você está aí? Aonde você foi? Não largue o telefone desse jeito. Seu pai já voltou?"

"Você me mandou escrever, então eu precisei pegar um lápis."

"Leia para mim, Jack. Assim você vai lembrar."

"Stella Maris", disse ele. "Pegar mamãe com o jipe."

"Você é um bom menino", ela falou.

"Você é uma boa mãe", replicou ele.

Ela riu de novo e desligou. Por um bom tempo, ficou apenas o silêncio, depois o tranquilizador som de discagem zumbiu no ouvido dele, mas, quando surgiu um som enraivecido, como um alarme, Jack Peter largou o aparelho e se afastou.

Lá fora, o vento soprava a tempestade por todo o céu, e a neve havia absorvido seu pai e Nick. Jack Peter pressionou a testa contra o vidro, tentando espreitar por entre aquele turbilhão, ansioso para vê-los, mas os dois haviam sumido, tão certo como se tivessem sido apagados. A trilha que ia do mar para a casa também estava desaparecendo, não passava de um vestígio agora, e ele foi de janela em janela, buscando um sinal de para onde eles poderiam ter ido. Foi até a parte da frente da casa e viu lá fora uma figura se aproximando, branco sobre branco, como um boneco de neve que houvesse ganhado vida e estivesse lutando para encontrar um abrigo contra a tempestade. À medida que chegava mais perto, a figura ficava mais definida. Não era o pai de Jack, mas o homem do desenho, pavorosamente magro e nu, seu cabelo desgrenhado se agitando ao vento, a neve emplastrada em sua barba, em torno da sua boca repugnante. Ele enfim havia vindo por sua causa, para levá-lo para longe. Leve Nick no meu lugar, ele pensou, mas no mesmo instante se deu conta de que Nick estava lá fora com seu pai, deixando-o completamente sozinho. Com as pernas arqueadas, o monstro se aproximava da casa.

Todos os seus pensamentos se dissolviam, abandonando-se no mundo real. A criatura na janela crescia cada vez mais, e, no momento em que Jack deu um passo para trás, o homem branco esticou os braços grandes, como se fosse agarrá-lo e puxá-lo através do vidro.

Seus longos dedos ossudos se alongaram e bateram contra a vidraça, com um estrondo penetrante como o de um tiro. Seu rosto ficou totalmente visível, uma expressão de miséria nos olhos negros, ameaçadores e suplicantes, uma careta cheia de dentes destruídos como lápides. Jack já havia visto aquele rosto inúmeras vezes e agora compreendia seu erro em tê-lo desenhado. O menino gritou, e a criatura do outro lado do vidro ouviu. Virando a cabeça como se esta estivesse presa em um espeto, o homem olhou por sobre seu ombro direito ao sentir a presença de alguém nas proximidades. A criatura rapidamente bateu em retirada, fugindo dos seus perseguidores. Jack retrocedeu para o coração da casa, esperando na cozinha pelos próximos acontecimentos. A incerteza o deixava apavorado.

Tim e o garoto ficaram parados na praia, tentando imaginar o que poderia ter deixado aquelas pegadas que saíam do mar. Não eram marcas de um coiote, nem mesmo as pegadas de um cão grande como aquele cachorro branco que morrera. Elas mostravam claramente algo que caminhava sobre duas pernas, um homem. Tim imediatamente pensou no homem branco. Ele tinha certeza de que Nick também sabia, mas não ousava perguntar, com medo de assustar o menino, cujos movimentos nervosos demonstravam aflição: ele olhava para os dois lados da costa, temendo que alguma coisa surgisse em meio à tempestade.

Lentamente, eles subiram a pequena encosta em direção à casa, guiando seus passos pelo caminho trilhado antes. Estranhamente, Jip não os espiava da janela, como de hábito, e Tim se perguntou com o que ele estaria ocupado. Uma depressão na neve contornava os alicerces, como um fosso, e embaixo de cada janela havia uma área pisoteada, como se a presa deles tivesse parado junto a cada ponto de acesso à casa. As janelas estavam sujas e molhadas, de terra e neve derretida. Do outro lado, as pegadas mudavam bruscamente de direção, apontando para os pinheiros que contornavam o limite sul do terreno, e Tim e Nick as seguiram. No local onde as agulhas dos pinheiros haviam caído, a camada de neve era muito fina, quase fazendo-os perder a pista, mas as pegadas ressurgiam um pouco mais à frente, desta vez mais espaçadas, como se a criatura tivesse começado a correr para o outro lado da estrada.

Ofegante, Tim parou e observou o garoto ao seu lado, com frio, suado e cansado. A coisa poderia estar em qualquer lugar, a quilômetros, sobre as pedras ou no meio do bosque. Por mais que quisesse pôr um fim ao mistério que os afligia, decidiu dar a caçada por encerrada.

"Isso não é lugar para uma criança", gritou ele contra o vento. "Hora de levá-lo para dentro." Eles voltaram sobre seus próprios passos e contornaram a casa, até a porta do vestíbulo. Com duas toalhas velhas que estavam no cabideiro, enxugaram os cabelos molhados, ficando com a juba embaraçada. Ambos se livraram de seus casacos, suas botas e suas meias encharcadas, levantaram a bainha das calças e andaram descalços até a cozinha. Jip estava sentado à mesa de jantar, desenhando.

"Onde vocês ficaram por tanto tempo?"

Nick parecia um garoto selvagem, as bochechas de um vermelho brilhante e o cabelo totalmente desgrenhado. "Vimos pegadas lá fora. Está uma nevasca, e tentamos segui-las."

"E o que era?", perguntou Jip.

"Não sei. Não dá para saber", respondeu o pai. "Você viu alguma coisa daqui de dentro?"

Curvando-se sobre o papel, Jip retomou seu desenho. "Nada. Só fiquei esperando."

Eles o deixaram ali e foram colocar roupas secas. Tim acendeu a lareira, o coração morno da casa silenciosa, preocupado com Holly lá fora, na tempestade. Nick manteve vigília junto à janela, imaginando ver um monstro em cada sombra. Passou-se uma hora antes que Jip interrompesse seu desenho por tempo suficiente para contar sobre o telefonema da mãe, do seu pedido para ir buscá-la com o jipe na Stella Maris.

iii.

"Não quero ouvir nem mais uma palavra sobre fantasmas", afirmou o padre Bolden. "Você deveria ter vergonha de encher a cabeça de Holly com essas historinhas. Um fantasma nada mais é que o artifício de uma mente em guerra consigo mesma. A manifestação temporária de um conflito psicológico." Ele esfregou a barriga e lambeu um restinho de cereja nos dentes do garfo. "Chega das suas lendas, srta. Tiramaku." Voltando-se para Holly, perguntou: "Por que não nos conta a razão da sua visita? Quer falar sobre o seu filho?".

Na cabeceira da mesa de mogno, o padre Bolden e a srta. Tiramaku lembravam um tio e uma tia distantes que a recebiam de volta ao seio familiar. A neve trazia lembranças da luz oblíqua de outras tardes de pouco Sol, festas de fim de ano com seus pais e sua irmã, colocando a conversa em dia depois de longos períodos de ausência, canecas e pires, pratos de sobremesa pontilhados de farelos, a sensação de que nunca mais conseguiriam conversar daquele jeito. Holly queria confessar o que havia feito e o que não conseguira fazer, o que havia dito e o que ficara por dizer. Há muito, muito tempo, ela ansiava por falar com alguém sobre seus sonhos e seu filho.

"Viemos para o Maine por causa de Tim. No início do nosso casamento, eu o seguiria até o fim do mundo. O sonho dele era vir para o norte, encontrar uma casa perto do mar, acomodar-se e ter filhos. Sua alma, ele dizia, encontraria nas ondas seu ritmo natural. Ele estava desempregado e achava que, aqui, conseguiria voltar para a universidade. Estudar o oceano. E eu tinha em mente uma vida paradisíaca:

os barcos no porto, lagosta no verão, a claridade no fim de setembro. No começo, estávamos muito felizes, e parecia que o capítulo seguinte do sonho viria logo a seguir. Teríamos filhos, pequenas ninfas d'água, que deixaríamos expostas ao Sol, ao ar fresco e à água salgada, vendo-as crescer grandes, fortes e saudáveis."

A srta. Tiramaku se mexeu na cadeira, e Holly ficou pensando se sua história não teria cutucado alguma ferida nela.

"Não estávamos conseguindo engravidar, e, espero que o senhor não se ofenda, padre, mas tentamos de tudo, de todas as maneiras concebíveis..." Ela corou pelo trocadilho acidental. "Nem me importo em dizer que até rezei por um filho. A esperança havia quase acabado quando o milagre aconteceu. Grávida, enfim, e, nos primeiros meses, fui loucamente feliz. Mas então descobri o que havia acontecido entre Nell e Tim pouco antes de eu engravidar."

"E quem é essa Nell?", perguntou o padre.

"Ela era minha melhor amiga. É. Ela e Fred nos convidaram para passar um dia com eles no fim do verão, e não foi nada grave, apenas uma imprudência. Havíamos bebido, todos nós, e os dois acabaram na cama juntos."

O sacerdote enfiou um pedaço do strudel de cereja na boca. "Seu marido confessou?"

"Ele nunca disse uma palavra, mas ela acabou me contando. Meses depois. Se nós duas não estivéssemos grávidas... Mas eu superei", disse Holly. "Segui em frente, e o fato de nossos bebês terem nascido na mesma época tornou mais fácil perdoar e esquecer. Ou, ao menos, perdoar. Mas não tenho a mesma certeza sobre Nell. Talvez ela leve Nicholas lá em casa com tanta frequência por ainda se sentir culpada."

"Nell é a mãe de Nicholas?", perguntou a srta. Tiramaku.

Holly fez que sim com a cabeça e retomou a história. "Entendam, eu tinha um bebê crescendo dentro de mim, tinha tanta certeza de que seria uma menina, sonhava com ela, acalentando-a, vestindo-a da maneira que eu fazia com minhas bonecas quando eu era pequena. Porém, no momento em que minha barriga estava ficando grande o suficiente para tornar a gravidez real, fui tomada pela angústia. De que havia algo errado com o bebê. Sonhei que um peixe destruía tudo lá dentro, movido pelas marés. Tantos pressentimentos e presságios. Simplesmente hormônios e uma intuição desenfreada. Mas com quem eu poderia conversar sobre isso? Não com Tim, porque ele estava totalmente exultante, e o bebê era o que faltava para nos fazer felizes."

Para acalmar os nervos, Holly tomou um gole de café. "Havia Nell, mas ela tinha a própria gravidez em que pensar, então nossos problemas apenas ficaram fermentando sob a superfície. Nas últimas semanas, fiquei com medo de que o bebê não seria como eu o havia imaginado. Quando Jack nasceu, ele era um menino tão lindo, e tudo se apagou da minha mente. Até que, claro, vi os bebês crescendo juntos. O filho de Nell, Nicholas, era muito diferente. Jack era quieto, de uma maneira que quase assustava, enquanto Nicholas era irrequieto, animado e curioso. E ainda que digam que não se deve fazer comparações, que mãe consegue resistir a isso? Especialmente quando ela começa a se dar conta de que falta algo, de que há alguma coisa estranha com o filho."

Holly se calou. Seus olhos estavam marejados, e ela sabia que acabaria chorando se continuasse a falar, e não queria chorar, ela disse a si mesma que não iria fazer isso. O silêncio dominou a sala, quebrado apenas pela neve que batia nas janelas. O padre Bolden se recostou na cadeira, parecendo mais velho do que de fato era. "Deus com frequência nos concede fardos para que nos recordemos do chamado ao sacrifício."

"Por favor", disse Holly. "Eu trocaria esse sacrifício por uma vida normal para o meu filho. Não há santidade no sofrimento de uma criança."

"Eu só quis dizer que..."

A srta. Tiramaku o interrompeu. "Ele não teve a intenção de menosprezar o que você passou."

"Perdão", ela disse. "É que, algumas vezes, as pessoas querem enobrecer a condição e as dificuldades dele, e eu daria qualquer coisa, faria qualquer coisa, para que ele fosse... normal."

"Não quis magoá-la", disse o padre.

"Conte como ele desenvolveu essa fobia de áreas externas", pediu a srta. Tiramaku. "O que aconteceu naquele dia na praia?"

"Quando tinha sete anos, Jack quase se afogou. Era o fim do verão, o último dia de praia. Jack e Nick estavam brincando na beira d'água, bem junto ao mar. As ondas que batiam molhavam as pernas e os calções deles. O que poderia dar errado? Era um agosto de céu azul bem claro, poucas nuvens no céu. Eu estava lendo um romance, algo que adoro de Du Maurier, e, quando ergui os olhos do livro, vi que eles não estavam mais lá. E vi Tim correndo, levantando areia a cada passada, com Nell atrás dele. Fred estava parado ali, aturdido sob o Sol, e no mesmo instante me dei conta de que os garotos estavam debaixo

d'água. Não os vigiamos como deveríamos, e pensei que eles haviam morrido. Fiquei paralisada, não podia me mexer para tentar salvá-los."

"Você ficou com medo", disse o padre Bolden.

"Não. Eu queria ajudar, essa foi minha primeira reação, meu instinto, mas, um instante depois, eu me sentia, não sei, aliviada de que eles tivessem morrido. Como se fosse a vontade de Deus. Foi uma sensação horrível. Durou apenas um segundo, mas eu me senti culpada por ter desejado que eles fossem embora."

Ela parou de repente, para retomar o fôlego. "Nunca havia confessado isso antes, estou muito arrependida. Corri pela praia, sentindo-me horrivelmente culpada, e eles já os haviam encontrado na água e os trazido para a superfície. Jack estava vivo, cuspindo e tossindo, mas não estávamos vendo Nick, até que meu marido o tirou do mar. Pensamos que o garoto havia morrido, ele estava pálido e azul, havia engolido muita água. Jack ficou olhando fixamente para ele, sem expressão, como às vezes faz, perdido em seus pensamentos. E então, quando Tim pressionou o peito de Nick, saiu um jato d'água. Respirando com dificuldade, ele voltou à vida. Mas nenhum dos dois voltou a ser o mesmo de antes."

Mais uma vez, ela se calou, à beira das lágrimas, depois se levantou da mesa, dando as costas ao olhar do padre e da governanta. Pela janela, ela podia ver a neve que caía do céu em ondas regulares. "Olhem para isso. Eu deveria ter saído com o jipe. Preciso ir antes que eu fique presa."

"Posso levá-la para casa", disse o sacerdote.

"Ah, não, padre. Meu marido pode vir me buscar, se não for incômodo eu deixar meu carro estacionado aqui. Ele pode me trazer para pegar o carro depois, quando as estradas estiverem limpas." Ela começou a remexer na bolsa, em busca do celular.

"Claro que não é incômodo algum", ele respondeu. "Mas não haveria problema em levá-la."

"Não, não. Apenas me mostre onde fica o telefone. Acho que perdi meu celular de novo."

No décimo toque, alguém atendeu, e na mesma hora ela se deu conta de que deveria ser Jack, graças ao retumbante silêncio do outro lado da linha. Ela explicou onde estava, e ele ficava largando o fone. A cada vez, ela se virava para os companheiros, mostrando sua exasperação confusa. Ela não conseguia entender por que Tim havia deixado o garoto sozinho na casa.

“Ele largou o fone de novo”, ela explicou. “Tudo é tão literal com esse menino, aposto que foi pegar um lápis. Jack, Jack, você está aí?”

Eles terminaram a conversa, e, após ter certeza de que ele havia anotado o recado, ela desligou.

“Ele disse uma coisa muito estranha. Que eu sou uma boa mãe.”

A srta. Tiramaku colocou a mão no ombro de Holly e levou-a de volta à mesa. “Ele está certo, e você sabe disso. Você é uma boa mãe.”

“Às vezes, eu duvido”, disse Holly.

Com um breve sorriso, a srta. Tiramaku deixou passar a autodepreciação. “Seu marido já está a caminho?”

“Ele estará assim que voltar para a casa.” Holly retribuiu o sorriso. “Segundo Jack, o pai está lá fora caçando monstros de novo.”

iv.

Os limpadores de para-brisa se agitavam furiosamente contra o vidro, e, através da quase impenetrável parede branca, Tim avançava lentamente, às cegas, pela tempestade. Ele temia ir até a igreja, a poucos quilômetros dali, e temia não conseguir voltar para casa, para os garotos. Como sempre, Jip se recusou a sair, e Tim não estava no espírito para negociações prolongadas, não depois de ficar sabendo há quanto tempo Holly estava esperando, porque o filho havia se esquecido completamente de transmitir o recado. Na estrada Costeira, ele ficou aliviado por ter decidido deixar os meninos para trás. Ainda que isso significasse deixá-los sozinhos, pelo menos estariam seguros.

"Não saiam de casa", ele lhes disse. Tim não queria Nick lá fora, buscando pistas do homem invisível. "Por nada, Nick. Se houver algum problema, ligue para os Quigley, do outro lado da rua, e eles vão ajudar vocês. Deixei anotado os números da polícia e da Stella Maris junto ao telefone. Nessa tempestade, vou demorar um pouco para ir lá e voltar, mas não quero que se preocupem. Já dirigi em condições piores."

"Por favor, me leve com você", suplicou Nick. "Não me deixe sozinho com ele."

Jip fechou os dedos em torno do pulso de Nick.

"Escutem, meninos, vocês vão ficar bem, desde que permaneçam juntos." O garoto estava desolado, e Tim tentou tranquilizá-lo com um rápido abraço. "Não se preocupe, vocês estão a salvo aqui dentro."

"Eu quero ir", disse Nick.

"Está certo, filho, já chega. Se por acaso nós não estivermos de volta na hora do jantar, preparem algo para vocês. Vou ligar, de qualquer maneira, antes de tomar o caminho de volta, só para ver se está tudo bem."

Quando olhou para eles pela última vez, Jip estava absorto em mais um desenho. Nick acompanhou Tim até a porta da frente. "Seja um bom menino, filho. E tome conta de tudo. Cuide de Jip. Vou voltar em um piscar de olhos."

Que piscar de olhos o quê, Tim pensou consigo mesmo. A neve desabava dos céus. Ele não ficaria surpreso se já houvesse se acumulado uns trinta centímetros. Não havia nenhum outro carro na estrada, e, apesar de o limpa-neve ter passado mais cedo, o homem não encontrava marcas de pneus para seguir. Ao fazer a curva no Cabo da Piedade, ele o viu de novo.

A criatura atravessou bem na sua frente. Se estivesse dirigindo em uma velocidade normal, Tim a teria atropelado. Ele mal conseguia distinguir que havia um homem ali, apenas o leve traço de seus membros, com a barba e a juba escuras se destacando sobre o fundo branco. À medida que se aproximava, Tim podia ver que o homem estava deliberadamente parado na estrada, um enlouquecido olhar de terror no rosto quando eles se encararam, como se estivesse querendo provocar um confronto. Pisando no freio, ele sentiu o jipe derrapar violentamente para a direita e, esquecendo-se de tudo o que havia aprendido, tentou controlar o carro, mas acabou derrapando e enterrando as rodas traseiras entre a estrada e uma barragem.

"Merda", xingou depois que o carro morreu com um solavanco. Agarrando o volante, ficou sentado ali por algum tempo, esperando que seu coração parasse de pular daquela maneira horrível. Ao olhar pelo para-brisa, viu que a criatura havia desaparecido.

Abalado, Tim saiu do carro em plena tempestade e gritou para o local onde o homem havia estado, mas não houve qualquer resposta, o que não o surpreendeu. No meio da nevasca, foi até a parte traseira do carro e viu que o para-choque, do lado do passageiro, estava em um sulco profundo, mas o homem não conseguia saber se estava esmagado contra a terra firme ou apenas calcado em um banco de neve. Se tentasse forçar sua saída do monte de neve, corria o risco de afundar ainda mais se não houvesse tração. Normalmente, o jipe saía como um porco da terra e da lama, mas ele já havia ficado atolado antes, em outras situações fora da estrada, sem conseguir encontrar o ângulo certo

para desatolar. Coberto de neve, Tim analisou a situação e voltou para o carro, convicto de que poderia tomar embalo nas rodas traseiras e escapar dali. Senão, teria de torcer para conseguir um sinal de celular no meio da nevasca e esperar pela ajuda do limpa-neve ou da polícia.

"Que diabos é aquela coisa?" Sentado ao volante, ele analisou as possibilidades. Algum vadio maluco que fugira do hospício e que agora vagava junto ao mar. Ou pior, um fantasma do navio de Holly. Fosse o que fosse, aquela coisa era grande como um homem, disso ele estava certo. "Cachorro branco o caralho", resmungou, engatando a ré e pisando no acelerador. Por um breve instante, o jipe respondeu como ele esperava, balançando para trás, e ele pôde sentir os pneus escavando e se firmando, mas demorou muito para engatar a marcha, e as rodas voltaram à posição anterior, aprofundando o sulco. Tim estava atolado. Ele socou o volante e enfiou a mão na buzina, mas isso apenas fez com que se sentisse um idiota.

O estrondo da buzina atravessou a paisagem silenciosa, e, mesmo dentro da casa, os garotos puderam ouvir o carro balir como uma ovelha perdida. O segundo som foi tão desamparado quanto o primeiro, a lamúria de um homem, e Nick se perguntou como o carro podia soar tão distante, e o homem, tão próximo. Ele imaginou o sr. Keenan acidentado na estrada, a cabeça contra o volante, e pôs-se a especular quando o socorro chegaria e quanto tempo ele ficaria preso sozinho na casa com Jack Peter. O garoto dos monstros, o garoto monstro. Ele havia enlouquecido nesses últimos dias, possuído por algum espírito que o fazia desenhar, desenhar, desenhar o tempo todo. Mesmo agora, quando estavam tomando conta do pedaço, Jack Peter se debruçava sobre a mesa, garatujando, alheio a tudo o que não fosse seu desenho.

Inquieto e ansioso por causa das pegadas na neve, Nick ficou aporrinhando Jack, em busca de atenção. "Vamos fazer alguma coisa, em vez de ficar sentados o dia inteiro. Isso é pior que a escola."

"Deixa eu acabar aqui. Me deixa em paz." Ele ergueu os olhos do desenho, uma pitada de maldade no olhar. "Você quer que eles me mandem embora?"

Nick o odiava. Ele sentia apenas raiva e ressentimento dele. Idiota, por que ele tinha de ser tão idiota? Por que não podia ser normal, igual a todo mundo, tirar a bunda da cadeira e brincar, brigar, conversar, jogar bola, quebrar alguma coisa ou ir lá fora? Preso dentro de casa com um maluco no meio de uma gloriosa tempestade de neve. Ele queria quebrar a cara de Jack Peter. Queria ajoelhar sobre o peito

dele e fazê-lo chorar. Em vez disso, Nick o deixou na mesa da cozinha e foi vaguear pela casa.

Ele passeou pelos aposentos do primeiro andar, pegando bugigangas das mesas e lendo os títulos dos livros na biblioteca. Pensou em ver TV, mas lembrou-se de que, àquela hora, durante a semana, havia apenas novelas, programas de culinária e desenhos para crianças muito pequenas. Remexeu na correspondência que estava na cesta junto à porta da frente. Ele se lembrou dos pais, no oceano, no calor do Sol. Pais estúpidos. Eles deveriam é vir tirá-lo desse hospício. Evitando Jack Peter, ainda concentrado nos detalhes do seu desenho bobo, Nick subiu as escadas e foi ao quarto do sr. e da sra. Keenan.

O santuário oculto. Ele nunca havia estado naquele aposento sem a presença de um adulto, e essa solidão o fez se sentir um espião. Atrás da porta, os roupões estava pendurados lado a lado, e ele se lembrou da sra. Keenan de camisola, seus seios vistos de relance. A cama estava perfeitamente arrumada, então ele subiu nela com cuidado, tentando imaginar quem dormia em que lado, cheirando profundamente os travesseiros para captar o cheiro deles. Nada. Então ele desceu da cama e ajeitou a colcha. Nas gavetas da cômoda, roupas corretamente dobradas e empilhadas, mas Nick hesitou em abrir os armários, subitamente temeroso com o que pudesse estar escondido atrás das portas. A obscuridade sinistra do local lhe dava arrepios, e ele estava saindo quando percebeu a pontinha de uma folha de papel branco espreitando sob o tapete.

Ele se agachou e levantou a ponta do tapete, encontrando um dos desenhos de Jack Peter no chão. Não estava conseguindo ver os detalhes, então levou o papel até a janela, buscando o melhor ângulo para captar a luz. Dois garotos, meio vestidos e flutuando sob as ondas, estavam atracados um no outro, lutando, cercados de peixes e de uma lagosta com enormes garras na areia do fundo. Um dos garotos puxava para baixo a cabeça do outro, cujo braço estava em volta dos ombros do primeiro, para arrastá-lo até o fundo do mar. Eles eram como imagens espelhadas, um autorretrato lutando consigo mesmo.

Nick não entendeu o significado do desenho nem o motivo de Jack Peter tê-lo escondido ali, a pista de um crime cometido há três anos. Era óbvio que o menino se lembrava do afogamento, mas ele nunca havia dito uma palavra sobre o caso nesse período. Nick colocou o desenho sobre o colchão e enrolou o tapete até encostar na cama. No chão havia mais quatro folhas, espalhadas como mapas do tesouro. Quatro variações sobre o mesmo tema, os lutadores submarinos em poses diferentes, mas, em todos os desenhos, era gêmeo contra

gêmeo. Ele os dispôs sobre a cama, como páginas de um livro morto e despedaçado, tentando entender a história.

O garoto foi em busca de mais desenhos. No armário de roupas de cama que ficava no corredor, no meio de uma pilha de lençóis, ele encontrou dois desenhos: o homem nu agachado em uma rocha, observando o oceano, e o cão branco correndo atrás de alguém de quem se via apenas o pé e um pedaço da perna, o resto do corpo já tendo fugido da página. Ele os deixou no chão, junto do armário, e foi investigar o quarto de Jack Peter.

Havia desenhos escondidos por todos os lados.

Uma meia dúzia sob o tapete, um amontoado de papéis embaixo do colchão, outra pilha na caverna escura sob a cama, e outros mais enfiados por entre as páginas dos livros. Nick vasculhou a gaveta da escrivaninha, atulhada de papéis. Era uma loucura. Centenas de desenhos, página sobre página sobre página. Sempre monstros, em folhas arrancadas do bloco de desenho, apinhados em cadernos, rabiscados em pedaços de papel. Muitos mostravam a criatura que perambulava no bosque lá fora, junto ao mar, uma coisa miserável e assustadora. Juntou os desenhos em uma enorme pilha e os espalhou, cobrindo toda a cama, formando uma camada espessa como a neve lá fora. As folhas caíam pelo chão. Bebês, corpos e ossos saídos do mar. A visão dos desenhos fez com que sua pulsação se acelerasse, deixando-o ofegante. Suas têmporas pulsavam com força. Olhando de relance no espelho, Nick ficou assustado com a palidez que sua pele havia adquirido e com os círculos escuros sob seus olhos. Exatamente como um garoto enclausurado em casa. Sentindo-se doente, ele se ajoelhou no chão, junto à cama, e pousou a cabeça sobre a montanha de desenhos. Jack Peter precisava ser detido.

Lá fora, o vento mudara e ganhara velocidade, jogando contra as janelas uma neve fina como areia. A tempestade fazia um rugido ininterrupto, que lembrava o do oceano em uma concha, mas, ao mesmo tempo, havia um grito humano, amargo e constante, como alguma pobre alma se lamentando. Nick se levantou do chão e examinou o furacão de papéis no quarto. Que fiquem aí, pensou. Quando o sr. e a sra. Keenan voltarem, vão ver a bagunça e perceber o quanto o filho deles está fora de controle. Ele queria que eles soubessem e, com esse conhecimento, tomassem alguma atitude em relação ao problema. No mínimo, podiam salvar Nick, colocá-lo em algum local seguro até que seus pais viessem buscá-lo e o levassem para longe daquele caos gélido. Ele sentia falta do pai e da mãe e queria ir para casa. Perto dali, do lado de fora, a voz soou de novo, suplicante e insistente.

Ele respirou fundo, a fim de tomar coragem para descer e confrontar Jack Peter. Talvez o menino tivesse perdido a cabeça de vez e estivesse uivando na cozinha, mas, quando Nick chegou lá, não havia ninguém. Sobre a mesa estava a sua mais recente obra-prima, outra visão rabiscada da loucura, um close-up do rosto do homem selvagem, mas o garoto que o havia feito não estava lá. Talvez Jack Peter tivesse intuído o que Nick andara fazendo, bem como suas descobertas, e agora estivesse escondido.

"Jack Peter!", gritou. "Sei tudo sobre os desenhos. Sei que você está por aqui em algum lugar. Vamos, saia, saia do seu esconderijo."

Nem um pio. Ele foi até o vestíbulo, mas lá também não havia ninguém. O ar frio se infiltrava pela laje do piso, e Nick pôde ver o vapor de sua respiração ao chamar de novo pelo menino. Subitamente, ele pensou em escapar, analisando como fugir dali e onde encontrar abrigo para esperar o fim da tempestade até o retorno dos Keenan. Pendurado no gancho, seu casaco ainda estava úmido, mas, embaixo dele, as botas já haviam secado. Pela porta aberta, Nick gritou para a oficina do sr. Keenan, mas tudo estava escuro e silencioso. Ele foi para a sala de estar.

Alguém havia colocado mais uma tora no fogo, pois este ardia, estalando e crepitando na lareira. Os enfeites da árvore de Natal refletiam a luz, e a mobília simples absorvia o brilho. Não fosse pela ideia de olhar para a porta da frente, Nick não o teria visto. Jack Peter estava de costas para a sala, totalmente ereto, petrificado por um rosto no vidro da porta. O monstro olhava para ele, as mãos contra o vidro.

Incapaz de resistir, Nick deu um passo à frente e sussurrou: "Jack Peter".

A boca da criatura se movia, e ela parecia estar falando, ainda que nenhuma palavra atravessasse o limite entre o exterior e o interior. Seu rosto era descarnado, marcado por cicatrizes de varíola e rugas, e mortalmente pálido, com círculos profundos sob os olhos ocos e dentes marrons e irregulares como uma cerca quebrada. A neve cobria o topo de sua cabeça e se acumulava na barba mutilada. Abaixo do pescoço, sua pele era branca como papel, entremeada de veias azuis. Sua atenção estava voltada para Jack Peter, mas, ao perceber a presença de Nick, o homem bateu as mãos contra o vidro e soltou mais um lamento lúgubre.

As xícaras se encheram mais uma vez, e nos pratos de sobremesa havia outra fatia de strudel. O padre Bolden estava ocupado cortando o seu doce de cereja. "Então o que aconteceu depois que seu filho foi salvo do afogamento?"

"Não sei", respondeu ela. "Não tenho muita certeza. Jack não era mais o mesmo. Ele adquiriu um medo mortal de sair de casa, passando a gritar, chorar e ter chiliques todas as vezes em que tentávamos fazê-lo passar pela porta, e tornou-se quase impossível para nós levá-lo a qualquer lugar. Os médicos atribuíram isso ao trauma, e no início pensamos que ele superaria a fobia, mas a paranoia só piorou com o tempo, em vez de melhorar. Tentamos de tudo, mas Jack Peter não arreda pé. Ele se retirou completamente para a segurança da casa."

Com ruído, a srta. Tiramaku colocou a xícara no pires. "E ele nunca sai? Então têm sido só vocês três nesses últimos anos? Deve ser um tanto claustrofóbico."

"Bem, tem Nicholas", ela retrucou. "Graças a Deus, tem Nick."

"Estou surpresa que você os deixe brincarem juntos", disse a srta. Tiramaku. "Depois do que Nick tentou fazer no dia em questão."

O olhar de Holly era de interrogação.

"Talvez tenha sido sem querer", disse a idosa. "Mas Jack me contou que Nick tentou afogá-lo naquele dia."

Uma dor lancinante atravessou as têmporas de Holly, seguida por um tique-taque, um ruído tão alto que ela pensou que os outros também podiam ouvi-lo. A sala pulsava no mesmo ritmo de sua cabeça, e tudo desacelerou e balançou como o navio do quadro. Ela sentiu um enjoo apertando o estômago.

"Isso é absurdo", disse Holly. Ela pressionou o meio da testa com dois dedos para tentar aliviar a dor. Aquele batimento tomou conta de sua cabeça, e a mulher levantou a voz. "Não, não. Ele não o puxaria para debaixo d'água. Não tentaria machucá-lo. Eles são como irmãos."

"Você está bem, minha querida?", perguntou o padre Bolden.

Holly fez um gesto, dispensando-o, se aprumou e fechou os olhos.

O sacerdote se interpôs entre as duas. "Talvez você tenha se enganado, srta. Tiramaku."

"Sim", ela respondeu. "Um engano. Não quis deixá-la preocupada, Holly. Tem certeza de que está bem? Talvez fosse melhor você se deitar um pouco."

"É a minha cabeça, vocês não estão ouvindo? Tenho tido essas dores horríveis nos últimos tempos."

O padre se ergueu e colocou-se atrás dela, segurando a cadeira para ajudá-la a se levantar. "Nós a aborrecemos, minha cara, e talvez você se sentisse melhor se simplesmente parássemos de falar sobre o assunto. Podemos ir para o meu escritório e lhe arrumar uma poltrona

confortável. A srta. Tiramaku vai providenciar uma aspirina, e você poderá repousar enquanto espera seu marido."

Rendendo-se ao som que martelava seu crânio, Holly se deixou ser conduzida ao escritório. O padre acomodou-a em uma poltrona de couro e colocou uma manta sobre suas pernas. Pelas janelas gradeadas, ela via a neve caindo, o que a acalmava. No aposento escuro, Bolden sentou-se em uma cadeira em frente a ela, a luz que vinha do corredor abrandando suas feições, e acariciou o antebraço da mulher. "Há quanto tempo você está tendo essas dores de cabeça?"

Por trás dele, a delicada silhueta da srta. Tiramaku surgiu na porta.

"Há algumas semanas", respondeu Holly.

"Minha querida mãe sofreu com enxaquecas a vida inteira, e ela jurava ver anjos e ouvir todo tipo de coisa estranha."

A sombra na porta entrou no aposento e se apoiou na borda da grande escrivaninha preta que dominava o ambiente. "Algo mudou recentemente? Alguma coisa que possa ter aumentado sua ansiedade e provocado alucinações?"

Holly riu. "Tudo. Meu filho me bateu. Disse que havia monstros embaixo da cama. Então o navio naufragado e os fantasmas vieram me assombrar. Meu marido perseguiu espectros e voltou para casa coberto de sangue. Água salgada nas paredes. Vozes no meio da noite."

"Excesso de histórias de fantasmas?" O padre Bolden olhou de soslaio para a srta. Tiramaku.

"Não, é apenas Jack."

A srta. Tiramaku assentiu com a cabeça. "Seu filho me mostrou alguns dos desenhos que tem feito."

"Os monstros de Jack? Ele e Nick embarcam nessas por semanas a fio. No último verão eram figurinhas de beisebol, e, no outono, eles passaram todos os fins de semana com jogos de tabuleiro, depois, tão repentinamente quanto surgiram, essas febres acabaram e eles entraram em outra obsessão. Nunca dei importância aos monstrinhos."

O padre se manifestou: "Às vezes, acho que todas as crianças são ligeiramente doidas. Elas sofrem para buscar seu caminho de saída da infância".

"Os monstros", disse Holly. Ela olhou para a neve lá fora. "Gostaria de saber por que ele está demorando tanto."

Tim suava em meio à neve. Seus cabelos haviam congelado, deixando-o com a aparência de um porco-espinho, e ele sentia frio e calor ao mesmo tempo. No chão, no banco de trás, ele encontrara a pá que

mantinham no carro para emergências como aquela, então construiu uma rampa com a neve dura para dar apoio às rodas traseiras, mas estava cansado, congelado e sem saber se seu plano funcionaria. O farol do Cabo da Piedade brilhava com a luz fraca de uma vela, algo tranquilizador no meio da escuridão. Nada surgiu na estrada durante todo esse tempo. Nenhum som além do murmúrio da neve e de sua própria respiração forçada em meio ao vento infernal. Surgindo de longe, um súbito uivo lancinante o assustou. Ele se endireitou, pôs-se de pé e tentou encontrar a direção e a origem do grito no meio da paisagem, mas não conseguiu determinar de onde ele vinha. O lamento parecia fluir de todos os lados, de cima e debaixo. Preso entre os dois polos de sua viagem, ele só podia escavar com mais fúria e torcer para se libertar logo.

O motor gemeu quando ele virou a chave, e Tim amaldiçoou seu azar, até que a ignição funcionou, e o carro pegou. O homem engatou a ré do jipe e subiu a rampa improvisada para descer de volta à estrada escorregadia, com cuidado para não parar um segundo sequer e continuar indo em frente. Acompanhando a linha das árvores e o formato de alguns outros pontos de referência, ele achou o caminho e dirigiu cautelosamente até o estacionamento da Stella Maris. O carro de Holly estava junto a um poste de luz, uma pilha de neve em cima do capô e do teto, e, mais à frente, a casa paroquial lembrava uma casinha de biscoito decorada para o Natal, confeitada de branco no telhado e nos beirais, com luzes alegres nas janelas do primeiro andar. A fumaça cinzenta que saía da chaminé se filtrava pelas faixas formadas pela neve espessa que caía, e ele ansiou por alguns minutos em frente ao fogo, para poder sentir de novo os dedos das mãos e dos pés. Ao descer do carro, seu pé esquerdo pisou em falso no meio do lamaçal criado pela neve, e ele sentiu uma dor aguda na região lombar. Ao tentar se mexer, foi tomado por um espasmo muscular. A neve começou a se depositar dentro do jipe, derretendo no banco da frente e no piso, porque ele não conseguia nem fechar a porta ou se mover sem ser transpassado por uma dor excruciante. Congelar até a morte deve ser assim, pensou. É só ficar de pé neste estacionamento que me transformarei em gelo e neve. Na primavera, eles vão ter de me descongelar para o enterro. A mais ínfima tentativa de se mover provocava choques de dor ao longo da coluna e fazia os músculos se contraírem, formando uma corda de aço. Até uma careta provocava dor, mesmo um resmungo, e, ao tentar gritar por socorro, ele se deu conta

de que era incapaz de fazer algo além de um murmúrio abafado, inaudível até para um cão.

Seu nome surgiu no vento. Sua esposa vinha correndo da casa paroquial, gritando por ele, a neve batendo em sua cabeça e seus ombros. Agarrando o casaco desabotoado com uma das mãos, ela primeiro bateu a porta do carro. Quando Holly o tocou para saber qual era o problema, Tim sentiu os joelhos cedendo à pressão.

"O que há com você?", gritou ela para se sobrepor ao barulho do vento. "Por que demorou tanto?"

"Dei um mau jeito nas costas", ele respondeu, arrancando cada palavra do fundo de si próprio. "Longa história. Jip não passou o recado. Atolei na estrada. Agora não consigo me mexer."

"Meu Deus", disse ela. "Temos de levar você para dentro."

O velho sacerdote, vestido com mais sensatez, com um longo capote, chapéu e luvas, os alcançou, com a srta. Tiramaku dois passos atrás.

"O que vamos fazer?", Holly gritou. "As costas dele estão travadas."

"Você consegue andar?", perguntou o padre Bolden.

"Não", respondeu Tim, com lágrimas nos olhos.

A srta. Tiramaku tirou as luvas e pegou as mãos de Tim, também removendo as luvas dele. "Relaxe, não vai doer." Buscando o local certo, ela localizou um ponto ao longo do pulso e pressionou com firmeza a área de pele e músculo entre o indicador e o polegar dele. Ela não o soltou até que o homem manifestasse algum alívio.

"Acho que posso me mover", ele disse. "O que é isso?"

"Alguns truques que tenho guardados na manga", ela respondeu.

"Eu posso andar, se alguém me ajudar."

"Tome meu braço", disse o padre, e todos foram andando lentamente pela neve, até a casa paroquial. Quando a dor nas costas se reduziu a um nível tolerável, ele sentiu os efeitos do frio e da umidade, e os outros se agitaram à sua volta, buscando uma bolsa de água quente, um chá, um cobertor e meias de lã secas para seus pés enregelados. Os mimos se sobrepuseram ao interrogatório, mas, depois que ele estava instalado em uma poltrona confortável e livre do frio, era hora de enfrentar a banca examinadora. Eles o cercaram de perguntas, querendo saber detalhes da ida até ali, a que horas ele havia saído, quanto tempo levara, se a estrada ainda estava transitável. Satisfeitos com as respostas, eles relaxaram, até que uma última pergunta surgiu na mente de Holly.

"O que você fez com os garotos?"

V.

A coisa bateu contra o vidro, desesperada para entrar. Atraído pela criatura, Jack Peter deu um passo à frente, e Nick teve de segurá-lo pelos ombros para contê-lo. Como um animal enjaulado, o homem branco observava, extasiado, analisando cada gesto dos garotos, e, quando os meninos começaram a recuar, ele mostrou os dentes, em uma expressão de raiva.

Nick puxou com força e virou seu amigo. "Não. Nós temos de dar o fora daqui, entendeu? Você não pode deixar que ele entre." O olhar de Jack Peter era obtuso e parvo. Agarrando-o pela mão, Nick o arrastou até a cozinha. O monstro deslizou os dedos pelo vidro e desapareceu.

"O que é aquela coisa?"

Indiferente, Jack Peter já estava perdido em sua vasta imaginação, olhando por cima do ombro de Nick para o vestíbulo. Recusando-se a desistir, Nick o empurrou até o telefone na parede. "Precisamos ligar para alguém. Chamar a polícia. Buscar ajuda."

A porta externa do vestíbulo quebrou sob a pressão de um ombro, a madeira estilhaçando-se com um estalido barulhento, e o corpo desabou pela abertura. Atirando longe casacos, botas, esquis e cestos vazios, a coisa abria caminho para a cozinha, enquanto Nick corria para fechar a tranca da porta interna antes que ela chegasse. Procurando uma rota de fuga e um abrigo seguro, ele foi até a porta que dava para a oficina, no andar de baixo, e acendeu a luz. Havia dezenas de cantinhos e pequenos espaços nos quais se esconder, ainda que o garoto não soubesse por quanto tempo eles poderiam ficar ali. Deixando Jack Peter para trás, ele começou a descer a escada de madeira, com o intuito de investigar o local.

Alguma coisa se mexeu lá embaixo. Nick podia sentir o movimento antes de vê-lo. O chão estava coberto por eles. Os mesmos bebês fantasmas da outra noite, choramingando e reclamando por causa da luz, que os havia subitamente perturbado em seus esconderijos. Nick gritou e depois prendeu a respiração, apavorado, mas incapaz de desviar o olhar. Eles eram como um enxame de insetos espalhados pelo chão, cambaleando pela bancada de trabalho, passando ao lado da serra. Sob o brilho da luz artificial, eles pareciam ter mais nitidez do que naquela noite horrível, quando subiam as paredes. Bebês com corpos esquisitos, olhos exagerados que lembravam ovos fritos, os narizes um traço de lápis, as bocas escancaradas e vermelhas como peixes eviscerados. Eles não eram bebês — eram a incorporação dos delírios febris da mente do seu criador. Desenhos tornados carne e osso, distorções da realidade. Alguns tinham marcas de dentes no corpo ou na cabeça, cicatrizes que pareciam coladas. Pequenos demônios, gordos, macilentos e em carne viva. Eles se moviam como se perdidos ou cegos, sibilando como baratas, até que dois ou três perceberam Nick no alto da escada e começaram a correr na direção dele com uma velocidade anormal. Como se despertasse de um sonho, o garoto apagou a luz e recuou, batendo a porta atrás de si e empurrando a frágil fechadura. Eles choraram, como se magoados com seu súbito desaparecimento.

A cozinha estava vazia. Jack Peter não estava onde ele o havia deixado, nem em qualquer lugar onde o pudesse ver. A porta interna do vestíbulo estava entreaberta. O ar frio deslizava para dentro da casa, e pegadas úmidas de enormes pés descalços sujavam o chão, fazendo uma trilha que ia até a escada para o segundo andar. Pairava no ar um cheiro de peixe, um odor pungente, quase podre. Encolhendo-se, Nick se enfiou embaixo da mesa e abraçou os joelhos com as mãos, tentando parar de tremer. A perna da mesa vibrava contra o seu corpo, e ele tentou prender a respiração e ficar no mais absoluto silêncio, mas, nervoso, Nick ofegava sem controle. Ele não conseguia decidir se corria o risco de tentar chegar ao telefone ou se procurava Jack Peter. A cada instante, seu medo crescia. Faça alguma coisa, qualquer coisa. Desejando que os Keenan surgissem pela porta, ele ficou prestando atenção nos ruídos, mas não ouviu nenhum carro passando na estrada, nenhum barulho de chave. O fogo crepitava na sala, a geladeira zumbia mecanicamente e o vento soprava pela porta destruída. Nada mais se movia. As criaturas na oficina deviam estar cochilando na escuridão, e por toda a casa não se ouvia qualquer ruído, nem de Jack Peter, nem do homem branco. O silêncio atrapalhava qualquer esperança de paz, e, pela primeira vez, Nick pensou se o monstro não teria levado o garoto, deixando-o sozinho na casa.

Uma melodia meio familiar preencheu seus pensamentos, oferecendo um bálsamo contra o terror. Sua mãe costumava cantar quando ele era pequeno, pairando acima dele enquanto lhe dava um banho. "Passarinho amarelo, que da chuva correu." A voz dela era alegre e bonita, e, naquele silêncio, o garoto podia ouvi-la de novo, a melodia indo e vindo. Nick queria que sua mãe estivesse lá para salvá-lo. "Passarinho amarelo, você é sozinho que nem eu." Mas ela não estava, e sua ausência só aumentava seu pavor. Ninguém com quem contar, a não ser ele mesmo.

Um dos desenhos de Jack Peter havia caído no chão e estava ali perto, embaixo da mesa da cozinha. Ele se moveu o suficiente para pegar o papel, virando a folha para ver a ilustração. Como uma árvore esquelética, o homem branco se erguia sobre os dois garotos, esticando seus braços como galhos para pegá-los, e, a seus pés, os meninos se encolhiam e escondiam os rostos nas mãos. Ele odiava Jack Peter e seus desenhos. Odiava todos os monstros. Nick rasgou o papel em dois, uma execução cruel e impiedosa, separando a cabeça da criatura de seu corpo.

Lá de cima veio um berro horrível, um angustiado lamento animal, que ele soube, no mesmo instante, vir do monstro, não do menino. O desenho, o garoto disse a si mesmo, foi o desenho de Jack Peter que criou o monstro. Ele se arrastou para fora da mesa e encontrou outros desenhos em cima dela. Folheando as páginas até encontrar outra representação do homem branco, ele rapidamente rasgou o papel de cima a baixo. O monstro deu outro grito de dor e raiva. Ele reuniu todas as folhas e tentou rasgar a pilha, mas era grossa demais. Dividindo-a ao meio, Nick se esforçou e despedaçou um grupo, depois o outro. Na oficina, os bebês berraram em uníssono, e no corredor lá em cima ressoou um uivo estridente e doloroso. Uma porta se escancarou, pequenos pés correram sobre o teto, e em instantes Jack Peter desceu correndo as escadas, o rosto vermelho e cheio de lágrimas. Nick nunca ficou tão feliz em vê-lo.

"Onde você estava?"

"Escondido", ele respondeu. "Embaixo da cama não havia monstros. Quando o homem branco não conseguiu me encontrar, berrou e me largou para ir atrás de você."

"Não importa." Ele mostrou a pilha de papéis rasgados. "São os desenhos. Temos de nos livrar deles."

"Não." Ele tremia. "Não os meus desenhos."

Como uma fera, Nick saltou sobre ele, agarrando sua blusa com os punhos. "Me escute. Você quer que o monstro nos mate? Eu descobri o que você escondia lá em cima. Tem mais? Onde está o resto dos desenhos?"

"Pela casa toda", disse Jack Peter.

A notícia acabou com ele. Além dos desenhos nos quartos lá em cima, agora largados sobre as camas e espalhados pelo chão, sabia-se lá onde poderia haver outros e quantos mais Jack Peter teria escondido em lugares secretos. Seria impossível encontrar todos com aquela criatura no encalço deles. Do segundo andar vinham os passos da coisa, indo de um quarto para o outro, procurando.

"Vamos embora daqui", disse Nick. "Vamos buscar ajuda. Precisamos sair da casa."

"Não." Não havia pânico na voz dele, apenas certeza.

Nick agarrou Jack Peter pelo colarinho e o sacudiu com força. "Você vem comigo. Pegue o casaco e as botas. Já."

Uma porta bateu no andar de cima, sacudindo todas as janelas. O monstro estava a caminho, e era apenas uma questão de segundos até ele descer as escadas. Nick arrastou Jack Peter até o vestíbulo, puxando-o para o piso de lajota. Havia um par de botas vermelhas novas em um canto, e ele as enfiou nos pés rígidos do amigo, como se calçasse uma criancinha teimosa. Ele o embrulhou em um casacão e botou luvas nas mãos do garoto. O homem enlouquecido descia as escadas degrau por degrau, os joelhos enrijecidos rangendo e estalando. Sem tempo a perder, Nick se arrumou e depois empurrou o amigo pelo vestíbulo, até a porta arrombada.

A tempestade enfraquecera um pouco, mas alguns jorros de neve ainda caíam sobre o mundo branco. Eles ficaram de pé na soleira, preparando-se para pular no abismo. Nick sentia Jack Peter hesitando, o medo brotando, apoderando-se dele. Atrás dos garotos, o monstro já estava no pé da escada, e pela cozinha sua respiração irregular lembrava a de um tigre em plena caçada.

"Você vai ficar bem", disse Nick. "Seu pai falou que, se tivéssemos qualquer problema, era só atravessar a rua e ir até a casa dos Quigley. Não é longe, eu ajudo, venha."

Ele agarrou Jack Peter pelo braço e o puxou para o mundo lá fora.

Tim estremeceu quando Holly mencionou os garotos, e a dor em sua coluna se irradiou para as pernas. Remexendo-se na poltrona, o homem queria gritar, queria que a japonesa de olho baço fizesse de novo sua mágica nos seus nervos em frangalhos. Os outros o observavam com ar clínico, os rostos espelhando seu mal-estar com expressões de empatia.

"Os garotos?" Ele se contraía a cada palavra. "Estão bem. Em casa. Provavelmente desenhando ou jogando alguma coisa."

Holly balançou a cabeça, em desaprovação. "Não acho bom deixá-los sozinhos por tanto tempo. Se alguma coisa acontecer a Nick enquanto estivermos fora, Fred e Nell vão nos matar. Você se lembra do que os garotos fizeram quando você saiu naquela sua caçada maluca há alguns dias? Quase nos levaram à ruína. Panelas, frigideiras e pratos sujos pela casa toda. Sabe Deus em que tipo de encrenca eles podem estar se metendo agora."

"Nada vai acontecer", ele disse.

"Espere um instante", falou o padre Bolden. "Na biblioteca, eu tenho exatamente aquilo de que você precisa para ficar de pé." Suas botas faziam o barulho de focas batendo palmas enquanto ele ia para o outro aposento.

"*Ikiryo*", falou a srta. Tiramaku assim que o sacerdote saiu do cômodo. "Há outro *yurei* sobre o qual eu queria contar a vocês: o fantasma vivo. *Ikiryo*. Quando uma pessoa tem muita raiva ou ressentimento, seu espírito pode se separar do corpo e assombrar seus algozes. Às vezes, a pessoa não tem nem consciência de que seu *ikiryo* existe, muito menos de que está atrás de vingança. Passei o dia inteiro tentando me lembrar disso."

Com uma caneca pequena de uísque nas mãos, Bolden voltou exultante. Ele pingou um pouco na xícara de chá de Tim e serviu um copinho para si próprio. E ergueu o copo em um brinde: "Para aquecê-lo até a alma".

"Um pouco mais e minha esposa vai ter de dirigir, mas mesmo assim obrigado, padre."

"Parece que interrompi uma verdadeira conspiração", disse o sacerdote. "O que se passa?"

Tim riu. "Não há nenhuma conspiração. A srta. Tiramaku estava apenas nos regalando com mais uma de suas histórias. O fantasma vivo que deixa o corpo e busca vingança."

"*Ikiryo*", disse Holly.

"Para se livrar do *ikiryo*", explicou a srta. Tiramaku, "a pessoa precisa abandonar seus medos e ressentimentos."

O padre Bolden repreendeu a srta. Tiramaku em um japonês firme, e ela ficou com um ar mortificado. Com os olhos baixos, a mulher falou: "Eu só queria ajudar o filho deles. Nós somos muito parecidos".

Fez-se o silêncio, como se ela houvesse transposto um limite sem autorização, deixando todos envergonhados. Holly se remexeu na cadeira e tamborilou em seus lábios com a ponta dos dedos. O sacerdote mirou seu copo vazio, e a srta. Tiramaku olhou por sobre Tim, para a janelinha.

"Está parando de nevar", disse ela, por fim.

"É melhor voltarmos para os garotos", falou Holly. "Milhas a percorrer antes de dormir."

"Ah, Frost.[1] Pena não termos um cavalo e um trenó nos fundos da igreja", disse o padre Bolden. "Dois caminhos que se separam em um bosque, e tudo o mais."

Ao tentar se levantar da poltrona, Tim gemeu. "Acho que vou precisar do cavalo e do trenó para chegar até o carro."

Rápida como um gato, a srta. Tiramaku pegou a mão dele, massageando-a, fazendo pressão no mesmo ponto de antes. "Deixe-me ajudá-lo", disse, e, em segundos, os músculos de suas costas se relaxaram e ele foi capaz de sair andando sozinho da casa paroquial.

A esposa assumiu a direção, apesar dos débeis protestos dele, e o jipe sulcou facilmente a neve alta. Ela manteve o olhar fixo à frente, nas marcas deixadas pelo limpa-neve, mas Tim sabia que ela se sentiria melhor se conversassem durante a viagem, fazendo um contraponto para sua concentração.

"Não sei sobre o padre", brincou ele, "mas aquela mulher faz milagres. Eu quero aprender o truque dela."

"Acupressura", disse Holly. "Uma das artes da cura."

"Eu não ficaria surpreso se ela fosse um fantasma de verdade, com aquele olho maligno."

"Tim!" Holly socou de leve o ombro dele.

"O que ela quis dizer com ser muito parecida com Jack?"

"Mesmo diagnóstico. Outro nome."

Por hábito, Tim apertou o inexistente pedal do freio quando ela fez a curva. "Bem, ela não o conhece como nós o conhecemos. Ela não ficou por perto, não viu o que vimos. Muito abracadabra, se quer saber. É claro que ele está se expressando, mas talvez só aprecie um bom susto. Talvez apenas goste de monstros."

"Ou talvez esteja agindo como um monstro, fora de controle", disse ela.

Os pneus saíram da trilha, e o carro deslizou um pouco para a esquerda, e ela se esforçou para corrigir a rota. Ela mantinha os olhos na estrada. Ele olhava pela janela do carona para a paisagem inexpressiva e branca. Eles rodaram na direção de casa naquele fim de tarde, cada um absorto em seu dilema particular.

1 Robert Frost (1874-1963), poeta americano. As linhas referem-se ao poema "Stopping by Woods on a Snowy Evening" ("Parado junto ao bosque em um entardecer na neve", em tradução livre), de 1922.

vi.

Jack Peter passou pela porta da casa dos sonhos, colocando o pé no mundo lá fora. A neve pousava em seu rosto, derretendo-se no calor da pele nua. Flocos minúsculos grudaram em suas pestanas, e ele teve de piscar e balançar a cabeça para se livrar deles. Confetes brilhantes caíam por toda parte, em todos os lugares, todos de uma vez, com a luz fraca batendo nas superfícies que rodopiavam. Jack estava na melhor caixinha de surpresas do mundo, como um globo de cristal com neve, um redemoinho de pó de giz. O ar frio, ao respirar, deixava um gosto metálico em sua boca. Dobras na paisagem branca iam da casa até o mar, um manto de neve grosso, macio e pesado. Ele levantou o pé do buraco em que estava, sentindo o peso extra em suas coxas. Dentro do casaco volumoso, ele se imaginou um esquimó, o condutor de um trenó de cães no Klondike. Ao dar o segundo passo, escorregou e caiu para a frente, sem saber como manter o equilíbrio, já que seus pés não o obedeciam. Abrindo pernas e braços para se firmar, o menino olhou para cima.

O lado de fora, o lado de fora. Ele havia se esquecido da sensação do ar livre, da maneira como o vento fazia força contra ele ao mesmo tempo em que o mantinha ereto, as nuvens criando um céu baixo, e atrás delas, pensava ele, o Sol piscando como um gigantesco olho. De uma tragada só, ele aspirou aquele dezembro que encheu seus pulmões de gelo, deixando os lábios formigando e dormentes. O ímpeto de rir era irresistível, e ele enxugou a umidade do rosto, esquecendo-se completamente de Nick, até que ouviu a voz dele chamando de longe, como se ele estivesse na Lua. A apenas três metros dali, Nick

implorava para que ele se apressasse, mas Jack não conseguia se mover. Ele havia se esquecido de como fazê-lo.

Arrastando os pés na neve, Nick foi direto a ele, com a decisão de uma locomotiva. Sua boca e suas bochechas estavam coradas, e um pingo d'água se pendurava na ponta de seu nariz. Flocos de neve batiam em seu rosto, partindo-se em mil pedaços. De dentro da casa, veio o rugido do monstro.

Nick agarrou-o pelo braço. "Não podemos ficar aqui. Temos de encontrar um lugar seguro. A casa do outro lado da rua."

"Estou do lado de fora", disse Jack Peter.

Nick esfregou o nariz com a manga do casaco. "É, está mesmo. Isso é ótimo, mas ele está atrás da gente. Você não vai ficar aqui por muito tempo se não conseguirmos escapar."

"Do lado de fora." Ele sorriu para Nick.

Perto dali, um cão latiu, o som abafado pela tempestade. Um montículo de neve deslizou de um galho de pinheiro, caindo no chão com um baque úmido. Do outro lado da grande janela da sala, o monstro os viu e bateu com os punhos no vidro, o que fez com que os garotos se movessem.

"Vamos sair daqui!" Nick o puxou pelo braço para que fugissem.

Em frente à casa, duas marcas paralelas indicavam o local de onde o jipe havia saído, no que parecia há muito tempo, e Nick caminhou até elas, raciocinando que seria mais rápido seguir as trilhas feitas pelos pneus que patinhar na neve fresca. Ele arrastava Jack Peter, que marchava como um garotinho, com as pernas duras e tentando se soltar. As luzes na casa dos Quigley estavam acesas, e uma estreita coluna de fumaça subia em espiral da chaminé. Ele podia se ver dentro daquela casa, atirando uma bola para o collie, finalmente brincando com as gêmeas, a mãe delas, surpresa mas hospitaleira, oferecendo chocolate quente e torradas com creme de amendoim. Ele já se sentia praticamente lá dentro, imerso em um sonho, seguro, aquecido e feliz. Podia imaginar tudo tão claramente como se tivesse desenhado a cena.

Eles ouviram o cão antes de poder vê-lo. Latindo furiosamente, ele surgiu de detrás da casa dos Quigley, mas não era o pequeno border collie protegendo seu território. Agitando a neve a passos largos, o grande cão branco dos desenhos de Jack Peter corria na direção deles, as orelhas para trás e os dentes à mostra. "Ah, merda!", exclamou Nick, agarrando o braço do amigo, mas a fera freou, em uma nuvem de neve, parando bem no limite da propriedade, como se uma barreira invisível o impedisse de ir até a estrada.

"Achei que ele tinha morrido", disse Nick. "Eu vi ele na mala do carro."

Com o dedo, Jack Peter desenhou uma cerca entre eles e o cachorro. "Não acredito que ele possa nos pegar", disse. "Acho que não vai atravessar."

Rosnando e estalando os dentes, o cão caminhava ao longo daquela barreira imaginária, sua postura ameaçadora mantendo-os à distância. Eles não ousavam se mexer.

Por trás deles surgiu o monstro, seguindo seus rastros a partir do vestíbulo. Mesmo à dez metros de distância, eles podiam ouvir sua respiração agitada. A única rota de fuga possível era dar a volta pelo outro lado da casa. Se eles refizessem o caminho, haveria uma chance de voltar para dentro, trancar todas as portas e torcer pelo melhor. Se esse plano falhasse, eles poderiam ir para o mar e esperar que os pais de Jack Peter voltassem.

"Corra", disse Jack Peter.

Enquanto dirigia pelos quilômetros finais que a separavam de casa, Holly se lembrou da primeira vez em que Jack havia fugido dela. Antes do acidente, no mês de junho do ano em que ele completou sete anos, eles haviam ido até uma fazenda do tipo "colha o que quiser" em uma manhã de domingo. Era o fim da alta temporada, e Tim ficara em casa para cuidar dos turistas e do pessoal que ia no verão, então eram apenas eles dois. Mãe e filho indo colher morangos. Em um instante os dois estavam juntos nos campos, agachados em busca de frutinhas vermelhas para encher seus cestinhos de papelão; no instante seguinte, Jack havia desaparecido. Ela estava perdida em devaneios, pensando talvez em tortas de morango com ruibarbo, ou bolinhos de sobremesa, e quando levantou os olhos daquela profusão de folhas, não viu qualquer sinal do filho. Ele tinha sido escavado da terra, colhido bem ao lado dela. Holly levou um minuto para compreender que ele havia escapulido sem dizer uma palavra. Ela circulou pelas fileiras de morangueiros, perguntando às outras pessoas se tinham visto seu filho, um menininho, um garoto silencioso e frágil que havia se desgarrado. Os morangos haviam sido colhidos em uma área plana próximo a uma leve colina, e uma parte do grupo que colhia as frutas se juntou a ela, enquanto outro grupo subia a encosta. Uma garotinha loura de tranças e short listrado foi quem o viu primeiro. Do alto da colina, ela chamou Holly, apontando uma área a uma boa distância. Holly correu até ela e viu a figura no campo, pequena como um boneco. Jack não se moveu enquanto a mãe corria até ele, gritando seu nome, porque o menino havia encontrado quatro ovelhas amontoadas, que

o encaravam e baliam em protesto. "Veja o que eu fiz, mamãe", ele disse, o que ela atribuiu a alguma ideia aleatória perturbando a cabeça do filho. Quando o envolveu em seus braços, foi como abraçar um boneco de madeira. As pessoas que a ajudaram na busca estavam perplexas com a súbita aparição das ovelhas no prado, mas ela nem pensou nisso na ocasião, feliz por ter encontrado seu garotinho perdido.

Veja o que eu fiz. Holly se lembrou dessas palavras enquanto ela e Tim atravessavam a paisagem de neve virgem, os jardins das casas de praia e residências de veraneio cobertos de branco, os pinheiros vergados pelo gelo acumulado, tudo pálido como uma folha de papel e mortalmente silencioso. Estaria ele dizendo que havia fabricado aquelas? A casa dos sonhos subitamente surgiu por entre as árvores, e no mesmo instante ela percebeu que havia algo de errado. Rastros em zigue-zague atravessavam o jardim, a neve bagunçada por trilhas absurdas. Com um tranco, ela parou o carro.

Do outro lado da rua, ouvia-se uma série estridente de latidos. Um enorme cão branco ia e vinha em uma espécie de trincheira cavada na neve, ameaçando-os no jardim dos Quigley.

"Meu Deus!", exclamou Tim. "É o pastor branco que eu vi na mala do carro de Pollock!"

Ela quase deu um pulo no banco. "Você não disse que ele estava morto?"

O cão parecia incapaz ou impossibilitado de ir atrás deles, como se preso por uma corrente invisível. Mantendo o capô do jipe entre ela e o animal, Holly deu a volta para ajudar Tim a sair na neve. Por causa da dor nas costas, ele precisava se apoiar nela para caminhar até a casa.

"Que diabos aconteceu aqui?", perguntou Tim, apontando para a porta do vestíbulo, escancarada e balançando, presa apenas pelas dobradiças. Eles examinaram o batente e a madeira arrebentada junto à fechadura.

"Alguma coisa fez isso", disse Holly. "Tenho de ver como estão os garotos." Deixando que Tim se virasse sozinho, ela entrou correndo na casa. Um fio d'água escorria pelo centro do piso de lajota, e um par de esquis formava um x sobre o qual ela teve de passar. Casacos, chapéus e botas estavam todos amontoados em uma pilha no degrau que separava o vestíbulo da cozinha, e a porta interna também estava quebrada. Ela chamou os garotos e entrou, chocada com o caos na cozinha. O piso estava cheio de pegadas enlameadas, e uma cadeira estava tombada no chão. Na pia, um copo virado pingava leite sobre a porta do armário. Havia papéis espalhados por toda parte, alguns rasgados, outros totalmente estragados por manchas de água salgada. Correndo

pelo aposento vazio, Holly chamou os garotos de novo, espiando pelas janelas com marcas de mãos sujas. Como não houve resposta, ela enfiou a cabeça pela porta do vestíbulo e viu o marido se esforçando para pegar um cachecol rasgado e pendurá-lo em um dos ganchos. Ele se movia como se fosse um velhinho sofrendo de artrite.

"Os meninos não estão aqui, Tim. O que aconteceu com eles?"

Ele empalideceu, seu rosto perdendo todo o sangue, ao endireitar as costas. "Como assim? Você olhou lá em cima? Procurou pela casa toda?"

Frustrada pela falta de confiança que ele mostrava, Holly fechou a cara e correu para a escada, subindo os degraus de dois em dois, gritando por Jack e Nick. Todos os quartos haviam sido saqueados. Os tapetes estavam molhados. As colchas das camas, amarfanhadas, sem nenhum corpo por baixo. As portas dos armários escancaradas, e, por toda parte, em cima de todos os móveis, papéis jogados. Ela examinou as dúzias de desenhos, cadáveres e ossos, monstros, o cão morto que agora perambulava no quintal do vizinho. *O que ele fez?* Os desenhos a imobilizaram, sua mente chegando a horríveis conclusões. Na escrivaninha dele, ela pegou um dos desenhos jogados ali: dois garotos lutando embaixo d'água. Holly enrolou o papel e levou-o para Tim.

"Como você pôde deixá-los sozinhos?"

Tremendo de dor, ele se inclinou sobre a mesa da cozinha e buscou se endireitar, apoiando-se com as duas mãos. "Eu conferi os outros aposentos aqui embaixo, e a casa toda está um caos, até a oficina. Eles não estão aqui."

"Como podem não estar aqui? Jack está lá fora?" Ela gritava e sacudia o rolo de papel diante dele. "Para onde foram?"

"Eu disse que, se tivessem algum problema, eles deveriam ir até a casa dos Quigley. Não vamos surtar. Eles devem estar do outro lado da rua."

"Com aquela fera à espreita deles ali na frente?" Ela correu até o telefone e ligou para o vizinho. Uma das gêmeas atendeu, com um alegre "alô".

"Aqui é a sra. Keenan", ela falou. "Por acaso, Jack está aí? Ele e Nick foram para a sua casa hoje, durante a tempestade?"

A garotinha pareceu constrangida com a ansiedade das perguntas de Holly e hesitou antes de responder. "Não, Jack Peter nunca sai de casa."

"Eu sei, mas você tem certeza de que ele não foi até aí sem que você nem percebesse?"

"Tenho, fiquei em casa o dia inteiro. Não tem ninguém aqui."

Holly tomou fôlego. "É Janie que está falando?"

A garota grunhiu um "é".

"Você sabe alguma coisa sobre o cão que está no quintal de vocês?"

"Nosso cachorro está bem aqui ao meu lado, não é, queridinha?"

Ao fundo, Holly ouviu o latido do border collie.

"Não, eu estou falando do cão branco que está lá fora neste instante."

"Não estou entendendo. Se houvesse outro cachorro por perto, o nosso ficaria louco. Não há nada lá fora, ficou quieto como uma igreja o dia inteiro."

Holly agradeceu e desligou, mas manteve o fone na mão, tentando racionar em meio ao medo e à raiva. "Eles não estão lá, Tim. Alguém os pegou."

Parecia ter ocorrido um crime na cozinha: havia sinais de luta e perseguição, e o local girava diante dos seus olhos, como se ela estivesse bêbada. Suas têmporas começaram a martelar, com a regularidade de um coração. Ela bateu na parede com o papel amassado entre os dedos, até que as bordas se rasgaram. Havia folhas pelo chão, desenhos por toda parte. *Veja o que eu fiz.*

"Eles estão lá fora", ela falou. "Você se lembra das ovelhas, Tim? Aquele dia em que Jack se perdeu e nós o encontramos com aquelas ovelhas que haviam surgido do nada..."

"Vou procurá-los."

"Está me ouvindo, Tim? Eu acho que Jack, de alguma maneira, fez com que aqueles animais aparecessem."

"Holly, o que isso tem a ver com onde estão os garotos? Deixe-me ir."

"Você? Você mal se aguenta sozinho. Eu sei onde eles estão. Mas você precisa me ajudar com o que está aqui dentro. São os desenhos, Tim."

"De que diabos está falando?"

"Os desenhos, os desenhos que ele tem feito. Não são fantasmas, não são *yurei*. Era Jack o tempo todo. Ele desenhou as ovelhas, e elas apareceram. Ele desenhou o cachorro, e ele apareceu. Deus sabe o que mais nosso filho fez. Precisamos encontrar todos os desenhos de Jack, revirar a casa toda, e queimá-los na lareira. Você se livra dos desenhos, e eu vou atrás dos garotos."

Ele a olhou como se ela estivesse louca, mas Holly não se importava. A mulher lhe lançou um olhar tão violento quanto o martelar em sua cabeça.

"Você não entende?", ela perguntou. "Os desenhos estão se tornando reais."

Os garotos correram para a parte de trás da casa, até um canto onde começava um pequeno bosque de coníferas, traçando uma nova trilha em meio à neve. O céu havia se fechado, e a neve caía pesada,

em lâminas ondulantes; em todas as sombras, os meninos enxergavam um novo terror. Como a criatura não estava mais à vista, eles aproveitaram para descansar um instante sob os galhos das árvores. Com as mãos nos joelhos, Nick se dobrou, tentando recuperar o fôlego e olhando com surpresa para seu amigo, mais uma vez do lado de fora. Placas vermelhas haviam surgido nas bochechas de Jack Peter, e um fio de gelo brilhava nos cantos de seus lábios rachados. Ele esfregou o emaranhado de neve nos cabelos. Arfando, os dois puxavam o ar em grandes golfadas.

"Está frio aqui fora", disse Jack Peter. "Já cansei disso."

Nick esfregou as palmas das mãos enluvadas no rosto do amigo, tentando ajudá-lo a se aquecer. "Por que você fez isso?", perguntou.

"Eles iam me mandar embora. Estava dando muito trabalho."

Um imenso rugido se fez ouvir por trás deles. O monstro os descobrira no esconderijo, e eles saíram correndo, jogando neve para o alto com suas passadas, as abas dos casacos voando ao vento. Os dois deixaram a cobertura das árvores e subiram a duna. A paisagem que se estendia à frente deles parecia nivelada em tons de cinza e branco. Até as ondas pareciam congeladas, imóveis. O cheiro habitual de sal, peixe e algas havia sido neutralizado pelo frio antisséptico. Tudo estava mortalmente silencioso, exceto pela respiração frenética deles e pelo sussurro da neve. Os conhecidos caminhos que levavam ao mar pelo labirinto de pedras haviam sido apagados pela neve que caía, mas eles tinham uma vantagem em relação ao homem branco. Eles escolhiam seu caminho pelas pedras familiares, enquanto a criatura tropeçava atrás deles, avançando e vacilando, para logo depois escorregar e cair de quatro, com a cara enterrada em um montinho de neve. Quando viu o monstro cair, Nick se agachou por trás de um enorme pedregulho e puxou Jack Peter. Eles se sentaram, encostando-se na pedra.

"Quem é aquele?", perguntou Nick.

Jack Peter olhou para o mar, recusando-se a responder.

"Você fez aquilo? Você criou o monstro?"

"Sim", ele respondeu. "Eu criei tudo." Com a ponta da luva, Jack Peter cutucou a cabeça.

"Bom, estamos presos. Entre o oceano e aquela criatura medonha."

Nick decidiu espiar, pela borda da pedra, para ver o que estava retendo o monstro. Com um uivo e uma série de pragas cheias de palavrões, a criatura se ergueu do chão. Queimada pelo frio, sua pele estava coberta de manchas vermelhas e azuis, e a neve se desprendia de seu corpo em torrões espessos. Varrendo a praia com o olhar, ele

descobriu Nick antes que este conseguisse se esconder de novo por trás da pedra. O espírito maligno se pôs a caminho, implacável.

Não havia para onde escapar, nem onde se esconder. Pegos no meio do grande nada, eles não tinham qualquer alternativa a não ser ir na direção do mar. Quanto mais se aproximavam da água, mais a neve no chão rareava, cedendo totalmente o espaço à areia na área em que as ondas lambiam a costa; e, ainda que pudessem caminhar com mais facilidade nessa superfície, o mesmo se aplicava ao monstro. Eles chapinharam entre a espuma das ondas que morriam na praia, cobrindo totalmente suas botas, e se voltaram para encarar a criatura. O monstro cambaleou na direção deles, parando a poucos metros, oscilando sobre seus pés descalços e balançando na tempestade.

As chamas corriam pelas beiradas como mercúrio, e, com um clarão, os desenhos inflamavam. Tim observava os papéis queimarem e se enrolarem, enquanto as cinzas negras voavam pela chaminé como um bando de corvos. A princípio, ele não tinha entendido por que Holly lhe mandara destruir as obras de arte do filho, mas obedeceu sem pestanejar ou reclamar. Ela quase nunca pedia para o marido fazer alguma coisa, e foi apenas ao olhar as imagens que Tim começou a entender a lógica da esposa. Aquelas não eram ilustrações infantis comuns. Jip desenhou o homem selvagem diversas vezes e de várias formas diferentes, ainda que nunca o tenha visto — e como poderia, com o monstro do lado de fora e o menino do lado de dentro? Apenas o próprio Tim e Nick o viram, e jamais com tantos detalhes. Era como se Jip tivesse ficado cara a cara com a criatura, como se estivesse intimamente conectado à mente de Nick.

Outras visões perturbadoras enchiam as folhas, nenhuma das quais Jip poderia ter testemunhado. O grande cachorro branco aparece em muitos dos desenhos, ainda que Tim e Nick tenham sido os únicos a terem visto o animal no porta-malas da viatura. Alguns desenhos eram um mistério para ele — um exército de bebês monstruosos, uma mulher que lembrava Nell Weller, mas seminua e com ar ameaçador, um par de corpos com ganchos atravessando os ombros nus, ossos de um esqueleto se espalhando pela praia. Tim foi de quarto em quarto, encontrando folhas por toda parte. Investigou o segundo andar inteiro e levou uma pilha delas até a lareira, colocando, aos poucos, um monte de papel no fogo sem se incomodar em analisar os desenhos estranhos. Por fim, ele parou, petrificado, em um desenho que chamou sua atenção: os dois garotos unidos em um nó violento no fundo do

mar. Na mesma hora, adivinhou aonde Holly tinha ido e onde os meninos poderiam ser encontrados, e foi até a janela que dava no oceano, rezando para que estivesse errado. *Voltando à vida.*

Com pés vermelhos e queimados pelo frio, o monstro se aproximava cada vez mais, e os garotos podiam ver os pesares que marcavam seu rosto. Seus olhos profundos, no meio de círculos arroxeados, carregavam um mundo de desgosto e pesar. Sua boca se contorceu, abrindo-se um pouco, como se ele estivesse prestes a dizer-lhes algo. Uma marca cor de ameixa contornava seu pescoço. Seus cabelos e sua barba, completamente emaranhados, eram cacheados e retorcidos como algas, e ele era muito magro: seus ossos podiam ser contados através de sua pele lívida, e ele tinha um ar esfaimado. Ele ergueu os braços e estendeu as mãos ossudas na direção dos garotos, um gesto ao mesmo tempo suplicante e ameaçador.

"O que você quer?", gritou Nick.

Como se fosse responder, o monstro abriu a boca, mas não emitiu qualquer palavra, apenas um som que começou com uma insistência infantil e foi crescendo aos poucos, para uma prolongada lamúria que ressoou e ecoou nas rochas e na casa dos sonhos, bradando pela imensidão do mar. Um grito humano, nascido de um sofrimento arcaico, virado do avesso e cheio de uma dor e uma ânsia indescritíveis.

Os garotos deram alguns passos para trás, afastando-se da criatura, mas, quando as ondas atingiram suas pernas, Nick se encolheu ao sentir o choque da água gelada. Ele ouviu Jack Peter gritar como um pássaro. Atormentado entre a ideia de se render ao monstro para acabar com aquele sofrimento torturante e a vontade de fugir, Nick foi mais para o fundo. Uma onda arrebentou em suas pernas e bateu nas suas costas, encharcando seu pesado casaco e puxando-o para longe da praia. Ao afundar, Nick sentiu mãos enlaçarem sua cintura e o empurrarem para baixo.

A água machucava seu corpo, milhares de agulhas ao mesmo tempo. O monstro soltou um grito de dor, a pele em seus ombros tornando-se preta, seu cabelo se transformando em cinzas. Seus braços e suas pernas ardiam em chamas, mas, mesmo assim, ele continuou caminhando na direção dos garotos. De uma hora para outra, eles estavam debaixo d'água. Nick não tinha como dar nem uma golfada de ar, e ele se viu mergulhado na escuridão, tentando não engolir água. O peso de suas roupas fez com que ele afundasse rapidamente, com

Jack Peter ao seu lado, arrastando-o e empurrando-o para o fundo. Ele lutou contra a pressão em seu peito, agarrou e puxou as mãos de Jack Peter, tentando se libertar. As ondas também os prendiam e açoitavam, agitando o limo e as conchas, e, em meio àquele lodo, ele sentiu como se estivesse sendo apagado de uma página, arrancado do mundo exterior.

Holly quase desabou no chão, devido à pressão que o ar frio provocava em seu crânio. Os garotos haviam deixado pegadas na neve, e ela seguiu a trilha até o alto da colina. Escorregando devido à neve úmida, a mulher foi até o topo, o vasto oceano se estendendo à sua frente. Lá embaixo, um dos meninos gritou com força na praia. Ela desesperadamente procurou por algum sinal deles entre as pedras ou na areia. Os gritos dela se reduziram a um sussurro em meio à brancura ofuscante. Quando pescou o vislumbre de um par de botas vermelhas na água, e o azul marinho de um casaco de criança, Holly correu naquela direção, o martelar de sua cabeça finalmente silenciado, seu coração explodindo com o que encontrou.

Eles podiam já estar mortos, pensou, quando ela os alcançasse, mas Holly voou até a arrebentação. Mergulhou no mar, anestesiada para o frio, atirando-se ao local onde havia visto seu filho, subindo e descendo na água, em desespero. Sem fôlego, ela se ergueu sobre as ondas e viu Jack, boiando como um cadáver. Ela gritou seu nome e o agarrou pelo casaco, virando-o de barriga para cima e puxando-o até a praia. Na areia, parou para recobrar o fôlego. Coberto de fuligem, Tim havia chegado e pescado no mar o pesado corpo encharcado de Nick, mas Holly não era capaz de prestar atenção. Eles estavam sozinhos no silêncio do dia, e ela embalava seu filho nos braços, *meu menino, meu menino*, até que jorrou água da boca de Jack, e seu coração reviveu.

vii.

A garotinha careca sorriu para ele do outro lado do quarto, e Jack Peter retribuiu o beatífico sorriso dela com outro. Ao notar que sua mãe o observava, ele abaixou a cabeça, corando. Outras pessoas circulavam pelo salão de visitas — um homem cansado, que esfregava a lombar enquanto caminhava; duas enfermeiras em sua pausa para um cafezinho; um casal de idosos, o homem conduzindo a esposa de cadeira de rodas, curvando-se sobre ela para dizer algumas palavras gentis. Os Keenan esperavam por alguma informação, qualquer que fosse, agora que haviam retornado ao hospital para mais um longo dia. Os garotos tinham sido levados para o pronto-socorro assim que foram retirados do congelante Atlântico. Jack Peter foi tratado de uma leve hipotermia e do choque, mas Nicholas não recobrou a consciência desde o afogamento. Eles o viram uma vez na UTI, conectado a um respirador e deitado de costas, imóvel, insuportavelmente frágil, como um passarinho. O padre Bolden e a srta. Tiramaku fizeram uma visita e algumas orações, mas os pais dele não rezaram. Apenas ficaram de cabeça baixa durante o tempo em que as preces se estenderam.

Tirar os pais de Nick do cruzeiro pelo Caribe não foi fácil, e o voo deles de Miami para Portland fora adiado por causa da nevasca. Mensagens e telefonemas nunca são suficientes, por isso Holly e Tim concordaram em manter vigília até que os Weller chegassem. Uma pequena árvore de Natal de plástico repousava sobre a mesa no canto do quarto, e as paredes ostentavam figuras recortadas: Papai Noel em seu trenó, pinheirinhos, uma menorá azul e branca. Holly estava aliviada pelo fato de as canções de Natal do sistema de som do hospital terem sido

substituídas por músicas pop irreconhecíveis. Tim lia o jornal do dia pela terceira vez, e Jack, felizmente, não estava desenhando para passar o tempo. Os dedos dele se moviam ágeis pelo smartphone dela, enquanto o menino jogava mais um jogo bobo com o fervor de um fanático.

A porta se abriu, e a dra. Ogundipe entrou, a mesma nigeriana que havia tratado Jack Peter antes. Ao vê-los, ela deu um puxão no estetoscópio que trazia no pescoço enquanto se aproximava. "Sr. e sra. Keenan..."

"Você tem alguma novidade?", perguntou Holly.

A médica se sentou ao lado de Jack e abriu um sorriso para ele. Pela segunda vez naquele dia, o garoto respondeu ao cumprimento de um estranho, um bom sinal. "Nada sobre Nicholas, infelizmente, nenhuma mudança significativa, está tudo igual. Ele ainda não acordou. Mas os pais dele enfim chegaram e puderam vê-lo. Eles pretendem vir falar com vocês em breve."

"Na sua opinião, como eles estão?", perguntou Tim.

"Como era de se esperar", ela respondeu. "Em estado de choque, e ainda estão cansados da viagem. Depois que tiverem uma chance de conversar com eles, digam o que pensam da minha proposta."

Jack se contorceu na cadeira e largou o jogo. Mais cedo, a médica havia sugerido que ele fosse falar com Nick na cama, pois talvez a voz de um amigo provocasse alguma reação nele. Ao ouvir essa sugestão, Jack se escondeu atrás do braço da mãe, mas agora, depois de refletir um pouco, estava disposto a ir. Ele fez que sim com a cabeça.

"Bom menino." A médica deu uma palmadinha leve em sua perna. "Eu digo a vocês se conseguirmos acertar tudo." Em seu impecável jaleco branco, ela transmitia autoridade, mas seu charme havia conquistado o garoto. Com um aceno de cabeça, ela desapareceu pelo labirinto do hospital.

Eles retomaram a espera.

"O que vamos dizer a eles?", perguntou Tim, depois de algum tempo. "Que um monstro apareceu e perseguiu os dois até o oceano? Um monstro criado a partir dos desenhos do nosso filho? Deus do céu, eles nunca vão acreditar."

"Vamos contar a história que já contamos pelo telefone", disse Holly. "Que os garotos estavam lá fora, brincando na neve, e chegaram perto demais da água."

Ele dobrou o jornal e o atirou sobre a mesinha de centro. "Eles não acreditaram. Mesmo pelo telefone deu parar perceber. Eles sabem que Jip nunca sai de casa."

"Pare de chamá-lo assim", ela retrucou. "'Jip' soa como um insulto."

Inclinando-se sobre a cadeira, Tim deu um tapinha no ombro do filho. "O que você diz, J.P.? Você se sente insultado?"

"Apenas pare com isso", ela repetiu.

"Não sei o que deu em você."

"Tudo, não percebe? Tem um garotinho deitado em uma cama de hospital. E foi o seu filho que o colocou lá. E você, você nunca acredita em mim. Lá fora, caçando coisas." O rosto dela estava vermelho de raiva.

Fred Weller havia entrado silenciosamente na sala e se colocado bem atrás dela. Com uma tosse educada, ele anunciou sua presença. Holly se virou para cumprimentá-lo e pôde ver como seu rosto queimado pelo Sol estava abatido pela preocupação. Comovida pela própria dor, ela se aproximou dele, e Fred a abraçou quando a mulher desabou em soluços. "Mil perdões", ela disse. "Eu sinto muito mesmo, me perdoe."

Por sobre o ombro dele, ela viu Nell entrar, prostrada e contida. Ela não sorriu nem fechou a cara, mal conseguindo andar de tantos calmantes. Tim levantou-se para cumprimentá-la, mas Nell abaixou o rosto e, com um gesto, mostrou que não queria ser tocada. Holly o achou tão desamparado, perdido e desolado, que, naquele momento, quase teve pena dele.

No sofá, Jack vasculhava febrilmente os aplicativos do smartphone em busca de um novo jogo.

"Nell, eu sinto muito", disse Holly. "Foi um acidente."

Distante, a mulher ficou parada em pé no meio da sala. Quando começou a falar, sua voz soou estranha, fraca e sem emoção. "Ele parece estar desaparecendo aos poucos. Passarinho amarelo, passarinho amarelo."

"Tenho certeza de que ele vai sair dessa", afirmou Fred.

Ninguém se mexia. Somente o zumbido das lâmpadas fluorescentes e Jack digitando na tela do celular quebravam o silêncio. Por fim, Nell reuniu forças para erguer o rosto e olhar para Tim. "Não vou aguentar perdê-lo. Pensamos que ele havia partido há apenas três anos. Como você pôde deixar isso acontecer?"

"Sinto muito, Nell", ele respondeu. "Eu faria qualquer coisa para salvá-lo. Ele é como um filho para mim."

O rosto de Nell rompeu em fúria. "Nunca, ele nunca será seu filho." Ela apontou Jack. "Aquele ali é o seu garoto. Aquele é o seu filho."

Tim cobriu a boca com a mão e afundou na cadeira. Holly se colocou entre seu marido e seu filho, pousando a mão no ombro de Tim.

"Sinto muito, Holly", disse Nell. "Não quis ofender."

"Eles estão fazendo o possível", disse Holly. "Todos nós estamos."

Os adultos se recolheram, cada um para sua desgraça particular. Jack digitou mais alguma coisa no celular e passou-o para sua mãe. Um jogo de palavras, no qual se digitavam letras em blocos que imitavam madeira para formar palavras. Ele havia escrito "sinistra".

Ela riu por dentro, sentindo-se amarga.

Ao serem finalmente convocados por uma enfermeira, todos marcharam em fila para a área restrita, seguindo a mulher pelos corredores sinuosos. A maior parte das portas ao longo do caminho estava entreaberta, e eles presenciaram estranhos e tristes quadros de pacientes adormecidos; velhos fatigados olhando para TVs na parede; familiares e amigos aglomerados junto a um biombo, espremidos em um espaço minúsculo; e, o mais estranho de tudo, quartos vazios com camas desarrumadas. Enfermeiras circulavam sem interrupção, passando por eles sem ao menos olhá-los, até que finalmente chegaram ao quarto onde Nick repousava, totalmente só. As cortinas estavam abertas, e os últimos raios de Sol do último dia do ano batiam suaves no pé da cama do menino. Em um vaso, rosas brancas enviadas pelos avós da Flórida perfumavam o ar. Pálido e inconsciente, Nick respirava em silêncio. O oxigênio passava por um fino tubo em seu nariz, e no braço fora colocado um cateter de plástico; sua mão tinha uma mancha arroxeada, e um bracelete de identificação contornava seu pulso. O cobertor e o lençol que o cobriam estavam lisos e serenos.

A dra. Ogundipe chegou cinco minutos depois, menos alegre na presença da criança. Depois de examinar o prontuário, ela se colocou ao lado de Nick e segurou seu pulso fino, contando as pulsações, depois pousou o braço dele na cama e checou o soro. "Você pode falar com ele agora, Jack."

"Não sei o que dizer." O menino não olhava para o amigo na cama.

"Diga oi", respondeu ela. "Diga qualquer coisa que estiver sentindo."

Como um passarinho, ele se aproximou com cautela, dois pulinhos à frente, um passo para trás, pronto para sair voando a qualquer ameaça. Por fim, escolheu um ponto a alguns centímetros da cabeça do amigo no travesseiro, sem se aproximar demais. Inclinou o rosto e olhou para Nick de esguelha.

"Oi, Nick", disse, esperando alguns instantes por uma resposta. "Oi, Nick", repetiu, um pouco mais alto. O garoto na cama não fez qualquer movimento, e Jack olhou com ar sério para a médica, mostrando confusão e dúvida.

"Vá em frente", ela falou. "Ele pode ouvir você."

A mão direita de Jack se retorceu, e seus dedos dançaram. "Não tem mais monstros", ele disse. "Todos os monstros foram embora."

"Do que ele está falando?", perguntou Fred. "Que monstros?"

"Ele não acorda", falou Jack.

"Tente mais um pouco", estimulou Tim. "Diga que você sente muito."

"Eu não acho mais que é culpa sua, Nick. Não estou mais com raiva de você. Só fiquei cansado de desenhar o tempo todo. Acabaram os monstros. Você pode acordar agora." A mão que tremia ficou quieta, e ele deu as costas para o garoto inconsciente e encarou a mãe com lágrimas nos olhos, correndo para os braços dela.

Na luz do entardecer, os demais se revezaram falando com Nick, até que não havia mais nada a ser dito. Os Weller passariam a noite ali e disseram para os Keenan que fossem para casa descansar um pouco.

"Voltem amanhã, se quiserem", disse Fred. "Eu aviso se houver alguma mudança."

O luar azul se refletia na neve, e a volta para casa foi como atravessar uma paisagem de sonho, as ruas e construções familiares transformadas por uma suave cobertura branca. Jack analisou as janelas, para captar seu reflexo na luz correta, para que pudesse ver, ao mesmo tempo, tanto seu rosto como o mundo lá fora. Quando estacionaram, a velha casa estava a mesma de sempre, e ele imaginou que seu amigo Nick estava esperando lá dentro para começarem uma nova brincadeira. Mas Jack sabia que ele não estava lá. Quando o celular apitou, Holly o pescou na bolsa para olhar a nova mensagem.

"Era da polícia", ela contou. "O osso sumiu. Ao abrir a caixa, só encontraram cinzas."

Seu pai disse que não haveria problema se ele quisesse ficar acordado vendo TV até que a bola caísse na Time Square, em Nova York, marcando o novo ano, e sua mãe concordou, desde que ele já ficasse de pijama. A cama vazia o fez lembrar-se de Nick no hospital, mas o amigo logo se transformaria em algo imaginário, partindo como Red e os outros. Na escrivaninha, vários lápis afiados repousavam em uma caneca, ao lado das últimas páginas do seu bloco de desenho. Seria fácil sentar-se na cadeira e retomar o que sempre havia feito, mas decidiu resistir à tentação. Jack trocou de roupa e sentou-se no tapete, de pernas cruzadas, tentando tirar da cabeça o seu último amigo. A senhora com o olho enevoado o ajudaria. Ele falaria com ela na próxima vez. Contaria toda a história.

Uma pancada leve na porta tirou sua concentração. Sua mãe surgiu, e, depois de ele acenar com a cabeça, ela entrou. "Por que você está demorando tanto? Estamos esperando lá embaixo. Você não vai querer perder a contagem regressiva, não é?"

Ele ficou se balançando, para a frente e para trás, incapaz de explicar o que estava sentindo.

"Você está pensando em Nick?" Ela se sentou ao lado dele no chão, e o filho deixou que ela colocasse o braço em torno dele. Passados alguns minutos, ele repousou a cabeça no colo dela, e Holly sentiu uma onda de felicidade crescer dentro de si. Eles ficaram daquela maneira, juntos, por algum tempo.

"Meu Deus", disse ela por fim, olhando na direção do vão entre a escrivaninha e a velha caixa de brinquedos. "Parece que pegamos um camundongo."

A ratoeira esquecida fora detonada, e a barra assassina estava sobre o pescoço do camundongo. Ele se lembrou de como Nick havia desejado pôr o dedo ali. O corpo minúsculo já apresentava rigidez cadavérica. Sua mãe levantou no mesmo instante e apanhou um saco plástico no armário das roupas de cama, embrulhando com ele a mão e o antebraço, como uma luva comprida. Sem olhar para o pequeno cadáver, ela apanhou a ratoeira e sua vítima e deu um nó no saco.

"Seja bonzinho", disse ela, "e leve isso para o seu pai, para que ele jogue fora da maneira correta."

Com o braço esticado, Jack agarrou a ponta do saco plástico, tomando cuidado para que a coisa morta não encostasse nele enquanto descia as escadas. Esparramado na poltrona, seu pai assistia às comemorações de Ano-Novo na TV, insensível à presença do filho. Com a cabeça recostada, era possível ver que as feridas em seu pescoço haviam cicatrizado, assumindo um vermelho pálido, que deixariam marcas tênues. Jack lhe mostrou o saco plástico.

"Camundongo", falou. "Mamãe quer que você se livre dele."

Tim se levantou da poltrona e aceitou o fardo. "Assim o farei", disse. "Agora, vá dizer à sua mãe que o espetáculo vai começar."

No corredor do segundo andar, Jack ouviu os sons abafados que vinham do seu quarto, as exclamações de surpresa e espanto da mãe. Ela estava sentada onde Jack Peter a havia deixado, e havia encontrado o segredo que ele escondia entre a escrivaninha e a agora aberta caixa de brinquedos. Uma pilha de papéis se derramava de seu colo, e havia outros montinhos à sua volta. Ela ergueu o olhar quando o menino

entrou no quarto, os olhos muito abertos e inquisidores. Ela buscou entre os papéis e selecionou um desenho de Nick empinando uma pipa.

"Todos são de Nick?", perguntou.

Ele mordeu o lábio inferior.

Nick na sala de aula, curvado sobre seu caderno, Nick em um balanço junto ao lago, Nick tocando um tambor de brinquedo, Nick e seus pais em uma montanha, Nick arrumado para ir à igreja, Nick jogando beisebol, Nick no inverno, na primavera, no verão e no outono. Nick aos sete, oito, nove e dez anos. Crescendo, mudando o cabelo, o estilo das roupas, o número de dentes em seu sorriso. Milhares de Nicks.

"Quando você arrumou tempo para desenhar tudo isso?"

Ele não sabia o que responder. "Todos os dias."

"O que quer dizer com todos os dias? Há quanto tempo vem fazendo esses desenhos de Nick?"

"Um desenho por dia desde que ele se afogou. Mas acabei cansando. Então comecei a fazer monstros para que levassem ele embora, no meu lugar."

Ela franziu a testa, confusa. "Não, querido, não pode ser. Faz apenas dois dias que você e Nick foram tirados da água, e deve haver mais de mil desenhos aqui."

"Não agora", ele retrucou. "Da primeira vez que ele se afogou. Há três anos."

"Mas por quê?"

"Eu o fiz", disse ele. "Depois que ele morreu. Para mantê-lo vivo."

"Como assim, você o fez?" Holly foi até a parte de baixo da pilha e encontrou o menino sonhado de sete anos que Jack havia feito e, por fim, compreendeu. Mil desenhos, mil garotos, mil dias. E agora Nick estava em uma cama de hospital, lutando pela vida. "Você não pode parar", ela disse. Sua mãe se levantou do chão e puxou-o pelo pulso até a escrivaninha. Holly o obrigou a sentar e enfiou um lápis na mão direita dele. Com os dedos trêmulos, ela envolveu a mão do filho, guiando-o no papel. "Desenhe", ordenou. "Desenhe Nick de novo."

Jack Peter encarou a folha branca e começou a traçar uma linha.

DESENHE AQUI SEUS MONSTROS

O MENINO DESENHAVA MONSTROS

DARKSIDE

DESENHE AQUI SEUS MONSTROS

O MENINO DESENHAVA MONSTROS

DARKSIDE

DESENHE AQUI SEUS MONSTROS

O MENINO DESENHAVA MONSTROS

DARKSIDE

DESENHE AQUI SUAS LEMBRANÇAS

O MENINO DESENHAVA MONSTROS

DARKSIDE

DESENHE AQUI SUAS LEMBRANÇAS

O MENINO DESENHAVA MONSTROS

DARKSIDE

DESENHE AQUI SUAS ANGÚSTIAS

O MENINO DESENHAVA MONSTROS

DARKSIDE

DESENHE AQUI SUAS ANGÚSTIAS

O MENINO DESENHAVA MONSTROS

DARKSIDE

DESENHE AQUI SUAS CRIATURAS

O MENINO DESENHAVA MONSTROS

DARKSIDE

DESENHE AQUI SUAS CRIATURAS

O MENINO DESENHAVA MONSTROS

DARKSIDE

DESENHE AQUI SEUS PESADELOS

O MENINO DESENHAVA MONSTROS

DARKSIDE

DESENHE AQUI SEUS PESADELOS

O MENINO DESENHAVA MONSTROS

DARKSIDE

DESENHE AQUI SEUS SONHOS

O MENINO DESENHAVA MONSTROS

DARKSIDE

DESENHE AQUI SEUS SONHOS

O MENINO DESENHAVA MONSTROS

DARKSIDE

Keith Donohue é o autor do best-seller *A Criança Roubada* (2007), além de **The Angels of Destruction** e *Centuries of June*. Seus livros já foram traduzidos para mais de doze idiomas. *O Menino que Desenhava Monstros* chamou tanto a atenção do público que rapidamente teve seus direitos vendidos para o cinema. O autor, que tem Ph.D. em Inglês pela Catholic University of America, vive em Maryland. Saiba mais em keithdonohue.com.

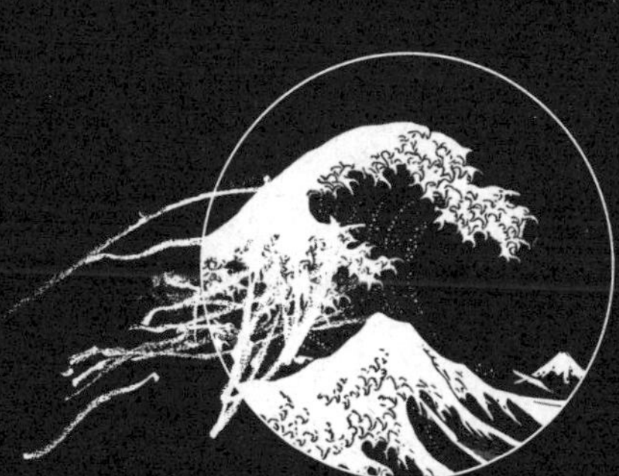

"Enquanto não abandonarmos nossos medos e ressentimentos não encontraremos a saída do quarto escuro."

OUTONO À BEIRA-MAR NA CASA DOS SONHOS.

DARKSIDEBOOKS.COM